得之我幸

崔天醍 —— 著

中国铁道出版社有限公司
CHINA RAILWAY PUBLISHING HOUSE CO., LTD.

图书在版编目（CIP）数据

得之我杏 / 崔天醍著 . — 北京：中国铁道出版社有限
公司，2023.3
ISBN 978-7-113-29862-3

Ⅰ.①得… Ⅱ.①崔… Ⅲ.①长篇小说 - 中国 - 当代
Ⅳ.① I247.5

中国版本图书馆 CIP 数据核字（2022）第 228131 号

书　　名：**得之我杏**
　　　　　DE ZHI WO XING

作　　者：崔天醍

责任编辑：马慧君　　编辑部电话：（010）51873005　　电子邮箱：zzmhj1030@163.com
封面设计：闽江文化
责任校对：安海燕
责任印制：赵星辰

出版发行：中国铁道出版社有限公司（100054，北京市西城区右安门西街 8 号）
网　　址：http://www.tdpress.com
印　　刷：国铁印务有限公司
版　　次：2023 年 3 月第 1 版　2023 年 3 月第 1 次印刷
开　　本：880 mm×1 230 mm　1/32　印张：12.5　字数：280 千
书　　号：ISBN 978-7-113-29862-3
定　　价：59.00 元

序

得之我幸，失之我命，唯有初心，矢志不渝。这段题记是本书标题的来源，也是本书最想表达的思想内核。

小说是虚构的文学。以真实历史为背景的小说则是于虚构中的探寻真实，于真实中的幻化虚构，在复杂曲折的人物关系中，展现历史的磅礴动人。

本书描绘了一段跨越百年的悲欢离合、爱恨情仇。几名志同道合的年轻人于风云激荡的年代参加革命、投身抗战，为新中国的建立挥洒热血，新中国成立后在各自的岗位奉献一生。生于那个动荡年代的人们毫无疑问是不幸的。战争、贫困、变革，那个年代的人所经历的苦难，是生于太平盛世的我们所无法想象的。在那段跌宕起伏、波澜壮阔的年代里，每个人的命运之舟都被历史的风浪所裹挟，在历史的长河中写就了一段无可复制的史诗。

我自 2015 年开始写作至今，已有八年的时间。《得之我杏》

是我迄今为止最为喜欢的作品，本书中的人物也是我迄今为止最为喜欢的笔下人物。

究其原因，乱世中的悲欢离合，自有摄人心魄的力量。正如某部知名谍战剧所说，革命者的爱情分外浪漫。本书的女主人公沈云卿在历经苦难的同时，也拥有着旁人无可比拟的幸运。

"回首我这一生，有憾却无悔。因为我拥有这世间最为宝贵的两样东西：至死不渝的爱情和坚定不移的信仰。"这是我为沈云卿写的内心独白，也是她一生命运的写照。她是最勇敢坚定的战士，也是最温柔贤惠的妻子。她一生大起大落，几经磨难，却初心不改。

除却爱情，本书着墨于女性之间相互扶持、真挚的姐妹情。黄真、白小英、莫雅晴、楚芳霞，沈云卿真诚地对待她身边的每一个人，也同样收获了对方的真心相待。

本书也是我迄今为止付出最多心血、投入最多感情的作品。我在写作时，甚至屡屡为书中主人公们同生共死的战友情落泪。

尽管我在写作过程中查阅了诸多资料，采访了多名亲历者，但本书仍旧难免有史实方面的谬误。希望看到本书的诸君不吝指正。本人对此不胜感谢。

最后感谢曾为本书成书提供帮助和支持的家人和朋友们，特别感谢北京市档案学会副秘书长张斌先生对我提出的各类历史、军事方面的疑问不厌其烦的耐心解答。

崔天醍

2022 年 12 月

目录

第一部分

杏花盛放

壹
·
顽劣富少

1935 年，清门城。

清门城是一座规模不大的县城。但对于县城中的百姓来说，那一圈城墙围住的，便是他们的世界。这一年抗战的序曲早已经奏响，但这座小县城还保持着它历来的平静。

多年来，清门城的官员走马灯似的不断更换，但齐家一直是县城的第一富户。城中最大的饭庄天兴楼，和唯一的瑞永商号都属齐家所有，齐家占据了县城商业的半壁江山。多年来，清门城流传着一句话：一个齐隆昇，半座清门城。在这里，无论谁来做官，都不得不敬齐家三分。

在清门城偏北，矗立着一座宅院，四周并无民居相连，拱形大门坐西朝东，黑漆的大门扇上，一对椒图兽衔大铜环如一对巨眼，虎视眈眈地盯着来往的行人。这是一座令人望而生畏的宅院，并非县府，而是齐氏庄园。

此刻站在那对巨眼前的人，名叫宋时先。宋时先是泰和茶庄的掌柜。这两年日本在东北凶焰滔天，恨得人牙齿咬碎。而国民党却是在西南方向，出动重兵大打出手。清门城附近山林中土匪四起，宋时先携着现钱出城进货，每次都是提心吊胆。

泰和茶庄一直是天兴楼的茶叶供货商，他如今刚从南方进了批春茶，今日找齐隆昇，想请他收购这批茶叶。

宋时先伸手击了两下铜环，黑漆大门向内而开，齐家的管家齐得福迎了出来："宋掌柜，您来啦，小的这就……去通报我家老爷。"

宋时先随着齐得福沿着齐宅笔直的石铺甬道走向主院前厅，却陡然发现自己来得不是时候，因为从堂屋中传来阵阵喝骂声，以及板子击打声。宋时先此时想回避，却来不及了。齐得福教宋时先稍候，当斥骂声渐止时，齐得福请宋时先进堂屋。

一进堂屋，果然不出宋时先所料，齐隆昇坐在堂屋正中，气端不止，显然是余怒未消。宋时先赶紧上前劝道："齐兄，你消消气，你们家老二就是年幼顽皮，等年长些就好了。"

"哎，我早晚得被这孽障给气死！"齐隆昇叹道，"罢了，不提他了，宋老弟，你这回又带来了什么好茶？""哦，都是顶级的明前龙井，您看看这芽峰……"宋时先将手提的茶盒放在桌上。齐隆昇一挥手，齐得福赶忙将茶盒端了下去，不一会儿，便端上了两杯热茶。

齐隆昇端起茶盏呷了一口，说道："不错。"宋时先说道："都是狮峰百年老树上的。"齐隆昇点点头道："宋老弟，你放心，今年我们天兴楼的茶叶，肯定还会从你这里进。这批茶有多少，我全要了。"

宋时先一拱手，说道："多谢齐兄了。这两年时局多艰，生意不好做，要不是有齐兄的天兴楼，我这茶庄怕是早就关门大吉了。"宋时先说着，眼眶不由得有些湿润，似是想起了近日颇多不如意之事。

齐隆昇摆摆手说道："哎，老宋，不说这些，咱们是多年的老交情了。再说，现在时局不好，咱们更得互相帮衬，是不是？"宋时先揩了下眼角，说道："哎，齐兄，你不知道，这兵荒马乱的，我这批茶叶差点就折在外头了。"

齐隆昇说道："哎，这世道，听说西南那边打得很凶。"

"西南还好，我看那些人到头来，还是顾着自己捞钱。倒是北边的小日本，太欺负人了！"

此时，宋时先忽然说道："这两年年景不好，乡下时常闹饥荒，城里的营生也不好找，所以咱们县城里，包括附近的乡下，好多小伙子都去南方参军了。哎，可惜了……"

这话又让齐隆昇想起了次子齐继盛，不由得哼了一声："你说说，人家是吃不上饭才去参军的，我们家那个小崽子倒好，吃穿不愁，可天天想着舞枪弄棒。我让他读书，他不读；让他学做生意，他也不肯，整天就知道跟那些混混鬼混。老宋，你不知道，前一阵子，他迷上了一个叫什么青花的贼婆娘，认为她的功夫厉害，要跟她学功夫，结果怎么样？把他身上的钱都骗光了不算，要不是得福及时带人赶到，恐怕连命都得搭上了。"

宋时先听后，只得安慰齐隆昇道："其实二少爷挺聪明的，只是贪玩些。他要是肯读书，在过去，说不定能中状元。"

"状元？算了吧，宋老弟，他从小到大，光教书先生就被他打跑了三个。后来我送他去学堂，他差点把学堂给拆了。光宗耀祖是绝对不指着他了，我就盼着他能消停点，将来继承点祖产，别饿死了。"

宋时先笑道："齐兄，言重了，你们齐家家大业大，二少爷将来肯定有出息。哎，我记得好像二少爷周岁的时候，有个算命先生说，二少爷将来能做到四品官，定能光耀齐家门楣。"

齐隆昇正在呷茶，听到宋时先的话，险些呛了，说道："老弟，算命先生的话，你也信！看着我齐家有钱，说几句吉祥话而已，从我这儿多骗点赏钱嘛。"

宋时先忽然说道："二少爷满月酒那天我也在，我记得当时那个算命先生说，二少爷若配个贤妻，定能飞黄腾达。齐兄可否考虑过二少爷的婚姻之事？"

"怎么没考虑，我之前就想，我管不了他，娶个媳妇，说不定还能教他收收心。可他年纪尚幼，未到婚娶之龄，只能再等几年。"

"二少爷小时没定过亲？""没有，城中也没有合适的女子，再说我们家老大小时定过亲，结果一样不好。哎，可惜老弟你没有女儿，不然的话，我们两家倒是可以结亲。"

宋时先感激地笑笑并说道："齐兄抬爱了。"事实上，宋时先不是不明白齐隆昇的想法，他虽然表面上恼怒次子齐继盛顽劣，却终究不愿让他随意婚配，总想替他寻个大户人家的女儿。可齐家是此间第一富户，若论资财，城中无人能比得上齐家。能与齐家相提并论的，唯有韩家。韩家是韩氏典铺的东家，过去并不十分发达，但是这些年连年兵燹，典当行发展起来了。然而，韩家家业终究及不上齐家。

至于齐隆昇所说长子齐继昌的亲事，宋时先自然也知晓。齐继昌出生不久便与李家的长女李淑贤定亲。李家过去曾是城中最大的粮商，李淑贤父亲在世时，唯有李家能与齐家比肩，韩家则不值一提。可天有不测风云，李淑贤长到六岁时，其父在运粮途中遭了劫，不仅粮食全被土匪抢去，人也被土匪害了性命。从此，李家败落。

其实，齐隆昇心底里不是没动过悔婚的念头，毕竟齐继昌是长子，将来要继承家业，其妻是整个齐家的主母，要操持整个齐家。但齐隆昇毕竟是个商人，要想让自己的生意兴隆、乡亲认可，信义二字绝不能丢，齐隆昇不愿让自己背上嫌贫爱富、落井下石的恶名，不仅没有毁弃婚约，多年来还持续资助李家。李淑贤虽然没有过门，却一直被齐隆昇供养，李氏母女自然对齐隆昇感恩戴德。城中百姓看到齐隆昇对李家的义举，觉得他经商也会严守信义，因此天兴楼和瑞永商号的生意也越发兴隆。

但有了长子的教训，齐隆昇自然不敢再给次子随意定亲。齐隆昇虽这般说，宋时先心里却明白，纵使自家有女儿，也高攀不上齐家。齐隆昇也曾想过与官宦人家结亲，然而这些年清门城的官员走马灯似的换，且卸任后下场大多惨不忍睹。为此，齐隆昇曾和宋时先说："别看这些当官在任时风光无限，其实屁股底下抹了油，说不定哪天会滑下来，而且个个都摔得很惨，倒还不如咱们老百姓活得踏实。"

至于韩家，倒是有位姑娘待字闺中，年龄也与齐继盛相仿，只是齐韩两家素来不睦，更何况齐隆昇听说，韩家的这位大小姐"出身不好"。因此，这位韩小姐，也未能被齐隆昇相中。

贰

· 男装木兰

　　宋时先回到家后不久，管家来报，说沈家公子沈兴求见。宋时先听后微微一笑，便说道："快请。"不多时，一名少年拎着两只漆盒步入中堂。少年身材不高，但俊朗清秀，白净文气的面庞上，一双明眸显得分外灵动。

　　宋时先见到他，赶忙说道："你看你，还带什么东西，快坐!"这名叫沈兴的少年说道："宋叔帮了我那么大的忙，小侄理应前来拜谢。"

　　宋时先道："侄女……不，你这话说的，当初要不是你爹，我这条老命早就没了。帮你这点忙，也是应该。""无论如何，宋叔担了那般大的风险帮我，小侄铭记于心。今后定当竭力报答。"说着便俯身下拜，向宋时先行礼。宋时先赶忙将其扶起，说道："不必如此客气，你是我从小看着长大的，我怎么忍心你流落街头。只是你这冒充男子的方法，的确冒险了些。"

沈父如何成了宋时先的救命恩人，沈兴又是为何假扮男子？此事还要从一株杏树说起。

　　沈父名沈真，字荣志，家中世代习武。沈荣志少时行走江湖，四海为家，后来娶了妻子陈氏后不久，陈氏怀孕，沈荣志便决定在清门城安家，从此安定下来。俗话说，穷文富武，沈家是武学世家，家中有些资财，沈荣志便在清门城开了一家武馆，名为尚武堂，招收了一批少年弟子，跟随自己习武。

　　除教人武术，沈荣志时常也接一些走镖的生意，帮人护送家眷或财物。起初，并没人雇佣沈荣志走镖。可后来清门城的大粮商李掌柜被土匪谋害后，清门城的商人们都害怕了，纷纷雇佣沈荣志为自己保镖。沈荣志和宋时先便因此结识。一次，宋时先南下进茶，回城途中遭遇劫匪，宋时先的钱早已换成了茶叶，劫匪对茶叶不感兴趣，见劫不到现钱，便要绑宋时先回去当肉票。对方人多势众，沈荣志虽武艺高强，终究寡不敌众，然而沈荣志知道，宋时先此番若被劫去，今后便没人再雇自己走镖，因此拼了命与对方厮杀。此时正好有官军经过，匪徒们便跑了。

　　宋时先将沈荣志送回尚武堂时，沈荣志身负重伤，血流不止，幸得救治及时，沈荣志自幼习武，身体比较强壮，这才保住了性命。沈荣志舍命保护自己一事，令宋时先十分感动。从此之后，宋时先每次进茶，都要雇沈荣志为自己保镖。

　　沈荣志是习武之人，自然希望能有个儿子继承沈家武学。陈氏妊娠时害口，总想吃酸杏。沈荣志心中大喜，便干脆在自家院中植了一棵杏树。陈氏对丈夫道："你这是干什么？等这杏树长大了，我早就生完孩子了。"沈荣志道："咱又不是只生这一个，咱有了这棵杏树，将来你每次怀孕的时候都能吃上酸杏。"陈氏娇羞一笑。

然而，陈氏头胎生了个女儿。沈荣志心中虽有失望，但对这个女儿也算是疼爱有加。因为陈氏怀她时总想吃杏，家中又种了这棵杏树，沈荣志觉得这个女儿与杏颇为有缘，便为其取名杏儿。

沈杏儿出生后也喜欢吃杏，无论多酸的杏子都爱吃，但最爱吃的还是杏脯。小时，父亲从外面走镖回来，给她带回一包杏脯。她不舍得一次吃完，将其偷偷藏在枕头下，每天只拿出一颗来吃。

沈杏儿出生在武学世家，自幼便看着父亲带着师兄习武。她五岁那年，一日，她拉住父亲的手，求父亲教自己练武。沈荣志却道："你一个女娃练什么武？""女娃为什么就不能练武！古有秦良玉一代女将，近有秋瑾卿慷慨赴死，哪个不是大英雄？"沈荣志起初不允，后来被女儿纠缠不止，加之练武可以强健体魄，便同意女儿习武。沈杏儿天资极高，武艺进步很快，与她年龄相仿的师兄弟与她过招，仅能打个平手，时常还落下风。起初，沈荣志还以为是自己的徒弟故意相让，后来逐渐发现并非如此，女儿的确天生便是习武的材料，这让沈荣志于心甚慰。

沈杏儿出生时，经众多有识之士奔走呼号，男女平等思想已广为传播，缠足恶习基本废除，全国各地已有不少招收女子的学校。城市中的父母或者乡下家境较好者基本都会送女儿去读书。沈荣志也知，大户人家择媳时更偏爱知书达理的女子，然而清门城中没有专门招收女子的女校，沈荣志便为女儿请了位教书先生。

令沈荣志欣喜的是，沈杏儿也很聪颖，教书先生对沈荣志说，沈杏儿若是男儿身，定能读大学，出仕为官。

可惜沈杏儿并非男儿身，陈氏知道，丈夫嘴上不说，心里却极希望再有个儿子。其间陈氏曾有过一次身孕，却不幸意外流产。

终于，沈杏儿七岁那年，陈氏为丈夫诞下一个儿子。沈荣志大喜，按照族谱，为其取名为沈旺炎，希望沈家香火旺盛。

陈氏之前因小产而落下了病根，因此沈旺炎一出生便体弱多病。沈荣志本指望习武能令他体质强健，谁想沈旺炎长到八岁时，得了一场重病。沈荣志四处求医问药，却也没能救回儿子一命，未及一年，沈旺炎便不幸夭折。

儿子死后，陈氏大受打击，自此一蹶不振，如枯枝败叶一般。沈旺炎去世后不到一年，陈氏便卧病在床，第二年便撒手人寰。

妻儿双亡后，沈荣志感到了人生无趣。他关闭了尚武堂，遣散了众弟子，自己整日坐在房中，好似活死人一般。沈杏儿感觉父亲瞬间老了十岁。

沈荣志知道自己命不久矣，便叫来女儿商量自己的身后事："这些年咱们家为了给你弟弟和你娘治病，花了不少，咱们多年来的积蓄已所剩不多。唯有这间院子和这几间房屋还值些钱。只可惜你是个女娃，没法继承家产。可你今后总要继续生活，所以爹想问问你的意思，你若想嫁人，爹便豁出老脸去求你宋叔给你介绍一门亲事，把这院子卖了做你的嫁妆。你若是不肯嫁人，咱们便去附近乡下寻个老实些的小伙子，招赘进来，你们继续住在沈家。"

沈杏儿低着头，努力抑制着自己的泪水。她知道父亲虽说最疼爱的是弟弟，但是如今为自己打算，也足见一片赤诚的爱女之心。沈杏儿咬了咬下唇，说道："爹，我不想嫁人，也不想招婿。"

"那以后你一个人怎么过呢？"

"我一个人能生活。我能养活我自己，我今年已经十七岁了，我可以去女校教书，可以去做护士，还可以做纺织女工。现在有很多适合女人干的活，我不会饿死的。"

"哎，你这孩子从小就倔。你都多大了，还这么倔！"

"爹，我不想结婚，我不想生儿育女，整天围着灶台锅边，洗衣做饭。爹，我不想过那种日子，我求你了，别逼我结婚。"沈杏儿憋了这么久，终于将这句心里话说了出来，她感觉心中从未有过这般舒畅。

"哎，我就知道，当初就不该让你读书。"沈荣志行将就木，也不想勉强女儿，便道，"罢了，随你吧，儿孙自有儿孙福，只是可惜了这宅子，便宜了旁人。"

"其实……女儿倒有个方法，可以把这宅子留下。""哦，什么法子?"沈杏儿俯身在父亲耳边说了几句话，沈荣志犹豫道:"这……能行吗?""行与不行，总要一试，爹不是也不愿意将这宅子便宜了旁人吗?"

于是，父女俩将宋时先请到家中商议。宋时先同意后，沈杏儿先是离开了清门城，不久后扮作男装大张旗鼓回城，来到沈家。沈荣志则对外宣称，自己早年间行走江湖，曾与一名女子私订终身，而这位找上门来的少年，便是自己与那名女子的儿子。沈荣志请了宋时先作为证人，正式帮助这位名叫"沈兴"的少年认祖归宗。

没过多久，沈荣志离世，化名为沈兴的沈杏儿继承了祖宅。

叁
算命先生

　　沈杏儿的记忆，是从那位算命先生开始的。沈杏儿四岁那年，家里来了一位算命先生。沈荣志让妻子抱着女儿出来，那算命先生盯着沈杏儿看了许久，终于开言道："此女未来贵不可言。关键是，此女生得唇红齿白、鼻梁高挺、人中深长，面有肉包而不露骨，乃是旺夫金面。有此女辅助，将来所配之婿定能飞黄腾达，若出仕为官，至少能做到四品。"

　　沈荣志闻言大喜，给了算命先生不少赏钱，又在他耳畔叮嘱了几句。不久，沈杏儿能旺夫的消息便在清门城内传开，而且越传越离谱，说只要娶了沈杏儿为妻，纵是聋哑痴儿，也能飞黄腾达。为给沈杏儿说亲，媒婆们踏破了沈家的门槛，然而沈荣志一个也相不中。沈荣志偷偷对妻子陈氏说："杏儿是旺夫金面，又才貌双全，若将她嫁个寻常小户人家，岂非委屈了她。"

　　弟弟沈旺炎周岁那年，一日，沈荣志欣喜若狂地赶回家，对妻子陈氏道："成了！""什么成了？"陈氏一头雾水。沈荣志道："咱们家和韩家从此成了儿女亲家了。韩家有个儿子，还有个女儿，他家儿子娶咱家杏儿，女儿嫁给炎儿。咱们从此便是韩家的亲家，清门城中谁还敢看低咱们？"

陈氏道："可我听说，那韩家小姐是个丫鬟生的。""你管她是谁生的，她也是韩掌柜的女儿。"沈荣志又心满意足地叹了口气道："我原本想和齐家结亲，但姓齐的老子不识抬举。再说，他家只有儿子，没有女儿，把杏儿嫁过去，咱们儿子还没有着落。"

韩家的小姐韩如玉是韩掌柜韩重西一次酒后与丫鬟私通所生。韩重西妻子方氏虽恼恨此事，但如玉毕竟是韩重西的亲生女儿。正巧方氏膝下无女，她便将那丫鬟赶出家门，将如玉抚养在膝下。

然而如玉毕竟不是方氏的亲生女儿，多年来她虽顶着大小姐的名头，在府中却不得不处处小心，侍奉父亲嫡母，如同丫鬟一般。沈家虽有些家业，终究无法与韩家相提并论。方氏答应与沈家结亲，一方面是看中了沈杏儿的旺夫之相，另一方面也是存心故意将如玉低嫁，以解当初其母"勾引"韩重西之恨。

同为女人，陈氏自然明白方氏同意与自家结亲的原因，然而无论是将女儿嫁给韩家公子，还是让儿子娶了韩家小姐，自家都是不亏，因此陈氏对丈夫的安排也是满意。

如此这般，沈杏儿年幼时便被定了娃娃亲。只是她当时年龄尚幼，并不懂婚姻对于女子的含义。

那年，东北三省沦于日寇之手，群情激愤，沈杏儿的大师兄封敏雄对师父沈荣志说，自己要离开清门，去参军，抗击日寇。谁料却被沈荣志训诫了一顿："你这不是去白白送死。"

封敏雄说道："师父，我学这一身武艺，不就是为了保家卫国吗？"

"咱们都是老百姓，我教你习武，是为了让你将来有个谋生的本事。你出去开个武馆，给人走镖，一辈子吃穿不愁。"

"师父，可我不想像您一样过一辈子，我还年轻，我想活得更有意义。"

"什么？你看不起你师父，是不是？"这话显然激怒了沈荣志，"有意义！有什么意义？是，我承认，你是我徒弟里功夫最好的，可你功夫再好，能敌得过枪炮吗？"

在众多师兄弟里，沈杏儿和大师兄封敏雄的感情最好。当初，沈荣志不许沈杏儿习武，是封敏雄一直在旁劝解，沈荣志才改了主意。沈杏儿没有哥哥，多年来，封敏雄就如同她的亲哥哥一般爱护她、照顾她。而沈杏儿也一直十分仰慕大师兄。那时的沈杏儿情窦未开，她只知道，在大师兄和父亲发生争执的时候，她应该出言维护大师兄。

"爹，我觉得大师兄说得没错，先生也教过我，国家兴亡，匹夫有责。"可沈杏儿万万想不到，自己的话反倒适得其反。

沈荣志正在气头上："一边儿去！你个女娃懂什么！"

"爹，女娃怎么了，不管是谁，都得讲理吧？你不能因为是师父，就不讲道理。"

沈荣志刚要发作，幸得陈氏及时出现，劝住了沈荣志，又将女儿拉回了卧房。陈氏对女儿说道："你刚才真不该那样对你爹说话。"

沈杏儿委屈地说道："爹就是看不起女人。"

陈氏道："可你爹还是疼你呀，要不然他也不会费那般气力，将你嫁入韩家，韩家高门大户，你将来嫁进了韩家，那可是一辈子享用不尽的荣华富贵。"

母亲口中荣华富贵的生活，沈杏儿却并不向往。随着年龄渐长、学识渐丰，沈杏儿逐渐生出了对这样婚姻的恐惧：女子长到一定年龄，便要离开自己的父母，到一个陌生的家庭中去生活，要与一名素不相识，不知品性、才学，甚至相貌的男子同床共枕，为其生儿育女，直至死亡。她母亲陈氏算是好的，沈荣志从未打骂过陈氏，两人也很少争吵。沈荣志有能力养家，使得陈氏衣食无忧。

　　然而，并非所有女子都如陈氏一般幸运。多年来，女子遭受丈夫打骂、被公婆欺侮、终日劳碌，让沈杏儿印象深刻，女子还要织布洗衣、挣钱养家，更有甚者即便家中生计全由女子维持，女子在家中依旧毫无话语权，凡事依旧是丈夫或公婆做主。

　　对于自己未来的夫婿，韩家公子韩世坚，沈杏儿并不了解。与齐家二公子齐继盛不同，韩世坚并没有什么不好的名声。然而韩世坚身为富家公子，肯定也摆脱不了纨绔的通病。

　　"娘，我不想嫁人。"沈杏儿忍不住脱口而出。"说什么傻话，哪有女孩子不嫁人的！"陈氏斥道。沈杏儿咬住下唇，低下头，不再言语。

　　当晚，沈杏儿找到大师兄封敏雄："大师兄，你说……我能和你一起走吗？"

　　这话正巧被起夜的徐生宜听到了，不由得嗤笑道："女娃也想参军？"徐生宜在众多师兄弟中排行第二，因生了一副白净面庞，被师兄弟们取了个"徐书生"的绰号。事实上，徐生宜的确曾有靠读书拿个功名的想法，可惜多年来中原混战，寻常百姓能在乱世活下来已是不易。徐生宜也只能拜在沈荣志门下，混口饭吃。

沈杏儿闻言不服气地说道："花木兰还能代父从军呢！"

"那是编出来哄人的。"

"那秦良玉不是编出来的传说吧？"

封敏雄见两人话不投机，眼看就要吵起来，便冲二师弟摆摆手，随后将沈杏儿拉到一旁，说道："你二师兄说得没错，那的确是传说。但现在时代不同了，讲求男女平等，女子同样可以保家卫国。"

"我也要为国作贡献。大师兄，你能不能告诉我，如何才能为国作贡献，成为勇敢的女性？"沈杏儿睁着一双美丽的大眼睛，渴望地看着封敏雄。

"你年纪还小，"封敏雄摸了摸沈杏儿的头，说道，"你首先要多学些知识。咱们虽是习武之人，但是要明白，光靠蛮力是解决不了任何问题的。要想打败敌人，需要用学到的知识。"封敏雄说着并指了指自己的脑袋。

"先生教我的四书五经，我早就倒背如流了，但我不喜欢。我托你平时走镖时给我带回来的那些书倒是好看，我也都看了好多遍。我实在不知道还能去哪儿获取知识。"沈杏儿天资聪慧，先生教的内容早已无法满足她的求知欲，她便时常求封敏雄帮自己从外面买些最新出版的图书，这些书让沈杏儿看得心潮澎湃。

"其实……你还可以去外面求学，不过，师父可能不会同意。"封敏雄犹疑地说道。

"那我去求爹。"沈杏儿坚定地说道。

肆 · 南下求学

沈荣志果然拒绝了沈杏儿外出求学的要求："你要读书，当初也给你请了先生。现在早已没了科举，就算有，你一个女娃也参加不了科举。再说，你读那么多书干啥用。过两年你跟韩家公子一成亲，便可做你的富家少奶奶了。"

沈杏儿被父亲拒绝后又去找封敏雄求助。对此，封敏雄有些犹豫，毕竟沈荣志是他的师父，而且两人之前为了他从军之事已经弄得有些不愉快。

"你真的想出去读书？"

"嗯，求你了，大师兄，你就帮帮我吧。过几年我就要嫁人了，我不想连外面的世界是什么样子都不知道，就这样过一辈子。"沈杏儿说话的时候，几乎要哭出来。封敏雄看后心中难过，便点了点头。

封敏雄对师父沈荣志说道："师父，我想通了，我不想出去参军了。我年纪还小，还想再跟着您多学几年。"

沈荣志闻言心中大悦，说道："这就对了。这世上有什么能比命重要！敏雄，你是我最喜欢的徒弟，我一直把你当成我的亲生儿看待。师父想过了，将来炎儿大了主要经营武馆这一块，你呢，就负责走镖。过几年我便替你寻个好人家的女儿，帮你娶媳妇。"

封敏雄道："多谢师父。说起娶亲，我最近出门走镖，倒是听闻了一件事。"

"什么事？"

"我听说这些年，大户人家娶媳妇，都喜欢选上过学堂的女学生。因为女学生知书达理，说出去也有面子。所以徒儿想，既然师妹许给了韩家，那韩家是高门大户，您也送师妹出去读两年书吧？"

沈荣志闻言，立即板起脸来，说道："是她让你来当说客的吧？我不是不让她读书，我给她请了清门城里最好的教书先生。"

"教书先生教的那一套已经过时了。现在外面学校教的，都是最新的知识，什么西文啊、科学啊。师妹要是会了这些，成了见过世面的人，韩家定会高看她一眼。"

封敏雄说到这里，沈荣志也有所松动，和韩家结亲自然是高攀，沈荣志也担心女儿嫁过去会受气，但他嘴上仍说道："你说的那些学堂，我也不是没听说过，一群人在一起，有男有女，混在一起，不出事才怪。"

封敏雄道："师父可以送师妹去专门的女子学校，那里只有女学生，没有男学生，而且是封闭式管理，安全得很。"沈荣志终于放下了心中的顾虑，同意送沈杏儿出去读书。

没过多久，封敏雄通过走镖之机联系到了南方一家女子学校，帮助沈杏儿报了名，而后又亲自护送沈杏儿南下求学。

沈杏儿原本只想通过上学的机会见识一下外面的世界，但她万万没想到，这次南下求学，竟彻底改变了她的一生。她在学校中结识了她一生的挚友，心中永远的白月光——白小英。沈杏儿在学校中接受了许多进步思想，并且因为崇拜革命先驱，为自己取名云卿。

后来，即便她身处人生中最为艰难的困境时，她也没后悔过自己当初的这个决定。因为她相信，自己这样过一生，远比嫁给韩家公子，在家庭中受困一生要快活许多，至少自己真正地奋斗过。正因为如此，沈杏儿一直都感念封敏雄的恩情。

在白小英的鼓励下，沈杏儿原本准备逃婚，用实际行动反抗包办婚姻。她和白小英策划、准备好了一切，却忽然收到噩耗：弟弟沈旺炎夭折。沈杏儿不得不回家奔丧。事实上，当时沈杏儿心中更担心母亲。她明白弟弟对于母亲意味着什么。

她的担心并非没有道理，沈杏儿返校后不到一年，又接到了母亲病亡的消息。沈杏儿明白，自己这回回家，估计很难再回到学校了。事实上，沈杏儿之前回家时，沈荣志便不愿让她再离开家："你这次回来就不要走了，你娘太伤心了，我担心她身体扛不住。你在家多陪陪她。"沈杏儿答应父亲自己一毕业便会立刻返家，且再也不会离开家。加之封敏雄在旁劝说，沈杏儿才得以返校。

陈氏病亡时，沈杏儿已完成学业，正准备留在学校里与白小英一道继续组织学生运动。沈杏儿不免陷入了巨大的矛盾之中，若继续留在学校不返，不仅会被人视为不孝，而且沈杏儿也不会原谅自己。沈杏儿不愿母亲连个送终的人都没有。但自己此番归家，再不可能返校了。

沈杏儿对白小英道："小英，我想好了，我还是要回家。我不能不去送我娘最后一程，更何况如今家中只剩下我爹一个人。"

白小英担忧地道："那你爹逼你嫁人怎么办？"

沈杏儿道："我大师兄刚写信给我，他说韩家有可能同意退婚了。因为我原本是给我弟弟换亲，如今我弟弟不在了，我家跟韩家的婚约也就毁了一半。"

"那太好了，恭喜你了，杏儿。"沈杏儿面上却毫无喜色，反倒难过得落下泪来："只是我这次回家，怕是再也无法回来了。你我……更不知何日才能重逢……"白小英伸手替沈杏儿揩去了泪水："莫哭，我们都是要做巾帼英雄的人，不能遇事哭哭啼啼。天下之大，我相信你我总会重逢。来，这个送给你。"白小英说着从颈上摘下了她一直佩戴的玉葫芦，将其戴在了沈杏儿颈上："这是我离家时，我娘送给我的，现在我把它送给你。"

"你娘留给你的，我怎么能要？"

"为什么不能？你是我最好的朋友，我们要做一辈子的好朋友。"

"小英……"沈杏儿说着又要落泪，想起白小英刚才的话，赶忙将泪水忍了回去，"小英，我虽不用嫁给韩家，但不知我爹还会不会将我再许给别人。弟弟走的时候，我爹曾说过，家中不能没有男丁，他想招赘个女婿。"

"那不是正好吗？你正好可以求伯父把你那位大师兄招赘进来呀！你就别不承认了，我早就看出来了，其实你心里喜欢的人是他，对不对？"

沈杏儿不由得羞红了脸："你……你就别胡说了，封师兄他……不会同意的。"

"你怎么知道不会？我觉得他挺喜欢你的，要不怎么会为了送你出来上学，牺牲了自己出来闯荡的机会。"

沈杏儿却道："我说的就是这个，我爹想招赘，无非就是想找个人，安分守己地帮他守着武馆。封师兄他志在四方，他就像是天上翱翔的雄鹰，不愿意甘心当个家雀被圈在笼中的。总有一天，他还是会离开尚武堂的。"

"那……"白小英沉吟了一阵，忽然道，"我倒是有个法子。"白小英在沈杏儿耳畔说了几句。沈杏儿道："这个法子能行吗？""行与不行，总要试一试。"

陈氏去世后，沈荣志再无心经营尚武堂，便招来众弟子，说道："为师无力再带你们了，从今往后你们各奔前程吧。这些钱你们拿去分了，作为各自的盘缠。除此之外，为师再送你们一句话，咱们习武之人，无论今后做什么，都不能丢了义字。"

徐生宜上前拉住师父的手，说道："师父，我不走，我留下来陪您，尚武堂这块牌子不能倒。"沈荣志苦笑道："一块破牌子，倒不倒有什么要紧！你不是跟敏雄约好了，要一道南下从军吗？走吧。"

封敏雄盯着师父，半晌没有说话，终于跪下来，"咚、咚、咚"，磕了三个响头，而后沉重地说道："师父，弟子走了。自古忠孝不能两全，恕弟子不能留下来陪您。您和师妹都保重。"

临近启程，徐生宜偷偷对封敏雄说道："你为什么非要走？如今小师弟没了，我看师父似乎动了招婿的念头，师父一直喜欢你，你为什么不留下来，将来师妹和尚武堂就都是你的了。"

封敏雄看了他一眼，说道："你为什么不留下来？你不是也一直喜欢师妹吗！"

徐生宜的心事被说破，有些不好意思："嗨，别说我了，咱们这几个师兄弟，谁不喜欢师妹呢？可惜师父看不上我们，可你就不同了。"

"哼，当初咱们几个都喜欢师妹，师父怎么可能看不出来，可他非要把师妹许给韩家，无非就是想把她卖个好价钱。"

"一日为师，终身为父，你怎么能这样说师父？"

"本来就是这么回事。"

"莫多言了，赶紧收拾行李吧。"

离开沈家那天，院中的杏树飘下了几片枯叶，封敏雄拾起一片叶子，打开自己的笔记本，夹在其中。

沈杏儿一直送封敏雄和徐生宜出了清门城门。沈杏儿依依不舍道："师兄……"封敏雄轻轻为她将鬓边的散发拨到脑后，说道："别难过，记住我跟你说过的话，多读书，在这个时代，身为女子，你也有机会为国作贡献。我相信，你将来一定能成为国之栋梁。"

沈杏儿望着封敏雄渐行渐远的背影，口中喃喃地道："我会的。"

伍 · 缘起师徒

沈荣志万万没想到，沈杏儿居然主动提出要与韩家解除婚约。沈荣志对女儿道："你可知道，这清门城中多少女子都巴望着嫁进韩家。咱们清门城中的大户，除了齐家，便是韩家。齐家咱们是高攀不上，就是这韩家，当初爹也是费尽力气，才让人家与咱家结了亲。"

沈杏儿道："爹，无论是齐家，还是韩家，我都不想嫁。我只想守着您，好好侍奉您。这些年我在外读书，也没法尽孝。如今我回来了，不想再离开您了。"

沈荣志道："你守着我这个老头子有什么意思？"沈荣志忽然看到沈杏儿颈间挂着一只玉葫芦吊坠，他不由得皱了皱眉并说："你非要和韩家退婚，不会是在外面有了相好的吧？"

沈杏儿顿时羞红了脸："爹，您说什么呢。"

"这玉吊坠是谁送的？"

"同学呀。"

"男同学?"

"爹,我读的是女校,哪有男同学呀?"

自从妻子离世后,沈荣志也是日薄西山,沈杏儿坚持要退婚,沈荣志也拗不过她。当初两家结亲时说好儿女换亲,沈旺炎夭折,韩如玉与其的婚约自然也废除。按理说,只娶媳、不嫁女,韩家并不吃亏,但是韩家之所以有意退婚,是觉得沈杏儿弟母俱亡,怕是个命硬克夫之人,韩重西夫妇心中忌讳。因此两家再次一拍即合,沈杏儿就此解除了婚约。

沈杏儿退婚后,沈荣志膝下无子,沈杏儿又不肯招婿。清门仍奉行本地旧俗,某家若没有儿子,女儿又未招婿,家产便要归宗亲所有。沈杏儿忆起白小英当初给自己出的主意,向父亲提出了女扮男装的提议,又请宋时先作为保人,这便有了沈杏儿女扮男装前去拜访宋时先的一幕。

宋时先问沈杏儿:"令尊的后事都办妥了?"沈杏儿点了点头。"那你今后有什么打算?"沈杏儿说道:"侄女正想为此事拜托宋叔。侄女想请求宋叔替侄女寻一份工作。侄女不怕吃苦,只要能有一口饭吃,即使没有报酬,也没有关系。不知宋叔的茶庄里还缺学徒工吗?"

宋时先皱眉道:"不是叔叔不帮你,只是来我店做学徒工,太委屈了你。再说,学徒工要与师傅同吃同住,你是一个女娃,有诸多不便呀。"

其实,宋时先没有说出拒绝的真实原因,时局不好,他的茶庄生意也不景气,他实在无力再多养活一个伙计。

沈杏儿似乎看出宋时先的心思,她低头沉吟了一会儿,说道:

"那宋叔能不能帮我介绍到别处去做工？比如，天兴楼？侄女厨艺尚可，可以去那里做大厨。不，做帮厨，或者是跑堂、杂役也可以。侄女不怕吃苦的。"

"天兴楼……"宋时先脑海中灵光一现，"对了，你能不能教人习武？"

"啊？"沈杏儿有些惊讶，她从小看着父亲教人武功，却从没想到自己也能当人家的师父。"可是，我爹已经把尚武堂解散了呀，尚武堂的牌子都摘了。"

宋时先道："不是让你开武馆，是让你教人习武，只教一个人。"

"谁呀？"

"齐家的二公子齐继盛。"

此人沈杏儿自然早有耳闻，清门城中人都说，齐家老掌柜齐隆昇在城中要风得风、要雨得雨，事事如意，唯独这次子让他头疼。齐隆昇的糟心事成了城中百姓的快意事。不少穷人家时常以此自慰："有钱有什么用，生出个败家子，金山银山也得给败光了，还得把老子气出病来。"

沈杏儿一时间没忍住，冲口而出道："齐家二公子可是咱们城中有名的纨绔子弟，听说他劣迹斑斑……"

宋时先道："侄女，你刚才不是说，不怕吃苦吗？"

"我是不怕吃苦，可是这齐二公子他……"

"我知道，他是顽劣了些。让你教他武功，不过是个幌子，齐掌柜是想找个人管束他，教他走正道。"

"他爹都管不了他，我怎么管得了啊？"

宋时先决意促成此事，一是可以替齐掌柜解这块心病，二是又能替沈杏儿谋个营生："这个齐二公子，今年十四，应该是小你三岁，也并非让你把他教成武状元，只是要你让他不要四处闯祸。而且，最关键的是，齐家家大业大，出的束脩定不会少。"

沈杏儿闻言心中一动。她并非见钱眼开之人，但是她曾在心中立下誓言，想要攒一笔钱，去南方找白小英。

沈杏儿道："宋叔，我不是挑三拣四，我是怕……我做不好。"宋时先道："不如这样，我先去和齐掌柜商议一下，你先试上三个月，若实在不行，我再替你寻别的活计。"

"也好，那便有劳宋叔了。"

宋时先将此事告知齐隆昇时，齐隆昇道："这个姓沈的小子，可靠吗？听说他是私生子。"

宋时先道："他的出身的确不好，但是人品绝对正直。这个我可以作保。不仅如此，他学识也好得很，曾经在南方的现代学堂里读了好几年书。"

齐隆昇闻言，有些心动："果真如此，那倒也好。盛儿一直想找个人教他武艺，此人既会武艺又读过书，倒可以借习武之名，教他多读些书。"

宋时先见齐隆昇心动，赶紧说道："是啊，我也是这个意思，不如这样，让沈兴先试上三个月，若不行，便辞了他。"齐隆昇点了点头。

两边说通后，宋时先便带沈杏儿前来齐家。齐隆昇见沈杏儿文质彬彬、言谈有礼，心中认可。

齐隆昇对管家齐得福道："去把二少爷叫过来。"齐得福赶紧前去二少爷齐继盛房中，说道："二少爷，老爷有请。"岂料半晌无人应声，齐得福只得壮着胆子走上前去，撩开床帐。"哎呀！"齐得福与床内之人同时惊呼。

齐家的二少爷齐继盛正身着白色上衣练功夫，盘腿在床上打坐，如今被齐得福打搅，自然没有好气，恶狠狠地瞪着他道："你干吗啊！不知道我在练功吗？把我的真气搅乱了，不仅武功练不成，还有可能出人命。你担得起吗？！"

"担不起，担不起。"齐得福诚惶诚恐地连连作揖，"二少爷，小的真不是故意打扰您练功，是老爷叫您过去，还挺急的。"

"我爹叫我干吗？"

"好事。说是给您找了个教武功的师父。"

"我爹帮我找了个教武功的师父？这不是太阳从西边出来了吗！他不是一直反对我练武吗？"

"嗨，这我哪说得准，您去看看就知道了。"

齐继盛一边慵懒地穿衣起身，一边问道："他找的什么人，你知道吗？"

"说是……沈家的公子，叫沈兴。沈家不是之前在咱们城里开武馆的那家吗？他家那个武馆叫什么来着……"

"尚武堂。"齐继盛回答道。

"对，就是这个名。"

齐继盛撇撇嘴，不屑地道："这个尚武堂我早就听说过，都是些走镖的把式，能有什么真功夫。"

"有没有真功夫，您去看看不就知道了？"

"也对，带我前去，给他个下马威，教他知道什么是真功夫。"

齐得福帮齐继盛提好了鞋。齐继盛一晃三摇地来到了正厅："爹，宋叔。"

齐隆昇道："盛儿，这位是沈家公子沈兴。你不是喜欢习武吗？爹便请他来教你武功。他家是武学世家，从今往后，你跟着他习武。"

齐继盛这才把目光转向沈杏儿，沈杏儿本就是女扮男装，因此和一般男子比起来，自然显得身材娇小、皮肤白净。齐继盛虽然只有十四岁，身材却已和沈杏儿相仿。齐继盛见这样一位白净书生般的人，心中自然不免生出了轻慢之意。

齐继盛伸出了手道："哦，你就是爹找来教我武功的啊，幸会，幸会……啊……疼、疼、疼，你放手！"齐继盛本想借握手之机给对方一个下马威，谁想沈杏儿早有防备，暗中使力。见齐继盛呼痛，沈杏儿这才松开了手，脸上却始终保持着微笑。

齐隆昇见状，与宋时先对望了一眼，说道："盛儿啊，莫要顽皮，好生拜师。"

"不必了。"沈杏儿说道，"我们习武之人，拜师是件大事。一日为师，终身为父，若要拜师，须要对师父心服口服。我想……"沈杏儿说着，瞟了一眼齐继盛："现在让二少爷拜师，怕是口服，心也不服。不若这样，教他先去尚武堂……不，先去我家，随我练些时日，二少爷若真心实意拜师，再行拜师也不迟。"

这也是宋时先和齐隆昇的原意，因此双方约定，翌日一早，齐继盛便去沈家，随沈杏儿习武。

陆·三日赌约

直到翌日晌午，齐继盛才翩翩而至。齐继盛见沈杏儿早已搬了把椅子端坐在院中等自己，不由得不屑地轻笑一声。沈杏儿也不恼怒，只冷冷地道："要想习武，首先要勤，你连早起都做不到，还想学什么武？还不如回家当你的阔少爷，吃饱了混天黑。"

齐继盛哼了一声道："你有什么资格教训我！小爷我天生就是习武之才，别人练三年，我练三个月就能学会。用不着早起。"

沈杏儿道："好吧，我知道你不服气。"

"那是自然，上次是你暗地里使绊子。"

"好，我今日给你一个机会，跟我正大光明地比一场。你若是赢了，你可以回家，我不拦你；你若想留在这里，免得你多管束，从今以后你想做什么，我绝不管你，也不会和你爹说。"

齐继盛眼睛一亮："当真？"

"自然。习武之人一言九鼎。"

"好！比什么？"

"你想比什么，就比什么。"

"比拳术。"

沈杏儿身为女性，拳术并非其所长，但是她自信对齐继盛已是绰绰有余。果然，不出五个回合，齐继盛便败下阵来，还险些跌倒。幸亏沈杏儿伸手轻轻一拨，他方才站稳。

"这回不算！再来！"

"好啊，这回比什么？"

"比兵器。"

"那可不行。"

"怎么，你怕了？"

"我怕伤到你。"

"哼！吹牛！"

"也罢。"沈杏儿说道，"我再给你一次机会，三天，晚上也算，这期间你可以在任何时间袭击我，偷袭也行，只要你能制服我，我之前答应你的依旧算数。"

齐继盛心想，这未免也太容易了，便道："当真？"

"自然。你若不信，可以与我立下誓约，签字画押。已经晌午了，先进屋吃饭吧。"

沈杏儿准备的午饭虽说简单，却不失精细，一碗粉蒸肉，用精肥参半之肉，炒米粉黄色，拌上面酱一起上屉蒸，下用白菜做垫。蒸熟后，不但肉质鲜美，白菜亦鲜香。一盘葱花鸡蛋焓炒地皮菜，黑、黄、绿相间，土味儿中透着清新。主食则是乌米饭。一颗颗米粒乌黑发亮，圆润饱满。其实是糯米经过乌饭叶汁的浸泡，变为乌黑颜色。除此之外，还有沈杏儿自家腌制的瓜豆酱和几种小菜。

荤素搭配，咸甜相宜。

齐继盛看上去略有些犹疑，沈杏儿道："放心，没毒。"齐继盛这才放下心来，坐下来。齐继盛吃了两口，问道："这些菜都是你烧的？""不是我烧的，难不成是你烧的？""嗯，不错，好吃。我家里的厨子，还有我们天兴楼的厨子，都没有你烧的好吃。你不应该教人武功，你应该去当厨子。"

沈杏儿笑着道："我原本也是想去你们天兴楼当厨子的，可惜你们天兴楼看不上我。""嗯，你放心，等我打赢了你，"齐继盛边吃边道，"我去跟我爹说，让他招你当厨子。嗯，你干脆也别去天兴楼了，就去我家，专门烧菜给我吃。"

沈杏儿忽然觉得这个富家少爷有点意思，她淡淡一笑道："你还是先想办法打赢我再说吧。"

饭后，沈杏儿收拾碗筷的工夫，打退了齐继盛的两次偷袭。齐继盛说道："我有点事，出去一趟。"沈杏儿点了点头，随他去了。齐继盛回到家中，找来管家齐德福，说道："你去药房，给我买点巴豆回来。"

"啊，您要巴豆干什么用啊？"

"你别管了。快去。"齐继盛心想，光靠武力是不行了，只能给沈兴下药。

齐德福回来后，对齐继盛道："二少爷，你买这个，让谁吃啊？药房的人可说了，这东西吃多了，会要人命。"

"要命？不是只会让人拉肚子吗？"

"不是，这东西毒性很大。"

"算了，"齐继盛打开药包，挖出了指甲大小的粉末，用纸包了起来，说道，"把这个拿给咱家的厨子，让他下在汤里。然后把饭菜放在饭盒里并给我送来,我要带走。""您要带给谁吃啊?""你别管。"

晚间,齐继盛拎着饭盒来到沈家:"给你尝尝我们天兴楼厨子的手艺。"沈杏儿面上含笑,接过饭盒,打开后,开始细嚼慢咽。齐继盛道:"哎,我说你一个爷们儿怎么吃饭这么慢!"

沈杏儿笑道:"我吃得慢,如果有人给我下毒的话,我死得也慢啊。"齐继盛面上一红。不久,沈杏儿已吃了大半饭菜。沈杏儿端起碗来,准备喝汤,齐继盛却忽然夺过碗,说道:"这汤今天做得不好,你别喝了。"

沈杏儿道:"天兴楼的厨子还有做得不好的时候?我倒要尝尝。"说罢,不由分说,从齐继盛手中夺回碗来,给自己盛了一碗汤,瞬间喝掉了大半。齐继盛盯着沈杏儿,见她并无异常,心中万分奇怪。

沈杏儿揩了揩嘴角,说道:"我吃完了,你们天兴楼的厨子手艺不错,就是……菜烧得咸了点。"

"咸?不能吧?"

"不信你尝尝?怎么,你不敢尝?"

"这有什么不敢?"齐继盛用调羹盛了一小口汤放在嘴边,立刻吐了出来,"呸,好咸!"

沈杏儿忍俊不禁道:"知道为什么这么咸吗?因为我用盐,调包了你的巴豆粉。"

"什么!你进我家后厨了?"

"我哪有那个本事。齐得福在路上的时候,我雇了一个偷儿,把他的药调包了。"

"你!阴险无耻!"

"给人下药不是更无耻吗?"齐继盛默然不语。

沈杏儿道:"这些饭菜里,只有这道汤是咸的,证明你并没有给我下太大剂量,做事还算有分寸。我要喝汤时,你故意阻拦我,证明你良知未泯,还算是个可造之才。"

齐继盛不屑道:"哼,下药,是你主动提出来的,我原本也不屑用这种下三滥的手段。我要赢你,自然要正大光明。"

"我的意思是,如果你打不过我,可以下药。可你还是选择了下药,说明你承认打不赢我了?"

"谁说的?还有两天时间,咱们走着瞧。"

当晚,齐继盛回到家中,躺在床上,心想:"这个姓沈的果然有些本事,跟他正面硬碰硬,肯定是打不过他了,下药又太卑鄙,想要打赢他,必须用非常的手段。"齐继盛忽然想起,原先那个青花姐,说清门城南郊有位高人,武功厉害,若做了他的徒弟,可以迅速练成神功,最快只需要一两天。只不过他收的束脩甚高,寻常人家承担不起。当然,齐家并非寻常人家。何况齐继盛早就想找他拜师学艺,奈何上回青花姐一事后,父亲不再许他随意出门,特别是出城。这次终于找到机会,可不能轻易放过。

翌日一早,齐继盛找齐得福支了一大笔银钱。齐得福问道:"二少爷,您要这么多钱干什么呀?""那位沈师父说了,今天要带我出城习武,这是他要的。"沈杏儿是宋时先介绍来的,齐得福也不好轻易质疑,只得由他。

齐继盛背着一袋子银圆,前去南郊,按照之前青花姐说的,在城门外第三棵榕树的树洞中放了三粒石子。不久,便有一个长着斗鸡眼的人前来问齐继盛:"你想找我家马大师?"

"嗯。"齐继盛点点头。

斗鸡眼眯起了那双斗鸡眼，一脸神秘地问道："是要拜师，还是求他作法？"

"拜师，我是真心想拜师学艺的。"

"拜师的钱带够了吗？"

"带够了。"齐继盛将肩头的钱袋掂了掂。对方满意地点了点头："你在这儿等着。"说罢，转身离开。

齐继盛候了一会儿，斗鸡眼回来了，对齐继盛道："跟我来吧。"斗鸡眼带着齐继盛行至山林深处，见一人身着青色道袍，正在一块大石上打坐。齐继盛走近，他眼也没睁，说道："你最近定是遭遇了大麻烦，遇到了一个极难对付的人。"

齐继盛闻言惊道："大师，真乃神人也！"

马大师冲斗鸡眼使了个眼色，斗鸡眼上前，准备接过齐继盛背后的钱袋，齐继盛略微迟疑，未将钱袋交出。马大师见状，从石上起身，朝附近一块青石用力一拍，只见那石应声而碎。一阵风起，青石碎屑被吹得漫天飞舞。

齐继盛顿时惊悸，半晌，终于朝马大师跪拜道："求师父将此大神力，教给徒儿。"

马大师道："我还没有答应收你为徒。"

齐继盛打开身后的钱袋，说道："师父，银圆我都带来了，求师父收下我吧。那人让我在三日之内打败他，如今只剩下两日，求师父授我速成之法。"

马大师依旧没有睁眼："也罢，两日之内若想练成神功并不容易，唯有将将我的功力输送给你，你再与人动手，便会一招制敌。"

齐继盛不解道："啊？师父把功力给了我，您怎么办？"

斗鸡眼道："大师功力深不可测，给你一点就够你用了。"

齐继盛闻言道："多谢师父。"马大师眯着眼冲他招招手，齐继盛急忙上前，马大师用手在他腹间用力一按，齐继盛痛叫一声。马大师道："好了。"他朝身边的一棵榕树一指："你试试用手把这棵树砍断。""啊？我可不行。"斗鸡眼道："大师让你砍，你就砍！"

齐继盛深吸一口气："嘿！"那树果然应声而断。"成了！我练成了神功啦！"齐继盛惊喜地道。他跪下，朝马大师磕了三个响头，说道："多谢师父！我这就回去与人比武，等打赢了他，再来拜谢师父。"

柒 · 坦露心迹

　　齐继盛转身要走，却不料迎面撞到了一个人，这人正是沈杏儿。齐继盛道："你来得正好。我正要找你，咱俩现在正大光明比一场。"

　　"不急。"沈杏儿摆手制止他，"听说你练成了神功，我来见识见识。"

　　"试就试！"齐继盛走到沈杏儿身旁的大树前，说道："你让开点，免得待会儿树倒了，砸到你。"沈杏儿忍住了笑，后退一步。

　　"嘿！"树干纹丝未动，齐继盛手掌边却红肿了。"师父，我的神功怎么不灵了？师父……"齐继盛一回身，却不见了马大师的身影。

　　只听得沈杏儿说道："在这儿呢。"不远处，沈杏儿正扯着马大师的衣襟。马大师拼命挣扎，说道："哪来的小子，如此无礼！"齐继盛赶紧上前制止道："你放开我师父。"

　　沈杏儿松开了手，说道："在下沈兴。骗了钱，想脚底抹油，恐怕没有这么便宜的事。"斗鸡眼凑在马大师耳边道:"是尚武堂沈家的人,听说这小子功夫了得。"马大师面色微微一变,说道:"你想怎么样?"

"很简单。把钱留下,再磕三个响头,我便不追究此事了。""你做梦!"马大师斥道。他再次转身想走,却被齐继盛拦住:"师父,这到底是怎么回事?我的功夫怎么没了呀!"

沈杏儿无奈道:"这么简单的骗局,你看不出来吗?那青石板是他用碎石黏合的,"沈杏儿捡起一块碎石放在鼻尖嗅了嗅:"上面还有糨糊味。还有那棵树,也是他事先锯断的,你看,这旁边还有锯末。想不到在这个崇尚科学的年代,还有人用这么低级骗术骗钱。放下钱,赶紧滚。"

"恐怕没那么容易。"斗鸡眼瞬间抽出一把匕首,抵住齐继盛颈间,"把钱放下,不然我就宰了他。"原来,马大师和斗鸡眼都是附近山上的土匪,后来被人占了山头,只能做劫道的土匪。可自从沈荣志开始走镖后,劫道的"生意"也越发不好做,于是马大师便想出了这个骗钱的法子。

沈杏儿见状,暗自思忖,若斗鸡眼只是拿着刀,她可一招将其制服。然而他如今手里挟持着齐继盛,若与他动手,难保斗鸡眼不会伤到他。一念至此,她故作轻松道:"赶快动手,千万别犹豫。你把他一杀,我把钱一拿,到时候官府追究起来,人还是你们杀的。你们杀人,我得财,真是大便宜。"

斗鸡眼见状,看了一眼那袋银圆。

此时,斗鸡眼已分心,沈杏儿借机上前。斗鸡眼感到眼前一晃,匕首已经到了沈杏儿手中。斗鸡眼见状,干脆放弃了齐继盛。只听到"嗖"的一声,斗鸡眼和马大师两人的手刚好叠在一起,被沈杏儿用匕首钉在了地上。

沈杏儿走上前去，拎起钱袋，对着两人说道："这回是手，下回便是脑袋。要是再让我看见你们骗人，我绝不轻饶。"

沈杏儿把钱袋丢给齐继盛，说道："傻愣着干吗？赶紧回城。"

齐继盛先是被骗，后又被劫持，早已吓傻，沈杏儿走出好远，他才缓过神。他走到沈杏儿身旁，说道："师父，你武功真厉害，这回我真的服了。"诸般武功中，沈杏儿最擅长的便是暗器，今天沈杏儿以匕首做飞刀，算是露了真功夫。

沈杏儿白了他一眼道："谁是你师父啊！你拜师了吗？我同意了吗？"齐继盛道："我现在就拜师。"齐继盛说着，便要下跪，沈杏儿拉住了他："哎，你干什么？回去再说。"

一路上，齐继盛难掩兴奋之情，问沈杏儿道："师父，你夺斗鸡眼刀的那招，用的是什么武功？好厉害。"

齐继盛忽然说道："老天真不公平。凭什么你长得那么好看，人又聪明，武功还那么高。世上的好事都让你占了。"毕竟沈杏儿当时只有十七岁，听到这恭维之词，心中不为所动是不可能的。她抑制住心中的得意，故意说道："我家里穷，还需要教人武功挣钱。"

齐继盛看了她一眼，没再作声。

回到沈家，沈杏儿端坐堂中，问齐继盛道："你想好了？这三日之约只过了两日，你还有一天的时间。"

齐继盛道："我想好了，我确实打不过你，我输得心服口服。我要拜师，跟着你好好学。"

"嗯，那我问你，你这些年拼命地想学武功，到底是为了什么？要说实话，你要是敢骗我的话，我可饶不了你。"

"我不敢。"齐继盛低下头，"小的时候最开始只是看街头练把式的，觉得他们很厉害，练武很有意思。可后来……"

"后来怎么样?"

"你还记得你刚才在路上跟我说的话吗?"

"什么话?"

"你说你家里穷，所以才需要教人武功挣钱。对，没错，我家是有钱。我从小就听人说我命好，生下来要啥有啥，穿金戴银。我从小根本不知道我什么事做得好，什么事做得不好。因为不管我做什么事，做得怎么样，都会有一堆人夸我。"

沈杏儿问道:"你爹……管你，管得不是很严吗?"

"没错，他是管我很严。我只要一不听话，他就会打我。但他从来不告诉我为什么被打。他从不教我任何道理，他说教人明理是教书先生该干的事。他是我爹，当儿子的，必须无条件服从父亲的命令。"

沈杏儿道:"我听说你打跑过三个教书先生。"

"没错，因为他们只会夸我。我听说，别的小孩做错了功课，都会被打手心，可他们从来没打过我。我整天在字帖上画乌龟，但是他们对我爹说，我天生就是读书的料。我爹考我功课时，他们直接替我写。我爹当面考我，我答不出来，我爹认为，我故意不回答，打我一顿，也不会怀疑是他们没教好。"

沈杏儿脱口而出:"难怪你会那么蠢……不是，就是单纯。"沈杏儿连忙改口道。

齐继盛嗤笑道:"别装了，我知道你觉得我蠢。跟你比，我当然蠢了。"

"不是的。"听到他这么说，沈杏儿忽然有些心疼，"你只是被家里保护得太好了，所以太单纯了。你知道，我很缺钱，但是宋叔跟我说，让我教你的时候，我却拒绝了。因为我不仅妒忌你，而且还很厌恶你。没错，我一直都很妒忌你。你从小到大，什么都有，众星捧月。而我生来就低人一等，从小到大，都是我自己拼命抗争得来的。"

"我历尽艰辛，才走到今天，即便到了今天，我仍然前途未卜。事实上，当你的劣迹在清门城传扬开来时，不少人都是抱着幸灾乐祸的态度，觉得齐掌柜总算有了一桩令他不顺心的事。但我觉得你不珍惜属于你的一切，你这种人就不配活在世上。自从我见到你，直到现在，短短两天的时间，我觉得其实你并不坏。"

"你只是缺个人教导你，将你引入正途。"

齐继盛眼前一亮："那你同意收我为徒啦？"

"还没有。你还没有告诉我，你到底为何要习武呢。"

齐继盛一扬头，说道："我家有钱，那都是我爷爷和我爹挣的。我想凭我自己的本事闯荡，就像说书人说的那些大侠一样，行侠仗义、为民除害。"

捌·严师顽徒

沈杏儿闻言，呷了口茶道："拜师可以，但要约法三章。第一，我是你师父，以后我让你干什么，你就得干什么。"

"没问题，我保证听话。"

"第二，你以后要是不听话或是犯了错，我会罚你，你必须得老老实实受罚。你要是忍受不了，现在后悔还来得及。"

"我……我受得了。你随便责罚，我保证不告诉我爹。"

"好。第三，学武功是为了保护自己和家人。你若仗着武功欺凌弱小，特别是欺侮妇女，别怪我对你不客气。我会立刻将你逐出师门。"

"这个你也放心，我不会那么做的。"

沈杏儿点点头道："那就好，拜师吧。"齐继盛二话不说，跪下来要磕头，刚磕了一个响头，他就痛呼一声。原来他手上有伤，跪下磕头时手掌击地，碰到了伤口。沈杏儿赶忙扶起了他："手上有伤，就先别磕头了。"又关切地道："很疼吧？我给你上点药，包扎一下。"

沈杏儿轻轻地替齐继盛上药、包扎伤口，尽量不弄疼他。其间齐继盛一直看着她，令她有些不好意思："看什么！习武之人，学习处理伤口是必修课。"

齐继盛却道："我用不着学，有师父帮我包扎就行了。"

沈杏儿道："我是你师父，又不是你家丫鬟。"

"丫鬟？"

"小厮。"沈杏儿尴尬地改口道。

两人约定翌日一早卯时三刻齐继盛来沈杏儿家，正式开始习武。岂料翌日一早，直到辰时三刻齐继盛才满头大汗急匆匆地赶到沈家，齐继盛一见到沈杏儿的表情，心中暗道不好，赶紧道："师父，对不起，我……我起晚了。"

沈杏儿沉着脸，说道："你整整迟了一个时辰。此事我先给你记下。"齐继盛闻言，不由得打了个寒战，他心想，师父虽说人不错，但是凶起来还是挺让人害怕的。

沈杏儿说道："你之前虽说练过几天，但都是不中用的花架子。你的基本功不扎实，所以要先从基本功练起。你先在院中踢一百次腿。"

"啊？"

"忘了你昨天怎么保证的？你自己数着，踢完了，喊我。"沈杏儿说完，便走进书房，拿出了一本《新生》，细细品读。如今唯一值得沈杏儿高兴的事情便是，她可以自由地购买她喜欢的书刊。过去，沈杏儿手中银钱有限，父亲也不允许她看这些进步书刊。她每次都托封敏雄趁走镖之机偷偷给自己买书。每次封敏雄给她带书回来，两人都会偷偷交接。沈杏儿过去一直以为书刊很便宜，后来沈杏儿自己买书时才知道，原来封敏雄一直自己垫钱帮她买书。为了买那些书，封敏雄不知道饿了多少顿。只可惜他早已离去，自己此生不知还有没有机会与他重逢，向他说一声谢谢。她有时埋怨封敏雄，即便参了军，也应该给自己写封信，为何这么绝情，音讯全无？

齐继盛原本是想乖乖踢完一百次腿的，奈何踢到后来，实在太累，他拿眼瞟了一眼书房，见沈杏儿低头读书，无暇他顾，便只大声报数，腿上卸了几分力气："九十八、九十九、一百！我踢完了！"齐继盛高声喊道。

沈杏儿应了一声，从书房里走了出来。齐继盛看到她手中握的东西，原本就酸软的腿顿时打起战来。

原来，沈杏儿手里拿了一片三尺见长一寸见宽的竹板，那是过去沈荣志教训徒弟用的。齐继盛道："师……师父，你……你要干吗？"

沈杏儿板着脸道："我让你踢一百次腿，你只踢了不到六十次腿。我给你抹个零，算你还欠四十腿，便是四十板。你早晨迟了一个时辰，给你打个折扣，算你三十板。一共七十板，趴那儿吧。"沈杏儿说罢，手指院中的石桌。

"啊？你……你真要打我？"

"你现在反悔还来得及，你要是受不了，现在可以回家，我绝不拦你。当你从来没拜过师。"

齐继盛把心一横，趴在了石桌上，咬着牙说道："来吧。金钟罩铁布衫，老子练的就是屁股。啊……疼……"沈杏儿失笑道："你这金钟罩练得不怎么样，我都没使劲呢。"

沈杏儿有意让他长个记性，也是为自己立威，手上又加了几分力。齐继盛连忙求饶道："求求你，别打了，太疼了。"

沈杏儿听着他的惨叫，也有些犹豫，他毕竟是齐家的少爷，若真打坏了他，自己也赔不起。更何况齐继盛丝毫没有挣扎，看来还算乖，便停了手，说道："还剩四十下，给你记着，下回要是再犯，一起罚。"

齐继盛似得了大赦般，长出了一口气，挣扎着站起身来。沈杏儿见状扶了他一把，说道："时候不早了，你又挨了打，估计也练不了了。你先进屋歇着，我给你做饭去。"

沈家败落后，空房余出不少。沈杏儿把过去封敏雄住的房间打扫干净，让齐继盛先进去休息。齐继盛趴在床上大呼小叫地喊疼，沈杏儿却也不再理他，转身去厨房做饭。

饭菜做好后，沈杏儿喊齐继盛来堂屋吃饭，齐继盛却道："我屁股疼，坐不了椅子，你把饭菜端来，在床边喂我吃。"齐继盛倒也不是故意耍少爷脾气，只是平时他在家中挨过打后，都是由家中佣人喂他。

沈杏儿走进来，冷冷地看了他一眼，说道："你真把我当你家佣人了？反正饭做好了，你爱吃不吃。"说罢，转身便走。

齐继盛虽然恼她，却耐不住腹中饥饿，只得强忍着疼痛，走到了堂屋中。见沈杏儿早在桌边的椅子上铺了个软垫，齐继盛觉得她总算没那么狠心。

沈杏儿今日做的是炒面。这炒面原本是最平凡的饭，然而她在其中加了芝麻、葡萄干、核桃仁、瓜子仁等料，顿时便增添了许多滋味。炒面虽简单，然而八宝肉圆是费了工夫，需将精肥各半的猪肉斩成泥，用松仁、香蕈、笋尖、荸荠、瓜、姜之类加淀粉，并捏成团，放入盘中，加点甜酒、秋油，一同上屉蒸煮，入口松脆。

齐继盛小心翼翼地在软垫上坐下，边吃边道："还是那句话，你练武真是可惜了，真应该去当个厨子。"沈杏儿白了他一眼，说道："我刚才打你，打轻了?"齐继盛吓得一哆嗦，吐了下舌头，不敢再作声。

事实上，沈杏儿自己的饮食平日并非总是这般精细，沈家已败落，沈杏儿自然处处节俭。然而她知齐继盛出身，嘴巴难免刁些，所以总是尽量做些新鲜饭菜。更何况他今日又挨了打，沈杏儿终究于心不忍，只得在饮食上补偿他。

沈杏儿又道："以后练功不许再偷懒了，不然的话，惩罚加倍，还有早晨不许迟到。"齐继盛低着头，低声道："我知道了。"沈杏儿又道："还有，以后不许在我面前自称老子，没大没小!""我记住了。"齐继盛乖巧地答道。

饭毕，沈杏儿收拾完碗筷，问齐继盛道："你下午还能练功吗?"齐继盛想说，屁股太疼，下午实在练不了，却又怕沈杏儿觉得自己偷懒，只张了张嘴，没有回答。沈杏儿似乎明白了他的意思，说道："罢了，你再歇歇吧。你跟我一同去书房。"

"去书房，干吗?"沈杏儿回头瞪了他一眼，齐继盛不敢再多说话，只得乖乖跟在她身后，走进书房。

沈杏儿在一把椅子上铺了一个软垫，说道："坐这儿吧。以后你每日上午练功，下午便和我在这儿念书。"

"念书? 你不是教我武功吗? 怎么还让我念书?"

"好啊，你也可以不念。那你现在就去院中踢一百次腿，再扎三个小时马步。胆敢偷懒，板子加倍伺候。"

"别，我念，还不行吗?"

沈杏儿从书架上找了一本初小社会课本，递给齐继盛，说道：

"把这篇课文背下来，待会儿我检查。背错一个字，打一下手板。"齐继盛本想抗议，一抬头，对上沈杏儿的目光，只得垂下了头去。

原来，沈杏儿为了实现齐隆昇和宋时先的要求，引导齐继盛走上正道，之前特地去学堂里买了全套的课本回来，光这些书就花去了沈杏儿大半个月的束脩。沈杏儿决定第一堂课先教他为人处世之道，便选了社会课本中的一篇《孔融》，让他背。

沈杏儿见时间已到，便问齐继盛道："背会了没有？"

"我……"

"你什么你？"沈杏儿一把从他手里夺过书，又从书架上取了一把戒尺。齐继盛不由得说道："你们家里怎么这么多刑具？"

"你怎么这么多废话？快背！"

"孔……孔氏有子……有子……六人，孔……孔融最……最少，年方四岁……然后，然后什么来着？"

"然后，手伸出来。"

"哦，然后手伸出来。"齐继盛这才反应过来，赶忙道，"别打我了，我今天已经挨过打了。"

玖

·豪门娶亲

沈杏儿说道："你中午吃了饭，晚上不吃了吗？再说，我上午打的是屁股，现在打的是手心，不冲突。快伸出来，左手。"沈杏儿用戒尺点了点面前的书桌。

齐继盛没办法，只得畏畏缩缩伸出左手。"啪"的一声，齐继盛疼得缩回手去。他看沈杏儿一直瞪着自己，只得又哆哆嗦嗦将手伸了出去，眼角却滚出了两颗豆大的泪珠。

齐继盛本就生得唇红齿白、眉目清秀，又不失阳刚之气，算是男子中一等一的长相，此时梨花带雨，更添了几分可爱。沈杏儿忽然有些不忍心，停下了手，说道："哭什么？练武之人，连这点疼都受不了？"

不料，沈杏儿这一问，反让齐继盛哭得更厉害了，他哽咽着道："我……我不是怕疼。我爹总打我，打得比你重多了。还有青花姐，也总打我。我……我是觉得你和青花姐不一样，你是真心想教我的。

不是骗我的钱，也不是故意欺负我。没想到你也是只知道打我。"

沈杏儿闻言，无奈叹了口气，拉了一把椅子，在他对面坐下，说道："你是不是以为我让你背书，是故意找借口打你？我问你，你上次跟我说，你想凭自己的本事赢得别人对你的尊敬。你是不是真的以为，光有一身好武艺，人家就能尊敬你？你只会动武，没有知识，将来能干什么，谁又会尊敬你？"

齐继盛闻言，一脸崇拜地看着沈杏儿，说道："师父，你是不是很有学问？我觉得你的话比以前教我的那些先生说得都好。"

沈杏儿倒有些不好意思："我算不上有学问，只是认认真真读了几年书。我家里穷，没办法再供我继续读书，我只能自己买书回来看。因为我知道，要想在这个时代生存下去，只有不断通过知识使自己强大起来。我打你，也是希望你能养成一个好习惯。你不希望我像你原来那些先生那样，整天哄着你吧？"

齐继盛垂下头，缓缓伸出手去："我明白了，师父，你……你打吧。"沈杏儿自然于心不忍，她伸手揉了揉齐继盛的头，柔声地说道："不打了，你好好背书。待会儿我来检查，有什么不明白的地方来问我。"齐继盛应了一声，一缕笑意浮上了嘴角。

吃完晚饭后，齐继盛道："师父，我晚上能不能睡在你家啊？"

"什么？"沈杏儿大惊失色道。沈杏儿毕竟是个年轻女性，又没有结过婚，齐继盛又与他年龄相仿，孤男寡女共处一院，连第三个人都没有，这要传出去，沈杏儿有口难辩。

"怎么了？徒弟住在师父家很正常。过去你的那些师兄弟不都住在你家吗？再说，你又不是个大姑娘。"沈杏儿拼命在脑海中盘算，总算想出了一个借口："你看，你毕竟是齐家的少爷。我家房屋简陋，怕委屈了你，你还是回家睡吧。"

"我不怕！习武之人风餐露宿都行，怕什么简陋？再说……我不想回家，是因为……"

"因为什么？"

"因为我今天挨了打。我爹要是发现我挨了打，以为我又闯了祸，大发雷霆，再打我一顿。要么，会迁怒于你，认为你打了我，不把齐家放在眼里，闹不好，不让你教我了。我不想让他迁怒于你，你也……不舍得我再挨顿打吧？"

其实，沈杏儿心中明白，齐继盛说的第二条理由，才是他不肯回家的真实原因，之前那些教书先生不敢打他，多半是畏惧齐老爷子的权威。

沈杏儿叹了口气，把心一横，心想，所谓名节之说，不过是用来禁锢妇女的手段罢了，便道："好吧，那你还睡在我封师兄那屋。"

齐继盛喜道："好。不如以后我就睡在这儿了，早晨你叫我起床，也免得我迟到。"沈杏儿没想到齐继盛得寸进尺，但想到一晚和数晚也没什么区别，便咬着牙，点了点头。齐继盛便让人给家中传了口信，称自己要住在沈家。

晚间，沈杏儿端了一盆热水走进屋内，见齐继盛仍趴在床上，便拧了把毛巾替他擦脸，擦到手时，见他左手上有道浅浅的红印，不由得用手替他揉了揉，说道："打疼了吧？"不料齐继盛道："屁股更疼，你给我揉揉屁股吧。"沈杏儿霎时羞红了脸，瞪了他一眼道："少得寸进尺！"

不久，沈杏儿又端进了一盆热水，而后替齐继盛脱去了鞋袜，用毛巾沾了热水替他擦拭脚底和小腿。沈杏儿此生除了父亲沈荣志外，还从未这般服侍过第二个男子，此时心中不免有一种异样的感觉。

沈杏儿替他洗漱完毕后正准备离开，齐继盛却又叫住了她："我睡不着，你哼首曲子或者讲个故事给我听吧。"

"你……"

"怎么了？过去奶娘都是这么哄我睡的。"

沈杏儿没办法，唱起了《渔光曲》，这是上学时白小英教她唱的：

云儿飘在海空，

鱼儿藏在水中，

早晨太阳里晒渔网，

迎面吹来大海风。

潮水升，浪花涌，

渔船儿漂漂各西东。

……

翌日一清早，沈杏儿唤醒了齐继盛。用过早饭后，齐继盛果然一改前非，勤勉刻苦。他每日上午和沈杏儿习武，下午随沈杏儿读书。沈杏儿发现，他虽非天资过人，却也绝非庸碌之辈，沈杏儿教了他一月有余，他颇有进步。

有一天，齐继盛对沈杏儿道："师父，我想告几天假。我哥哥马上要成亲了。"沈杏儿闻言，高兴至极，因为这些天，生怕齐继盛发现她是女儿身。沈杏儿赶忙道："好，你去吧，这是喜事。你忙完家里的事，再回来。"

齐继昌迎娶李淑贤的那天，几乎全清门城的百姓都来围观。百姓们纷纷议论："齐家真是有钱，娶亲这一天的开销都够咱们吃一年了。"

"一年？我觉得够吃三年！"

"李家丫头真是好命啊，如今嫁进门去，成了少奶奶，上面又没有婆婆，这得修了多少辈子，才能修到这样的福气。"齐隆昇中年丧妻，一直未有续娶。

"还是齐掌柜仗义，要是换了旁人，不得悔婚？"

"听说他家二少爷还没有定亲，不知道谁家的姑娘能有这个福气？"

"我说老王，你就别想了吧，你欠了那么多赌债，你家闺女长得跟土坷垃似的。齐二少爷就算打一辈子光棍，也不可能娶你家闺女啊！"

"呸！你家闺女美？你家闺女十六了，长得跟六十似的！"

齐继昌与李淑贤洞房后，一日，齐继盛见哥哥迎面走来，却没看见自己，还一头撞到了木柱上。"哎哟！"齐继昌痛呼一声。齐继盛赶忙上前扶住了他："哥，你怎么了，怎么迷迷糊糊的？走路都不看路。"

"嘿嘿。"齐继昌咧嘴一笑。

齐继盛好奇地问道："嫂子怎么样？"

"好极了。"

"人好就行。"

"我是说成亲这事好极了，老二，你回头赶紧让爹给你订门亲事，过一两年，把媳妇娶进门吧。"他又附在齐继盛耳畔说道，"成了亲，你才知道，什么叫作人生至乐。"

"人生至乐？"

"嘘！你小点声，不害臊！行了，不跟你说了，明天你嫂子回门子，我得去准备一下。"

"你去吧，我今天也得回师父那儿去了。"

齐继昌盯着齐继盛，说道："练那破把式有什么用？早点娶亲，才是正事。"

"你别管我，"齐继盛不乐意了，"爹都不管我。"

"我才懒得管你！"

齐继盛回到沈家，沈杏儿早已做好饭，正在等他。齐继盛深吸了一口气道："嗯，真香。我在家这几天，特想念你做的饭。"

齐继盛坐下来吃饭时，沈杏儿说道："你不在的这几天，齐得福来找过我一趟。""哦。"齐继盛看上去并不意外。"他是来给我送束脩的，可是……比之前说好的多了两倍。""嗯。"齐继盛头也不抬地应道。

沈杏儿盯着齐继盛问道："盛儿，这是怎么回事？"

齐继盛依旧没有抬头："你教我教得好，多收点钱，也是应该的。"

沈杏儿沉默了许久，终于道："我是缺钱，我会凭我的本事去挣，用不着别人同情我，甚至，赏赐我。"

齐继盛闻言赶忙停箸，紧张地看向沈杏儿："师父，你别生气。我……我不是那个意思。我认为，你攒够了钱，可以继续去学堂读书了。"

沈杏儿心中有种莫名的东西在涌动，她张了张嘴，最终说道："你有这个心，我很感激你。但是谁的钱都不是天上掉下来的，你家再有钱，也是你爹辛辛苦苦挣的。你还是把多余的钱拿回去吧。"

齐继盛急道:"我不拿!我求了半天,我爹才……总之,我不拿回去。师父,你看这样行不行,这钱,就当是我借我爹的。将来我挣了钱,一并还他,就当是我孝敬你的。"

沈杏儿微微一笑,伸手刮了下他的鼻子:"你用不着孝敬我。你将来能自立、能成才,我就心满意足了。"

拾·夹缝遗书

两人闲谈了一会儿，沈杏儿问道："你嫂子人很好吧?"

"没见过几面，更是没说过两句话。不过我哥哥跟我说，结婚那是一桩美事，也不知美在哪里。整天有个女人管着，还不如练武有意思。哎，对了，师父，你跟我哥哥年纪差不多，你怎么还没有成亲?"

"我……我不是家里穷吗?"沈杏儿又赶紧补充道，"不过，这事真的不用你管，你可千万别再让你爹给我涨束脩，给我娶媳妇用。"

"好，我不管。不过，师父，你喜欢什么样的女子啊?"

"我喜欢……"

齐继盛见沈杏儿只说了一半话，便若有所思，好奇地问道："师父，你是不是有意中人了? 你若是有意中人了，你就告诉我，我让我爹帮你提亲。"沈杏儿用筷子打了下他的手背，说道："说了，不让你管!"

晚间,沈杏儿替齐继盛铺好床,又端了洗脚水进屋。齐继盛伸了个懒腰说道:"哎呀,还是这儿住得舒服,家里的那些丫鬟都笨手笨脚的,没有你贴心。哎哟……"齐继盛话音未落,屁股上就挨了一巴掌。沈杏儿瞪了他一眼,说道:"几天没挨打,屁股又痒痒了?"

沈杏儿又道:"我可警告你,你在家里不许打骂佣人,特别是女佣;否则,如果我知道的话,我可饶不了你。"

"我知道了,我从来不打骂她们。再说,我现在常住在你这儿,也跟她们见不着几面。"

"你……还一直打算赖在我这儿了?"

"师父,你什么意思?俗话说得好,一日为师,终身为父。我……也不想娶亲,就想留在师父身边,一辈子服侍师父。"

"你算了吧。"沈杏儿道,"二少爷,你凭良心说,究竟是你服侍我,还是我服侍你?我每天给你洗衣服、做饭、铺床,还得给你打洗脚水。第一天因为看你挨了打,动不了,我才照顾你的,没想到成了习惯。幸亏我没娶亲,不然的话,这等于又给你找了个丫鬟。"

齐继盛嬉皮笑脸地道:"谁服侍谁,还不是一样呀,重点是咱们师徒的情分在。不过,话又说回来,师父,你这么会疼人,哪个女子嫁给你,真是好福气。"

沈杏儿瞪了他一眼道:"哪个女子嫁给你,算是倒了八辈子霉!"

齐继盛"哼"了一声道:"嫁给我?我也得乐意娶,才行。"

"呦,这么说你的要求还挺高。"

"当然啦。首先,她必须得会武功。"

"什么？！"沈杏儿伸手摸了下齐继盛的额头，"你脑子没毛病吧？娶妻又不是比武，要求会武功干吗？"

"反正我就是喜欢会武功的女子。"

"哦……"沈杏儿忽然想起了什么，"之前的那个叫青花姐的，你是不是喜欢她？"齐继盛顿时红了脸。沈杏儿笑了笑，说道："你还不长记性，还想娶个会武功的女子，不怕她打你呀？"

"怕呀。不过那我也喜欢。哎，对了，我听说，你还有个妹妹，叫什么杏儿的，她会武功吧？听说她在外地读书，等她回来介绍我见见？哎哟，疼，师父你拧我耳朵干吗！"原来沈杏儿闻言又羞又恼，一把拧住齐继盛的左耳，威胁道："你这个小屁孩不学好，整天想这些乌七八糟的东西！我警告你，不许打我……我妹妹的主意，不然我好好修理你。"

沈杏儿离开后，齐继盛冲着她的背影撇了撇嘴："哼，凶什么凶！"齐继盛躺下来重重翻了个身，却不料晃动了床板，有一物从床缝中掉了出来，掉在了地上。

"什么东西？"齐继盛伸手捡了起来，是一个纸团。齐继盛小心翼翼将其展开，心想："不会是什么武学秘籍吧？"

齐继盛点亮了油灯，凑在其下，认真读了起来。

杏儿吾妹亲启，

吾今作此书与汝别离，实为万般无奈之举。汝家新遭大丧，师尊亦病体弱弱。吾实不忍抛离师尊，舍弃幼妹，奔赴千里之外。

然如今家国告急，东洋虎视眈眈，军阀故步自封，覆巢之下，岂有完卵。国之不存，家将安在？吾身无长物，唯有一身血肉之躯。吾拟将此身献于家国，惜乎忠孝不能两全。

吾自幼识妹，妹天资聪颖，异乎常人，假以时日，必将为一代巾帼豪杰。唯有终身一事，吾知此为妹心中一憾。妹不愿许嫁韩氏，奈何父命难违。吾扪心自问，尝对妹有白头之愿，然而吾身已许家国，今日一别，不知今世还能否再见？吾实不愿妹年少孀居。

唯愿吾妹发愤图强，为中华崛起而读书，更为女子自强自立而读书。吾妹当以女子之身自立于天地之间，则愚兄即使已成黄泉路上之人，亦可甚感快慰。

纸短词拙，妄言之处，还望见谅。

愚兄敏雄手书。

这封书信对于齐继盛来说略显晦涩，特别是"白头之愿""年少孀居"等语句，还被反复涂改，文字已不甚清晰。即便如此，齐继盛也看出这是一封情书，还是一封没有送出去的情书。他心觉有趣，将书信折好，轻轻塞回床缝中。

翌日用早饭时，齐继盛问沈杏儿："你是不是有个师兄叫什么敏雄的？"

沈杏儿闻言眉毛一挑："封敏雄，你认识他？"

"不认识，不过，他是不是喜欢你妹妹沈杏儿啊？"

岂料沈杏儿闻言，面色大变，扬手作势要打他，齐继盛赶忙用手挡住。沈杏儿怒道："去，到院中去扎一个时辰马步。让你再胡说八道！"

齐继盛无奈，只得起身前去院中。沈杏儿正准备收拾碗筷，忽听院中齐继盛一阵痛呼。沈杏儿慌忙放下碗筷，奔到院中，见齐继盛正捂着脚踝，蹲在院中。

"怎么了，盛儿？"

"我脚崴了。"

齐继盛年纪虽小，毕竟也是一名青年男子，身材娇小的沈杏儿一咬牙，竟将他背回了房中。沈杏儿将他放在床上，又为他脱去鞋袜，轻轻替他敷药，口中埋怨道："你怎么这么不小心！""都怪那石阶太滑！"

沈杏儿叹了口气，无奈地摇了摇头，又冲着他伤处，轻轻地吹了几口气："乖，不疼了吧？"齐继盛微微一笑，心想，师父虽有时候有点凶，但骨子里还是挺温柔的，也挺心疼我的。他随即道："那我那一个时辰的马步……"

"不用扎了，"沈杏儿无奈地道，"这几天，你不用练功了，好好跟着我读书。"

在沈杏儿的悉心照料下，齐继盛的脚很快痊愈了。这日晚上，沈杏儿照料齐继盛睡下后正要回房休息，忽听到院中一阵声响。沈杏儿回头一看，原来是一阵微风吹过，院中那棵杏树早已熟透的果实被风吹落到了地上。

沈杏儿一声叹息。她自幼爱吃这杏子，每年杏子成熟的时节，沈杏儿都会第一时间将树上的杏子摘下。小时候，她够不到，便央求着父亲和师兄们帮她摘，长大以后便是她自己摘。当然，她摘下后也不独享，总是洗净了拿给父母、弟弟和师兄们尝，可惜他们都嫌酸，不愿意吃。她出去上学的那几年，家里的杏子熟了，没人吃，封敏雄便提议把杏子晒成杏干，等沈杏儿回家再吃。从此母亲陈氏每年都将杏干晒干，等沈杏儿回家。可是今年，家败人亡，她早已没了摘杏的心情。

沈杏儿立在院中，忽然想起，封敏雄他们走的那天，正是杏花盛开的时节。他站在这株杏树下，与自己道别。春风将一片杏花的花瓣吹到了他的肩上，沈杏儿本想伸手替他拂去，封敏雄却摆了摆手，他自己拿起那片杏花花瓣，将花瓣夹在了书页之间。不知道如今，那片花瓣他是否还留着？

"师父，你不睡觉，一个人站在院子里干吗？"齐继盛的突然出现，把沈杏儿吓了一跳，也打断了她的万千思绪。

沈杏儿反问道："你怎么不睡觉？"齐继盛伸了个懒腰道："我有好几天没练功了，睡不着。"

沈杏儿瞥了一眼地上的杏子，说道："正巧杏子都熟透了，我摘几个给你尝尝吧。"沈杏儿去厨房中取了一个木盆，将树上成熟的杏子摘下，洗净，放在院中的石桌上，招呼齐继盛在自己身旁坐下。

齐继盛拿了一个放在口中，说道："好甜。"

沈杏儿问道："你不嫌酸？"

齐继盛又拿起一个杏子放在口中："是有点酸，不过酸中透着甜，我挺喜欢吃。对了，你家这棵杏树，是不是跟你妹……你可不许再打我了啊，我就是随口一问，是不是跟你妹妹沈杏儿有点关系？"

沈杏儿点点头："我……我妈妈怀她的时候，特别爱吃杏，所以爹便在院中种下了这棵杏树。后来她长大了，也爱吃杏。"

齐继盛道："我看你也挺爱吃的，这么一会儿你都吃这么多了，你也不嫌酸吗？"

沈杏儿拿起一个红杏，放在眼前，细细端详："你看这杏儿长得多好看，红嫩嫩，圆润饱满，"沈杏儿又将杏子掰开："你再看这里面的杏肉，酸中透着甜。"沈杏儿一口将杏肉咬下，说道："最里面是杏仁，无论再甜的杏子，里面都是苦的。这杏儿啊，就像我的人生，生了一副好皮囊，这些年来，日子过得有酸有甜，但最终，心里还是苦的。"

齐继盛忽然一把抓住了沈杏儿的手，沈杏儿的脸霎时变得比杏子还要红："你……你干吗?"

"师父，"齐继盛盯着沈杏儿认真地道，"我知道你爹娘没了，家又散了，心里一直不开心。不过以后有我陪着你，我不会再让你不开心了。"沈杏儿拼命把手抽了出来，用手揉了揉他的头，说道："好了，赶紧去睡吧。"

齐继盛回到房中躺在床上心想，师父一提"他妹妹沈杏儿"就特别敏感，他会不会……和"他妹妹沈杏儿"是……

拾壹·夺产风云

　　齐继盛一睁眼，发现已是日上三竿，不由得大惊失色，慌忙穿好衣服，走出房间。见沈杏儿正在书房看书，便问道："师父，你早上怎么没叫我？""你昨晚不是有些不舒服吗？我想让你多休息会儿。"齐继盛闻言，挠挠头，咧嘴一笑。

　　沈杏儿将书放下，起身道："我去给你打洗脸水。早饭已经做好了，不过有些凉了，我待会给你热热。"齐继盛的余光朝桌上一瞥，看到沈杏儿正在读的书，不由得微微一愣。齐继盛的小动作顿时引起了沈杏儿的紧张，她陡然意识到了什么，面色变得发白。齐继盛见状赶忙装作无事般将眼神移开，说着："我去吃饭了。"快步走出了房门。沈杏儿赶忙将书合了起来，放到书架最内侧，又特地在上面盖了张报纸。沈杏儿将书藏好后，伸手揩去自己额上的冷汗，却发觉自己双手手心也满是汗水。

齐继盛吃早饭时，沈杏儿说道："刚才齐得福来了，他说齐掌柜让你今天回去一趟。"

"知道了，我待会回家。"

沈杏儿伸手揉揉齐继盛的头，说道："盛儿乖，回去莫闯祸，听你爹的话，别跟他顶嘴，也别惹他生气，记住没有？"

齐继盛点点头道："我记住了。"

齐继盛回到家后，齐隆昇将他叫到面前，和蔼地道："盛儿，爹知道，是爹对你疏于管教，才使得你幼时那般顽劣。"齐继盛幼时，齐隆昇丧妻，难免心神不定，自然顾不上管教幼子。

齐隆昇又道："如今你年岁渐长，爹瞧着你这两年倒是懂事许多。"齐继盛本想说，这是沈杏儿教得好，但父亲没给他说话的机会："如今你已懂事，有些话，爹便可对你说了。爹对你们兄弟两个一视同仁。俗话说得好，龙生龙，凤生凤，咱们齐家世世代代都是生意人，做生意是我们的本分。"

齐隆昇与齐继盛推心置腹地说了许多话，齐继盛却不解其意，只得唯唯应着。

然而齐继盛的嫂子李淑贤从中嗅到了几分意思。是夜，李淑贤为齐继昌倒了杯茶，坐在他旁边问道："今天，爹突然叫老二回来，还跟他在屋里说了一下午话，是不是有什么事？"

齐继昌晃着头说道："能有什么事？他整天跟那个练把式的混在一起，整天不着家。爹肯定是生气了，训他呗。"

"我看未必。"李淑贤站起身来，将房门关好，随即坐在齐继昌面前，说道，"我今听齐德福说，爹忽然要查天兴楼和瑞永商号的账本。这可没到月底查账的日子呢。我猜，他八成是要分家。"

"是吗?"齐继昌不以为然地道,"那就分呗,一人一半不就完了。"李淑贤急道:"我说你是傻瓜,你还真是。是,你齐家是家大业大,但再大的家业,也禁不住分家产的子孙多。"

齐继昌一头雾水:"那你的意思是……不分?"

李淑贤道:"照说你是长子,又成了亲。看老二那样子,也不像是踏实过日子的人。这齐家应由你来继承。但这话咱们不能说,否则像是咱们惦记爹的家产。依我看,老二不像是做生意的人,那你何不做个顺水人情,劝爹不要再强迫他,随他去。这样你可以把齐家的生意接管过来,老二还得买你个人情,说对他好。一箭双雕,两全其美,岂不美哉?"

齐继昌终于也反应过来,夸赞道:"行啊你,还是你脑子转得快。"

翌日,齐隆昇果然将两个儿子叫到面前,说道:"爹的年纪越来越大了,齐家的家业终究还是要你们两个继承。从今天起,你们两个就要逐渐熟悉齐家的生意。我打算让你们两个轮流去天兴楼当三天的掌柜。在这三天内,你们谁挣得钱多,算谁赢。赢的人,我重重有奖;输了的,我也会重罚。"

事实上,齐隆昇此举大有深意。齐家的生意主要由饭庄和商号组成。齐隆昇知道,齐继昌、齐继盛兄弟分家是早晚的事。他打算教兄弟二人先轮流执掌饭庄,再轮流执掌商号,根据两人的盈利,决定谁来继承商号、谁来继承饭庄。

然而齐继盛一听,便道:"爹,我说过了,我对做生意不感兴趣,我不想当掌柜的。你就别逼我学生意了!"

齐隆昇没想到自己昨日一番肺腑之言，齐继盛竟没听进去。他板着脸道："不想学，也得学！"齐隆昇心中对两个儿子素来没有偏祖之心，齐继盛虽素性顽劣，齐隆昇疼爱幼子之心不减。他明白，齐继盛一桩生意也不想管，生意都交给长子执掌，自己一闭眼，齐继盛的生活怕是无以为继。

齐继盛却道："爹，我求你了，你就别逼我了。我不是做生意的料。你让我跟哥哥比，我肯定比不过他，输了又要受罚。您这不是找借口打我吗？"

齐隆昇被气得血向头上涌："你这孽障！不识好歹！早知如此，当初就不该生你！"

齐隆昇这句话显然刺痛了齐继盛："我就知道您会这么说！您现在后悔，还来得及，有本事，您现在就把我打死！"

齐隆昇气得大吼道："得福！得福！"齐得福赶紧赶来。"传家法！"齐隆昇说完后一阵猛咳。齐继昌赶紧上前抚着父亲后背，劝道："爹，您别生气。气坏了身子，不值。老二他不想学生意，就随他吧，还有我呢，我好好学，肯定不让您失望。"

齐隆昇闻言狠狠瞪了长子一眼。此时齐得福已将家法取来。李淑贤一直躲在门外偷偷窥看，此时也忍不住现身劝道："爹，您消消气。"又转身向齐继盛道："老二，你也莫太倔了，听嫂子一句话，跟爹认个错，父子之间哪有什么过不去的坎儿啊？"

齐继盛将头扭向一旁，不理她。李淑贤又替齐隆昇倒了杯茶奉上，柔声道："爹，您这回就饶了老二吧。咱家的生意有继昌顶着呢，以后操心受累的事，您都让他干。您老就坐镇指挥，多在家享享清福。"

李淑贤两口子的小算盘如何能瞒过齐隆昇这只老狐狸。齐隆昇冷冷地瞪了李淑贤一眼，又看向齐继昌，沉着声道："咱们齐家什么时候轮到你牝鸡司晨了？"李淑贤被这话臊得满脸通红，赶紧低下头。齐隆昇不耐烦地挥挥手道："这里没你俩的事，都给我滚远点。"

拾贰·身份鸿沟

　　沈杏儿听到门外有响动，赶紧起身去开门。门刚开了半扇，齐继盛便扑倒在她怀里。沈杏儿脸颊上的红晕一扫而过，无奈地摇了摇头，一手扶住齐继盛，一手将院门关上。

　　沈杏儿问道："你这是怎么了？"

　　"我爹又打我了。疼，快扶我进屋。"齐继盛龇牙咧嘴地说道。

　　沈杏儿将齐继盛搀到床边，替他脱去鞋袜，略带无奈地道："我不是说，不让你惹你爹生气吗？你怎么又调皮了？"

　　齐继盛道："我没惹他生气。这回真的是他不讲理。我说他好端端地叫我回去做什么，原来是为了拿我撒气！"

　　沈杏儿问道："到底是怎么回事？"齐继盛将这两日的情形原原本本地讲了一遍。沈杏儿听完后心中顿时明白了。沈杏儿眉毛一挑，说道："你先养伤吧，我去给你拿些药。"

　　谁料齐继盛又开始得寸进尺："好啊，你给我上药吧，后面我自己没法上。"

"不行！"沈杏儿断然拒绝。

"为什么？"

"子曰：非礼勿视。"

"什么？"

"我是说……你饿了吧，我去给你做点吃的。"

"我不吃！"齐继盛却来了脾气。

"为什么？"

"我坐不了凳子。"

沈杏儿只得妥协道："我端过来喂你吃，总行了吧。"

过了两日，齐继盛伤愈。沈杏儿将他叫到院中。齐继盛一见她手中的竹板，顿时又惊又怕，急道："师父，你拿那个做什么？我最近一直很乖，没犯错误。"

沈杏儿冷着脸道："是吗？你回家之前，我反复嘱咐你，不让你惹你爹生气，不许你跟你爹顶嘴，你是怎么做的？"

"我……我不是都跟你解释过了吗？那真不怨我啊！"

"这不是你说了算，趴下！"

"哎哟！"一记板子落下，齐继盛痛叫一声，泪珠立即滚了下来，那眼泪不仅因为疼痛，更多的是因为委屈，"就算是我不对，我已经挨过打了啊。"

沈杏儿硬着心肠道："那是你爹打的，这是我打的。"

齐继盛咬着牙道："好，你打吧！你打死我算了！我爹想打死我，你也想打死我，我活着就是多余！"沈杏儿只打了三下，闻言却不再忍心，停下手来叹了口气，说道："起来吧。"

齐继盛一愣，转头道："你……你不打我了？"沈杏儿将他扶了起来，说道："你这般愚钝，打你也是没用。"说罢，转身进了屋。

齐继盛一瘸一拐地跟在她身后，口中不住地说道："我就知道你是嫌我笨，是，我是没你聪明。你聪明，你跟我说清楚啊。"

沈杏儿扶他在软垫上坐下，说道："你总不能跟着我一辈子吧，你终究是要回去继承齐家的家业的。齐家的家业主要是天兴楼和瑞永商号，你爹要你们兄弟俩轮流做掌柜，无非是想看你二人究竟谁适合执掌饭庄，谁适合执掌商号。可在将来分家时，他好分别将两份家业分给你们。你不理解你爹的这份苦心，还误会他是故意找借口打你。他自然生气，他不仅生气，恐怕还会觉得心酸。我打你，也是怪你不理解老人家这份苦心。还有你的哥哥嫂子……"沈杏儿说到这里，忽然住了口，她没有在背后说人坏话的习惯，更何况对方毕竟和齐继盛是手足至亲。

"我哥哥嫂子怎么了？"

"没什么。不说他们，你还是应该理解你爹一片爱子之心。"

齐继盛仍有些不服气："就算他本意是你说的那样，但你不知道他说的话多伤人。我娘生我的时候难产而死。我从小就听人在背后议论我，说我命硬，生下来就把娘克死了。"

齐继盛的话触动了沈杏儿心底里一处柔软的地方。事实上，因为此事，她遭受的非议远比齐继盛要多。弟弟沈旺炎死的时候就有人说她命硬，母亲死后，更是议论四起，韩家也因此退了婚。如今全家只剩她一个，城中不少人都说，沈杏儿是百年不遇的天煞孤星，谁沾上她谁倒霉。韩家更是万般庆幸及时退了婚。

沈杏儿伸出手去揉揉齐继盛的头："好了，莫难过。其实你爹还是很疼你的。这清门城里不知多少女子都想进齐家的门，他若想续娶，想嫁给他的人排长队。可他一直没有续弦，不就是怕后娘进了门，亏待了你跟你哥哥吗。"

其实沈杏儿并不知道，齐隆昇多年来没有续弦，另有隐情。原配死后没多久，媒人便踏破了齐家的门槛。齐隆昇一心想寻个德貌双全、懂得持家的大户人家的黄花闺女。毕竟齐隆昇当时还年轻，希望填房能为自己开枝散叶，也令齐家人丁兴旺。他左挑右选，选中了一名富户家的女儿，双方刚定下日子，那女子染了病，故去了。

媒人得了机会，又纷至沓来。齐隆昇选中了邻县县长的女儿。谁想送亲的路上遭了土匪，那女子被土匪抢上山去，至今生死不明。

经此两事，齐隆昇心中也开始有些忌讳。偏巧当时齐家生意突遭变故，有位相士对齐隆昇说，他此时不宜再兴续娶之事，否则会对齐家生意不利。齐隆昇闻言，便将续弦一事暂放一旁。这一放，便是许多年。

齐继盛道："他让我学做生意，将来继承家业，可是我怕……我怕我听了他的话，他就不让我再跟着你了。"

沈杏儿笑道："你总跟着我做什么？你一个齐家的少爷，总跟个江湖练把式的混在一起，算是怎么回事。"

齐继盛瞪了她一眼，说道："这话也就是你自己说，要是其他人敢这么说你，我定饶不了他！"齐继盛又道："不管怎么说，我要一直跟着你。你休想甩掉我！"

"二少爷，你这是为什么呀？"

"因为……因为你是这个世上对我最好的人，我从小没娘，你是最疼我的人了。"

沈杏儿笑着，刮了下他的鼻子："我刚打了你，你还觉得我对你好？"

齐继盛得意地笑着道："当然。我知道，你虽说打我，心里却舍不得了。"

沈杏儿道："你身为齐家的少爷，从小到大，身边应该不乏对你好的人。"

"是，从小到大，我身边总是围着人，但是你和他们不一样。他们都是因为我家有钱，想巴结我，可你是真心对我好。即使我不是齐家的少爷，我是路边乞讨的乞儿，你也会对我好。我说得对吗？"

沈杏儿默默不语。两人相识以来，她与齐继盛虽越发亲近，但是心底始终隔着一道鸿沟。齐继盛终究是齐家的少爷，而她不过是齐家雇来的，与天兴楼的厨子、瑞永商号的账房，没有任何分别。她明白，自己决不能越过这道鸿沟，否则会令宋时先难办，也会让齐隆昇看不起她。

齐继盛见沈杏儿不语，便说道："虽说你觉得我傻，但人心好坏，我还是能看得出的。你是我见过最善良的人。"

沈杏儿本想说"你也是"，却中途改口道："你……饿不饿？我去给你做点吃的。"齐继盛撇着嘴道："每次打完我，你就会做好吃的哄我。"

沈杏儿笑笑："那你想不想吃啊？"

"想！"

拾叁 · 木兰真身

　　子弹穿过了华清池五间厅的墙壁，西安事变震惊中外。团结御侮、抗击侵略成为不可抗拒的大势激荡在整个中华大地。

　　沈杏儿所能看到的报纸和杂志，大多不是最新的，即便如此，她也能从已经过期的报刊中，感到这令人振奋的变化。

　　而清门城中的多数人仍旧沉浸在这片封闭世界的安宁之中。齐继盛就是其中之一。

　　有一天，两人相对而坐吃完早饭，沈杏儿起身准备收拾碗筷。齐继盛惊呼道："师父你怎么了？怎么流血了！是不是受伤了？"沈杏儿低头一看，见自己刚坐过的凳子上竟有一片新鲜的血迹。沈杏儿顿时羞红了脸。原来她每月月经来的前夕，都会给齐继盛放几天假，让他回家去住，免得他窥破自己的女儿身。然而最近也许是太劳累，经期居然提前了几天。

　　沈杏儿羞涩难当。齐继盛却不停地在旁边问："你是不是生病了？用不用我帮你叫大夫？师父，你怎么不说话？是不是伤得太严重，疼得说不出话？谁把你打伤的？告诉我，我饶不了他！"

沈杏儿沉默片刻，终于做了一个决定。她平静地说道："你等我一下，我回房中换件衣服。"

齐继盛呆坐了许久，一直不见沈杏儿出来，不由得担心起来，便跑到她房门口，拼命拍门板："师父，你快开门！你快开门啊！你再不开门，我就撞门进去了！"齐继盛怕沈杏儿失血过多晕过去。

齐继盛见房内一直没有回音，抬脚就要踹门，却不料腿尚在半空中，房门却开了。齐继盛抬头见到眼前的情景，瞬间惊呆了，而后瞬间跳了起来。

只见沈杏儿身穿一件白纱倒大袖襟袄，袖口与下摆滚着一道窄窄的蓝边，袖长不过七寸，下穿一件淡灰色的丝绒百褶裙。她白皙的腕子露在外面，裙摆摇曳生姿，却令人敬畏，好似一朵凌霜傲雪的梅花。

这身衣裳还是沈杏儿上学时穿的，后来她回到清门，因为一直扮男装，便没有再购置新女装。

沈杏儿说道："没错，其实，我不叫沈兴，我就是沈杏儿。我爹死前，为了能保住沈家这宅院，我与我爹商议出了这个法子。"

齐继盛怔了半晌，才道："那宋……宋叔也知道？"

沈杏儿点点头："我们请他作的保。"她恳求道："这件事，求你千万不要告诉别人，也不能告诉你爹。"

齐继盛反应过来，连忙发誓道："我保证！我绝对不会告诉任何人！这件事天知地知，你知我知。大丈夫一言既出驷马难追，我要是说出去，让我不得好……"

沈杏儿上前止住了他，说道："不必了，我相信。"

齐继盛笑着道："其实你肯告诉我，也相信我不会说出去吧？"

沈杏儿嫣然一笑，齐继盛感觉此时，院中的杏花漫天盛放。

此夜，齐继盛躺在床上，辗转反侧，兴奋难当。他在心中慨叹，自己多年来苦苦寻觅的佳偶就在自己面前，沈杏儿美艳动人、温柔贤惠，更是才学过人，还有一身好武艺。

齐继盛沉迷于幻想中，一不留神，竟翻身跌下床来。但他也不觉得痛，揉了揉臀部，起身准备上床。眼光掠过床板的缝隙时，忽然冒了出来一个念头，惊出了他一身冷汗。

经过一阵翻找，齐继盛终于找到了藏在床缝中的封敏雄书信。齐继盛将书信掏出，反复读了数遍，特别是读到"吾扪心自问，尝对妹有白头之愿"时，心中蓦地燃起一阵怒火。齐继盛心想：沈杏儿也一定喜欢他，青梅竹马，师兄师妹，两情相悦，那些侠义小说里不都是这么写的吗？若不是因为封敏雄，沈杏儿为何非要与韩家退婚？他将书信捏在手心，又疯狂将其揉烂。

齐继盛突然又将揉烂的书信展开，又读了一遍，心想：按照信中说的，封敏雄碍于沈杏儿已经定亲，所以并没有对沈杏儿表达自己的爱意，而这封书信又没有寄出，也就是说，沈杏儿并不知道他的心意。齐继盛想到此处，暗下决心：绝不能让沈杏儿看到这封信！他用力将书信撕得粉碎，之后塞入便桶中，这才心满意足地回去就寝了。

自从齐继盛知道沈杏儿的真实身份后，沈杏儿发觉，他的态度发生了变化。沈杏儿看他时，齐继盛不肯与她对视，沈杏儿将目光移向他处，他却又偷偷觑看她。齐继盛和沈杏儿说话时声调也轻了许多，好像怕大声说话惊吓到她。

有一天，宋时先登门造访，称自己要南下进茶，问沈杏儿是否需要捎带什么东西。沈杏儿有些忧心："如今形势不好，宋叔还要出门？"

宋时先叹了口气："生意总要做，不然茶庄十几号人，吃什么？"沈杏儿自然明白宋时先的不易，便道："宋叔一路平安便好，小侄……无须捎带。"宋时先道："我记得你最爱吃杏脯，你爹每次出门都要给你带回来杏脯。这次我出门，也给你带回来些。"

沈杏儿一时间不知该说什么好，都说人走茶凉，然而宋时先在父亲走后一直照顾自己，连自己的这一点嗜好都没有忘记。沈杏儿鼻子一酸，轻声道："宋叔的恩情，侄……小侄没齿难忘，如今出门艰险万分，宋叔千万莫要为此再多费心力了。"

宋时先笑了笑道："不妨事。你有所不知，你婶子有了，她也想吃杏脯，我正好一起买。"沈杏儿惊喜道："真的？"原来宋时先夫妇多年不育，四处求医无果。如今宋夫人终于有孕，也算是皆大欢喜。

宋时先笑着点了点头。沈杏儿道："那可真是太好了，恭喜宋叔，恭喜婶婶。"

宋时先临出门时，齐继盛拦住了他，说道："我送送宋叔。"宋时先有些不知所措，一路被齐继盛拉着来到街角僻静处，齐继盛才道："宋叔，我想求你一件事。你这次出门，能不能帮我带样东西回来？"

宋时先好奇道："你家的伙计也经常出门进货，你怎么不让他们帮你带？"

齐继盛支吾道："我……我信不过他们……"

宋时先问道："好吧，你要带什么东西？"

齐继盛却忽然难为情地说道："我……我想要你帮我带……女人的发夹。"齐继盛说完这句话，好像刚在水下潜了半个时辰，涨红了脸。

宋时先道："女人的发夹？你要送给谁？"

"不是我。"齐继盛灵机一动道，"是我哥，我哥要送给我嫂子。他……他自己不好意思说，所以让我帮他说。"

"哦，那我去问问他想要什么式样的？"宋时先说着便要走。齐继盛赶紧拉住了他："他说了，教你多买几种，拿回来挑挑。还有，你千万别直接给他，先给我，我挑好后再转交给他。款式就要……最新的、最好看的、最贵的。我有的是钱。"说罢，从怀中掏出三枚银圆递给宋时先。

宋时先道："几枚发夹而已，用不着这么多吧？"

齐继盛反复叮嘱道："要最贵、最好的，这才配得上清门城最好看的女人。"

"清门城最好看的女人？是谁呀？"

"我嫂子！对，就是她。"

宋时先似乎猜到了什么，微微一笑，接下了银圆，说道："行，你放心吧。"

拾肆·三对发夹

宋时先走后，齐继盛如同等候接亲队伍的新郎官，既怕他迟迟不归，又怕他空手而归。终于，齐继盛等到了宋时先的口信，教他去泰和茶庄取发夹。齐继盛来到泰和茶庄，宋时先递给他一个布包，内有三对发夹，一对铜珐琅蝴蝶状彩发夹，蝶翅上黄、赤、绿、金四色，纹样栩栩如生；一对银质团花纹样发夹，尾部形如凤尾，花瓣间还镶有一颗蓝宝石，素净却不单调；最后一对发夹，是一对镀金木兰花发夹，花瓣纹理分明，其上绒毛可见，数枚淡水珍珠点缀其间，令人难辨真假。更绝的是，木兰花本为白色，黄金是黄色，但在阳光下，珍珠的光芒射到花瓣上，整个发夹呈一片纯白色。

齐继盛心想，木兰花的高洁品貌正如沈杏儿一般，送她此物，再合适不过。

齐继盛心想，这三对发夹皆做工精细，价值不菲，自己给宋时先的银圆恐怕未必够，便道："我只要这对木兰花，剩下的留给婶子戴吧。"

宋时先道："这怎么可以？这是我替你买的。再说你是小辈，我怎么能占你的便宜？"两人推让了一番，最终还是齐继盛道："如今婶子有喜，我也该恭贺她，这发夹便算是贺礼吧。"宋时先拗不过他，便留下了那对价格最便宜的铜珐琅发夹。

宋时先又拿出了一包杏脯递给齐继盛，说道："这是我给杏儿带的杏脯，你帮我一并交给她吧。你应该……也知道了吧？不然，怎么会托我买发夹？"齐继盛闻言，红透了双颊，飞也似的逃离了泰和茶庄。

齐继盛在回沈家的路上幻想着沈杏儿见到这发夹是何反应，她也许会惊讶、会羞涩，自己若就势向她求婚，她会不会答应呢？一阵低沉的呜咽声打破了齐继盛的美梦，齐继盛愤怒地找寻声音，却发觉街边有几名男子正在推搡一对母女，那母亲跪地苦苦哀求，女儿则不住哭泣。

齐继盛习武的初心是为了行侠仗义，如今这对母女瞬间将他的侠义之心唤醒，他立即奔上前去，喊道："你们干什么！"

为首的男子骂道："哪来的浑小子，滚远点！"身旁有人在他耳边低语道："他是齐家的二少爷。"为首男子立刻满脸堆笑，讨好地道："哎哟，齐二少，小的有眼不识泰山，您大人有大量，别跟小的一般见识。"

齐继盛皱着眉道："你们为什么要欺负她们母女？"为首男子道："没有啊，小的没欺负她们。这房子是她们租小的的，她们交租到期了，不肯再交租，又不肯搬走，小的只能把她们轰……不是，请她们搬出去。"

齐继盛转头问那对母女："你们为什么不交租?"那母亲抽泣道："我们是从外省来寻亲的，身上带的钱用完了，实在没钱交租。"

　　"你看看，"为首男子赶忙道，"二少爷，您听见了吧? 她们没钱，还想白住房子，不是小的故意欺负人吧?"

　　齐继盛在身上四处翻找，找到了一枚银圆。他在翻找时，那对银质凤尾发夹却不慎掉落出来。小女孩指着那发夹说道："娘，这个发夹好漂亮。"母亲忙呵斥道："小孩子莫乱说。"

　　齐继盛一咬牙，将发夹递给了小女孩："我今天身上没带太多钱，这个送给你，你拿去当了，应该能换些钱。"小女孩欢喜地道："谢谢哥哥。"

　　齐继盛对那为首男子说道："我一会儿从家里取了钱，给你，你莫再赶她们走了。"齐继盛发话，为首男子也不好多说什么，只得接了银圆，带着手下，离开了。

　　那母亲赶紧跪下，给齐继盛磕头，却被他扶起："大娘莫要多礼。"齐继盛又转过身去问那小女孩："你叫什么名字?"小女孩其实已有十二三岁，却因营养不佳，看上去只有十岁左右。她长得眉清目秀，柳叶眉、杏仁眼、尖俏的鼻，虽已哭花了脸，却仍遮不住她的俊秀。她对齐继盛道："我……我叫青青，我娘姓莫。"

　　原来，青青的父亲在她出生后不久便外出求学，从此与妻女失去了联系。后来她们母女从亲戚口中得知青青的父亲曾出现在清门附近，青青母亲便带着她前来寻亲。两人来到清门，在街上赁了一间小屋，为了维持生计，青青母亲每天帮人缝补和浆洗衣裳。

　　正在此时，沈杏儿忽然快步走了过来，原来她见齐继盛迟迟不归，又听人说齐继盛在街上和人起了冲突，心中忧急，出来寻他。

　　沈杏儿问明事情原委后，说道："婶子，不晓得你是否有手艺，若有，便在这清门城中开间店面，因为在店面接触的人多，得知的消息也多，说不定能问到有关大叔的消息，同时还能多挣些银钱，维持生计。"

青青抢着答道："我娘是湘人，她做的华容团子可好吃了。娘，我们可以开间店，卖华容团子。"那华容团子是一道湘式小食，需将糯米和黏米碾成米粉，添水，搅和成团，而后将豆干、萝卜和藕切碎，加入葱、韭、姜，再添些许香油，拌成馅儿，裹进粉团，放到屉上蒸。

莫氏对女儿道："开店需要本钱，我们哪来的本钱啊？"

齐继盛忽然道："我家在城东有几间铺面房还空着，里间也能住人，我去和我爹说，让你们住进去，不收你们的租。"

莫氏道："这怎么可以？"沈杏儿道："婶子，这钱就算是你借他的，等你生意做起来了，赚了钱，再还给他也不迟。"

莫氏含泪点了点头。

回去的路上，沈杏儿问齐继盛："让你爹把你家的房子免费给那母女俩住，不会太为难吧？"

齐继盛道："不会，我爹平时就喜欢做善事，帮助穷人。他可喜欢别人叫他齐大善人了，青青母女在清门无依无靠，他给人家房子住，这要传出去，名声得多好。"

沈杏儿道："若是为难，我这里还有钱，你拿去替她们交给你爹，当作房租。"齐继盛摆摆手道："真的不用。"

说话间，两人已进了沈家的门，沈杏儿见齐继盛衣衫有些凌乱，便伸手替他整理了衣衫，说道："天色已晚了，我去给你打些热水，你洗洗，睡吧。""等等！"齐继盛伸手拉住了沈杏儿，沈杏儿略一迟疑，慌忙将手抽出。齐继盛赶忙从怀中取出那对木兰花发夹，递给沈杏儿，低着头，说道："这是……给你的。"

沈杏儿犹疑着接过一看，愣怔了半晌，说道："这……我怎么能收你的礼?"

齐继盛道："徒弟给师父送礼物，是再正常不过的事呀!"

沈杏儿道："这个……很贵重吧?"

齐继盛道："没有……我也不知道值多少钱。我是让宋叔帮我买的。其实他帮我买了三对，有一对我送给婶子了，还有一对银的，我本想送给你……可是刚才掉出来了……我看那莫家婶子脾气倔得很，若取了钱再给她送去，她不会要的，所以我便送给她了。不过这一对是最好看的，和你……很配。"

沈杏儿道："你怎么会想到送我这个? 我平时都穿男装，也……用不上。"

"没关系，你可以在家穿女装时戴。你穿女装的样子……特别美。"齐继盛心中已是狂跳不止，慌忙转身走开。

拾伍
· 怀瑾冰心

此夜，沈杏儿用指尖拈起那对木兰花发夹的其中一只，对着灯火反复观看，瞧了许久，终于长叹了一口气。齐继盛的心思，她并非不明白。只是她如何能够爱他，且不说两人身份悬殊，即便她与齐继盛门当户对，谁又能保证，齐继盛这种富家公子，是不是图一时新鲜呢？更何况，终身被关在宅门之内相夫教子，也不是沈杏儿想要的生活，不然她当初也不会和韩家退婚。

沈杏儿又叹了口气，抬眼瞥见了桌旁准备的供品。明日是沈荣志去世两周年的忌日，如今沈家只剩下沈杏儿一人，她在这世上无亲无友，唯有每次去城外沈家祖坟祭扫时，她才觉得自己不孤单。

沈杏儿独自哀伤之时，齐继盛却躺在床上边嚼着杏脯，边痴痴傻笑。白天，他将宋时先带给沈杏儿的杏脯交给她，她却分了一半给他。齐继盛嚼着那杏脯，觉得甜丝丝的。

翌日清早，沈杏儿携着供品准备出门。齐继盛问道："师父，你这么早要去哪儿？"沈杏儿道："我昨日忘了和你说，今天是我爹的忌日，我得去坟上祭扫。早饭在锅里，我怕凉了，没有端出来。我中午前便会回来。"

齐继盛眼珠一转，便对沈杏儿："我和你一起去。"

沈杏儿无奈道："我给我爹扫墓，你跟我一起去，算怎么回事？"齐继盛很快便想出了一个借口："因为你是我师父，我是你徒弟，你爹便是我师祖了。我也该去拜祭师祖，给他老人家坟上添一抔土。"沈杏儿闻此，只得同意。

齐继盛迅速用毛巾抹了把脸，又去厨房抓了一个馒头，叼在嘴里，便随沈杏儿出了门。

到城外沈家祖坟前，沈杏儿将供饼和供果摆好，又取出酒瓶，将酒洒在墓前。沈杏儿又从包中取出纸钱，用火石点燃。沈杏儿边燃纸钱，边道："爹，我来看你了，来给你送钱了。你和娘……还有弟弟，你们三口在那边……应该还好吧……"

沈杏儿说到这里，忽地拭了一下已经流到嘴角的泪水。她哭并非因为思亲，而是因为她想起，自从娘生了弟弟，特别是与韩家定亲后，她便不再被当成沈家人看待，爹娘有时总是用玩笑的口吻，说她是韩家的人，不是沈家的人。她时常看着爹娘与弟弟一家三口凑在一起其乐融融，而自己像个外人，只能站在一旁。

沈杏儿定了定心神，又道："我……我一个人在这边，过得……还好，真的。我能养活我自己，等我攒够了钱，继续去读书，毕业后去女校教书，我能做个好教员。宋叔……他一直很照顾我，这次出门还专门给我带回来了杏脯，他还记得我爱吃这个。咱们家院中的杏树长得也很好，每年能结出好多杏子。对了，我差点把最重要的事忘了。"

此时，齐继盛心中一动，以为沈杏儿终于要提到自己了，心中忍不住咚咚直跳。没想到沈杏儿却道："宋家婶子有喜了。爹，你在那边知道了这个消息，也一定很高兴吧。嗯……就说这么多吧，等娘和弟弟的忌日时我再来看你们。"

齐继盛心中有些不快，沈杏儿说了许多，却只字未提自己。他只得在心中道："杏儿虽说表面上装作没事，但是她心中一直不开心，她一定很想你们。沈伯父，您放心，我将来一定会照顾好杏儿，让她每一天都快乐，不会让她伤心。"

纸钱烧尽后，齐继盛和沈杏儿一道将沈荣志夫妇和沈旺炎墓地周边的杂草锄尽，添了几抔新土。而后跪下，磕了三个头。

沈杏儿与齐继盛离开墓地不久，忽有一人唤住了他们："等等！"沈杏儿闻声转身，见那二十岁出头、身着一件青色长袍的男子，手中捏着一物，问沈杏儿道："这个，是你掉的吧？"那男子一直喘着粗气，显然是一路追赶过来的。

沈杏儿一见那男子手中的物什，再一摸自己颈间，不由得大惊失色，原来自己磕头时，白小英所赠的玉葫芦竟然掉在地上。沈杏儿赶忙接过，谢道："多谢，多谢，此物对我来说很重要，多谢。"

那男子长得很儒雅，眉目间有一股难掩的英气，沈杏儿感恩之余，不免对他生出几分好感。那男子温和地笑了笑，说道："区区小事，何足挂齿。这玉葫芦是你的？"沈杏儿点点头道："这是在下的一名至交好友所赠。"

那男子盯着她，看了半天，忽然开口问道："你是沈云卿？"沈杏儿一惊，沈云卿这个名字是她在南方上学时自己取的，为了方便她在报刊上发表文章，这个名字只有白小英等与她相熟的女同学知晓，连父母和师兄也不知道。

沈杏儿忽然想到了一个人，激动地道："你是陈……"青年男子却用了个噤声的手势。沈杏儿知道他不愿让旁人知晓自己姓名，便住口不言。

原来，上学时白小英曾和沈杏儿提起过，她在家乡有位青梅竹马的同伴名叫陈怀冰，两人自幼一起长大，虽两情相悦，却从未和对方明言。白小英和陈怀冰家都在清门城五十里外的石头村，白家和陈家是当地的大户。陈怀冰自幼天赋过人，读书过目不忘，是教书先生眼中的神童。父亲送他到外地读书，本想着将来能考个功名。然而陈怀冰被进步思想所吸引，不甘于过父亲为他安排好的人生。

据白小英所言，陈怀冰一直在南方组织学生运动，而且因为与父亲意见不合，陈怀冰已多年没有回过家乡。沈杏儿诧异地道："你怎么会来清门？"

陈怀冰看了一眼沈杏儿身旁的齐继盛，用眼神示意她借一步说话。沈杏儿跟随他走远了些，陈怀冰方才道："其实我这次来，是专门来找你的。"沈杏儿喜上眉梢："真的吗？是不是小英让你来的？"陈怀冰没有直接回答她，而是十分严肃地说道："今晚九时，你来城西的清远书店找我，进门后，说买一份 1921 年的申报。"

沈杏儿微微一惊，随即点了点头。陈怀冰随后对她一拱手，扬声道："山高水长，有缘自会再见。"而后转身离去，消失在苍茫天地间。

拾陆·新任掌柜

回沈家的路上，齐继盛有些不悦，问沈杏儿："刚才那男的是谁？你认识他？你跟他在一起悄悄地说了什么？"刚进入恋爱期的齐继盛妒忌心十足，更何况陈怀冰风度翩翩、气质不凡。

沈杏儿道："他是我最好朋友的同乡，我之前听说过他，但是一直没见过。"

"最好的朋友？"

"就是我上学时的一个女同学。"沈杏儿的回答令齐继盛不怎么满意。

两人走到沈家宅院门前，看见齐得福站在门口。齐得福看见齐继盛，赶紧迎上前去，说道："二少爷，老爷让您回去一趟，明天一早让您跟大少爷都去堂屋，他有重要的事宣布。"

齐继盛点点头道："我知道了，我明天一早回去。"

沈杏儿希望他赶紧回家，以便她去找陈怀冰，便道："为什么非要等到明天，你现在就回去吧。"

齐继盛却对齐得福道："你先回吧。我那套拳法练得有点小问题，我需要向师父指教。"齐得福无奈，只好自行离开。

沈杏儿自从与陈怀冰见面后，感到改变自己一生的大事即将发生，当夜，她轻抚院中那株杏树，似是在做告别。

沈杏儿打算回自己房中等候，却转身走向了齐继盛的房间。她轻轻推开门，见齐继盛已熟睡。沈杏儿轻手轻脚地走到他床边，轻轻替他将被角塞好。

齐继盛本长得十分俊美，熟睡后的模样更似一件白玉雕成的艺术品，长长的睫毛覆于眼睑之上，令人怜爱。

沈杏儿忽然涌起一股冲动，忍不住俯下身，想要吻他的面颊，却中途停住了。她长吸了一口气，站起身来，快速离开了齐继盛房间。

翌日清早，齐继盛急匆匆赶回了家。

一进堂屋，齐继盛见父亲和大哥已到，还有一位不认识的男子。他以为，父亲会因为迟到而责骂自己，没想到齐隆昇却道："既然你们俩都到了，我给你们介绍一下。"他指着那位齐继盛不认识的男子说道："这位叫吴俊生，从今往后，他便是天兴楼和瑞永商号的掌柜。"

"什么？"齐隆昇话音刚落，齐继昌和齐继盛几乎同时开口说道。

齐隆昇道："我想过了，我年纪越来越大了，你们俩又不是做生意的材料。"齐继昌刚想争辩，却被齐隆昇止住。齐隆昇续道："有人给我介绍了吴俊生，我让他在店里试了一段日子，无论是饭庄，还是商号，他干得都不错。我打算今后把生意都交给他照管，我就安安心心当东家。将来我百年之后，你们都是他的东家，他会每年给你们两个分账。我已经订好了规矩，把每年生意上的收入分为十成，四成留在账上，剩下六成，你们两人各分三成。你们俩也只需拿钱，生意上的事不要过多干涉。"

齐继昌张了张嘴，却碍于父亲的威势而不敢开口。齐继盛道："这样好，不用操心，还能拿钱。"齐继昌狠狠地瞪了弟弟一眼。

吴俊生长得一张宽阔的面颊，浓眉大眼，鼻梁宽厚，虽看似儒雅，眼神中却透出一股精明。他先向齐隆昇拱了拱手，又转向齐氏兄弟，说道："多承老东家信任，吴某定尽心竭力。从今往后，还请二位少东家多多关照。"

得知这个消息后，李淑贤气得直跺脚，她对齐继昌道："这都成别人的了，天兴楼和瑞永商号都不姓齐了，今后改姓吴了。爹也不知道怎么想的！"

齐继昌斥道："你胡说什么呢！"

"我胡说？还不是你不顶用！"

"你一个娘们懂什么？牝鸡司晨！"

"我不懂！我不都是为了你好吗？你还向着外人骂我，这日子没法过了。"李淑贤说着便哭起来了，齐继昌烦躁不已，两人越说越急，吵得不可开交。

和妻子大吵一场后，齐继昌觉得烦闷，一个人走到院中，透透气。齐继盛念着沈杏儿睡不着，恰巧也走到了院中。两兄弟碰到了一处，齐继昌没好气地道："你晚上不睡觉，在院中溜达什么？"

齐继盛忽然想起了一事，扯住哥哥的胳膊，将他拉至一旁僻静处："哥，你过来，我有事要问你。"

"什么事?"

"我……我要是想娶亲的话,是不是得让爹去提亲啊?"

齐继昌一见齐继盛的羞涩模样,立即来了兴趣,忘记了刚才和妻子吵嘴的不快,笑着打趣道:"当然了,这三媒六聘是少不了的。怎么,你小子终于开窍了,想要娶亲了?"

齐继盛被他说得越发不好意思,低着头,吞吞吐吐地道:"我……我……"齐继昌"善解人意"地道:"我明白了,你是不好意思跟爹提。你放心,这事包我身上了,我去跟爹说。"

晚间,齐继盛回到自己房中后,左思右想,终觉不妥。他知道,沈杏儿个性独立,与寻常女子不同,尤其是最讨厌包办婚姻。若直接让父亲去提亲,沈杏儿定会感到不悦,说不定还会一口回绝。想到此,齐继盛决定还是自己先去和沈杏儿表白,让沈杏儿明白自己的爱意,而后再让父亲去提亲。

然而,该如何向沈杏儿表达自己的爱意呢?直接说:"杏儿,我想娶你为妻。"齐继盛嫌太直接,又有些不好意思。但是说得太婉转,又怕沈杏儿误会了自己。一个晚上,齐继盛翻来覆去地难以入睡,思考着该如何向沈杏儿表达爱意。

翌日一早,齐继盛兴冲冲赶到沈家,站在门口徘徊了一会儿,忽见一个身着短袖,店伙计模样的人朝自己走了过来。那人走到面前,朝他躬身,问道:"您是齐二少爷吧?"

齐继盛点点头。那人说道:"我是泰和茶庄的伙计,我们宋掌柜请您过去一趟。"齐继盛跟着他来到了泰和茶庄。宋时先连忙请他进屋,而后道:"贤侄,今天把你请来,是想替杏儿给你传个口信。"

宋时先让伙计给齐继盛斟了杯茶,继续道:"她已经离开了清门,她走得匆忙,没来得及和你告别,让我和你说声抱歉。"

齐继盛闻言，如同五雷轰顶，伤心地问道："离开了清门？她什么时候回来？"

宋时先道："她没说，不过……对了……"宋时先又让伙计拿过来了一小包银圆和一包衣物，说道："这是你家给她预付的束脩，她说她不能继续教你了，多余的束脩都在此了。还有，她没法自己跟你爹辞行，感谢他这两年来对她的照顾，让我替她向你爹请罪。还有，这包东西是你留在她家的，她也让我交还给你。"

齐继盛怔怔地道："走得这么急，她说去做什么了吗？"

"她没说。"

"她还说了什么？"

"这……"宋时先为难起来。

齐继盛一把抓住宋时先的手，说道："宋叔，求求你了，你就告诉我吧。"

宋时先道："她临走时……托我帮她把沈家的宅院卖了，她说卖的银钱，让我先替她保管，等将来她也许会回来取，也许会托人替她取。"

齐继盛呆坐了许久，宋时先唤了他几声，见他不应，也不好再多说什么。又过了许久，宋时先便道："贤侄，你先坐着，我店中还有事。"

"等等，"齐继盛却忽然唤住了他，"沈家的宅院，她打算卖多少钱？"

"这个嘛，她倒是说了，价格好商量，你问这个干啥？"

"沈家的宅子，我买了。"

泰和茶庄的伙计将沈家宅院的门锁打开，又恭敬地将钥匙递到齐继盛手中。齐继盛点了点头，抬脚迈过门槛，走进院中。瞬间他有些恍惚，张口想叫"师父"，却终究没有叫出来。一阵风吹过，吹得院中那株杏树的叶子唰唰作响，他转头望了望那株杏树，又伸手轻抚它的树干，将头抵在树干上，哭了起来。

卢沟桥的战火很快烧到了清门城。城中百姓还未来得及反应，县长和驻军便跑了。日本侵略军长驱直入，占领了清门城。

一时间，城中人心惶惶，出逃者有之，闭门自保者有之。

外面的事，齐继盛都漠不关心。自从沈杏儿走后，齐继盛整天将自己关在房中，闭门不出，连饭也吃不了几口。一连数月，他连头发也不理，终日蓬头垢面。佣人们见了他，都十分害怕，唯恐避之不及。

齐隆昇实在看不下去，便让齐得福将齐继盛叫来，对他道：

"其实你心里在想什么，爹都知道。你大哥都和我说了。这些日子，爹一直都在操办此事，如今已经说妥了。下个月初八，是个好日子，你赶紧自己拾掇一下，准备娶亲吧。"

"娶亲？"齐继盛闻此大惊。

"是啊，"齐隆昇呷了口茶，说道，"这些日子，你像丢了魂似的，不就是为了此事吗？其实，你又是何必？娶亲是好事，你直接和爹说啊。"齐隆昇温和地说道。

"爹要让我……娶谁？"

"韩家的大小姐，韩如玉。"齐隆昇依旧温和地说道。他又补充道："是，爹知道，她不是正夫人生的，委屈了你。但韩家就她一个女儿，韩夫人待她如亲生女儿一样。"

齐继盛忽然想起了什么，心中又是一阵酸楚："韩家小姐……是不是和沈家定过亲的那个？"一听齐继盛这话，齐隆昇脸上更显尴尬之色："是……是那沈家小子命短。再说，她尚未过门，又退了亲呀。"

在齐继盛的亲事上，齐隆昇曾经心气甚高，宋时先曾经开玩笑地说，如今要是还有皇帝，把格格许给齐继盛，齐隆昇也未必看得上。如今，日军攻陷清门城后，在城中驻扎了一支宪兵队，而后准备组建伪政权。日军为此挑选出韩家的远房亲戚韩建业，据说此人曾在日本留过学，后来又在南京任过职，韩家因他而一跃得势。

齐隆昇虽是商人，唯利是图，但不愿失掉气节，不愿做日本走狗。然而自打日军进了城，韩家一直借势打压齐家，齐家的生意越发难做。吴俊生虽说从不曾与齐隆昇诉苦，但齐隆昇岂能坐视不管？此时，韩家提出要与齐家结亲。韩如玉当初虽未嫁进沈家，却也落了个寡妇的名声，再想嫁人很难，但韩家又不愿韩如玉低嫁，选来选去，最终选中了齐继盛。

齐隆昇本想拒绝，但又怕因此得罪了韩家，从此齐家的生意会更难做。在韩家的威逼利诱之下，齐隆昇便应下了这桩亲事。

齐继盛却不知其中原委，当即道："爹，我不要和这个韩如玉成亲。"

齐隆昇拉下脸来："婚姻之事，父母之命，媒妁之约，岂是由你自己做主？"

齐隆昇为让次子答应迎娶韩如玉，采用各种方法，软硬兼施，齐继盛却铁了心坚决不同意。这日，齐隆昇被逼无法，竟带着儿子来到一个特殊之处。

齐隆昇鳏居多年，又是清门首富，是烟花之地的常客。他引着齐继盛进了一处宅院，按照约定的暗号敲了三下门。院门打开后，绕过影壁，鸨儿便热情地迎了上来："齐老爷，您好久没来了。"她注意到齐隆昇身边的齐继盛，上下打量了一番，笑着道："这位哥儿长得可真俊，院子里的姐儿见了他，不知要有多喜欢呢。"

齐隆昇道："这是我家老二。"鸨儿更为热情了："原来是齐二少呀。"

齐继盛自幼锦衣玉食，但从未来过这等地方，此番突然见到这些涂脂抹粉之人，不由得目眩神迷。

齐隆昇忽然道："盛儿呀，这男子娶妻，本就是为了延续香火，娶谁都是一样。诸般女子总有你中意的。你若娶了韩家小姐，咱们家的生意又能兴隆起来，到时候任你花银钱，什么样的女子找不到？"

齐隆昇的话如一道惊雷，将他从这温柔乡中炸醒，沈杏儿的样子忽然浮现在他眼前。面前的这些女子，打扮得再艳丽，和沈杏儿一比，顿时黯然失色。一念至此，齐继盛推开自己身边的女子，匆忙逃出了院外。

回到家中，齐隆昇问："盛儿，你到底如何才肯娶韩小姐？"齐继盛脱口而出道："这辈子除了沈杏儿，我谁也不娶！"

齐隆昇皱了皱眉："沈杏儿是谁？"

"沈杏儿就是……"齐继盛一提起沈杏儿的名字，难免脸红，头便低了下去，"尚武堂沈家的大小姐。"

"哦。"齐隆昇若有所思地说道，"我有印象，当初你还小，她爹曾经托人跟我说过媒。那种小门小户，还是个走镖的江湖人，也想高攀我们齐家！被我一口回绝了。后来听说，她跟韩家定亲了。"

齐继盛闻言，猛地抬起头来，他没想到他和沈杏儿曾经差一步之遥，便可结为夫妻，他不禁在心中埋怨父亲。

齐隆昇又道："听说她后来去了南方上了什么学堂，也是个不守妇道之人。她一直都没回清门，你怎么会看上她？"齐隆昇恍然大悟道："哦，是不是沈兴那小子，想把他妹妹说给你？"

"不是……沈兴他……就是沈杏儿。"齐继盛不知道该如何向父亲解释，"她对我可好了，爹，你相信我，沈杏儿可贤惠了，她是个好女孩。"

齐隆昇一惊："什么！沈兴就是沈杏儿？"

齐继盛没办法，只得违背了当初对沈杏儿的承诺，讲了沈杏儿女扮男装之事，只是略过了宋时先做保人的事。

齐隆昇闻言后大怒："好啊，沈家的人果然都不是好东西！当初她爹装神弄鬼，想把他闺女塞给我们齐家，被我拒绝后贼心不死，他闺女又来勾引我儿子！呸，真不要脸，还女扮男装！这还有没有王法？我现在就去官家，告他们沈家欺瞒官家，私吞财产，但凡与这件事有关的人，一个也别想跑！"

齐继盛想起沈杏儿曾说过，这件事如果被官家知晓，她定然会坐牢，顿时吓得脸色惨白。他"扑通"一声跪倒在父亲脚下，哀求道："爹，我求求你，千万别把这件事说出去！"

齐隆昇还在气头上："骗到我头上来了，这还了得！必须要让他们付出代价！"

齐继盛声音颤抖着说道："爹，我求你了，你要说出去，我……我就死给你看。"

齐隆昇更是愤怒："什么？！你还敢威胁你爹？"

"不是，我不敢……"齐继盛心中害怕至极，若因他而使沈杏儿有难，恐怕他后半生都难安心。齐继盛的语调弱了许多："爹，我不敢威胁你，我只是想求你，放过沈杏儿吧。只要你肯放过她，你让我做什么都行。我保证，从今往后，我永远听你的话。"

"哦？"齐隆昇冷静了下来，"此话当真？"齐继盛点点头。齐隆昇的语气也缓和了下来："好吧，沈杏儿女扮男装的事，我就当不知道。"

齐继盛吊在半空的心终于放了下来，谁料齐隆昇下面的话，彻底让齐继盛的心沉入了万丈谷底。齐隆昇道："我答应你，不将此事捅出去，不过你也要答应我一件事。"

"什么事？"

"和韩家小姐韩如玉成亲。"

齐继盛点头答应了。

客观地说，韩如玉长得并不难看，柳叶细眉，双瞳剪水，五官精致。在洞房之夜，她始终垂着头，也没抬眼看齐继盛。齐继盛想起她的身世，忽然有些怜惜之意，说道："今日累了一天，你……早点睡吧。"

韩如玉依旧垂着头，用手拧着自己的衣角，一言不发。

齐继盛看着床上大红的被褥，心中忽又涌起一股怒气。对于父亲用告发沈杏儿要挟他成婚一事，他一直耿耿于怀。多年来，他虽说畏惧父亲，但对父亲始终是尊敬的。齐隆昇这次做的，却让齐继盛有些看不起。齐继盛忽然有了一个主意，他在心中暗暗对父亲说："你让我娶她，我娶了，但你休想让我和她成为真正的夫妻。"

想到此，齐继盛便和衣在床上躺下，不再理会韩如玉，自己盖好被子，睡着了。

翌日清晨，齐隆昇手中捏着一块白布，面色铁青。那布似雪一般洁白无瑕，但在齐隆昇眼里，却"污秽不堪"。

齐隆昇让齐得福唤来齐继盛，问道："盛儿啊，你老实跟爹说，那韩如玉是不是有问题？"

齐继盛一愣："有问题？有什么问题？"

齐隆昇叹了口气道："盛儿啊，爹对不起你，谁知道那韩家的女儿竟是个不守妇道之人！"

齐继盛更加困惑："不守妇道？爹，你到底在说什么啊！她连话都不敢大声说一句，怎么会是那种人……"

齐隆昇叹了口气道："你这孩子可真傻，她若是守妇道，洞房之夜她为何没有落红？"齐继盛看着父亲手中的白布，这才反应过来："不是的，是我……我……"

齐继盛明白，父亲若知道自己违逆他的意愿，定会大发雷霆，闹不好还会迁怒于沈杏儿，再去官家告发她，但他又不想父亲误会无辜的韩如玉，支支吾吾地说不出话来。

　　齐隆昇见此情景，似乎明白了。他看着齐继盛，先是有些惊讶，而后又是心疼，最后悲凉地说道："盛儿啊，你不必说了，爹明白了。你放心，爹去寻城中最好的大夫，城中的大夫若治不好，便去外省请。"

　　齐继盛闻此，觉得可笑，但他不能解释，只能任由父亲替他四处寻医问药。齐继盛每日被迫喝数碗中药，喝得他食不知味。后来齐继盛实在忍受不住，便偷偷将药倒掉。一连数月，银钱似淌水般花了无数，齐继盛的"症状"也未有丝毫缓解。

　　鉴于此事，齐隆昇一方面对韩如玉心怀愧疚，另一方面也害怕她回娘家诉苦，惹得韩家再来为难自己。齐隆昇对韩如玉倍加关照，视同亲生女儿一般。这令韩如玉觉得，唯有嫁人之后，活得才像人一般。因此，韩如玉也侍奉齐隆昇如亲生父亲一般。

拾捌·全城通缉

这很快引起了李淑贤的嫉妒，她时常与丈夫抱怨："有个有钱有势的娘家就是好，做公爹的都得巴结。"

齐继昌闻言道："快给我闭嘴！要是让爹听见了，非得动用家法不可！"

李淑贤冷地一声："你就有本事骂我。还不是你不争气，当弟媳妇的都快骑在我这嫂子头上了，也没见你吭一声。"

齐继昌眼珠一转："还不是你自家肚子不争气，你要是生了儿子，爹自然会向着你了。"齐继昌此话一说，李淑贤便忘却了韩如玉，用手搂住齐继昌的脖子说道："我一人争气有什么用，你也得跟我一起争气才行！"齐继昌自然乐得合不上嘴。

日军选定的人选韩建业在上任前夕竟遭人刺杀，一命呜呼。一时间，清门城内流言四起。

很快查清了原因，韩建业就任前夕大宴宾客，席间被人以餐刀作为飞刀刺入心脏而死。锁定了当时宴席中的一名女侍应，只是当时戒备不严，她成功逃脱了。日军根据在场诸人的回忆，绘制了刺客的画像，张贴在城中各处，并悬赏一百块大洋，缉拿此人。

且说齐继盛自从成亲后，父亲对他的管束松了许多，他时常出门闲逛。有一天，齐继盛出门，见不少百姓围在一处，议论纷纷，齐继盛便凑了过去。

听得一人说道："我早就说了吧，这事是女娲娘娘派了九尾狐仙下凡干的，要么一个女子怎么能杀人？你看看，长得还挺漂亮的。"另外一人赶忙止住了他，紧张地说道："小点声，小心被日本人听见了，把你当成同党抓走了。"

齐继盛听后更好奇，拼命拨开人群，挤了进去。

那张被通缉者的画像映入齐继盛眼帘时，他的心几乎跳出来。尽管画师参考了多人的描述，画得并不十分像，但他还是一眼认出，那画像上的人是沈杏儿。

齐继盛顿时脑海中一片空白，他再次拼力拨开人群，挤了出去。他正浑浑噩噩地往家走，却在巷口突然见到一个身影，一闪而过。齐继盛以为自己看走了眼，他揉了揉眼睛，立刻追了上去。

沈杏儿远远地看着围观的人群，通过这次刺杀行动，在民众中激起抗日热情的目的已经达到，自己的使命也完成了。她迅速转身离开，却听到一个熟悉的声音："他们想抓你，你怎么还敢到处乱跑。"沈杏儿不想引起注意，更不愿连累他，只是沉默不语，伺机脱身。然而她的手被他一把抓住："跟我走。""去哪儿？"沈杏儿没有听到回答，被齐继盛拉回了齐家。

齐继盛将沈杏儿带到一间空房中。这段时间齐家生意不景气，齐隆昇遣散了不少仆役，因此空出不少房间来。沈杏儿看那房间虽陈设简单，却干净整齐。齐继盛说道："你先在这里避避，莫要出去，我会给你送吃的。"沈杏儿道："你疯了，我可被日本人通缉，你知道，被发现的后果是什么吗？"

齐继盛看了她一眼，没直接回答她的问题，却反问她道："你为什么不出城去避避？"沈杏儿道："韩建业死的当晚，日军已封锁了城门，我……没来得及出城。"沈杏儿不愿去中共清门地下党组织在城中的秘密联络点。因为日军加大了搜查力度，沈杏儿不愿连累同志，扮了男装，她是准备随时就义的。

齐继盛道："你先躲在这儿。日军不会搜我们齐家的。"沈杏儿摇了摇头："不行，这不是长久之计，我不能连累你们全家。"

齐继盛背过身去，半天没有说话，总算强忍住泪水，又道："如果你出城的话，有人接应你吗？"沈杏儿迟疑了半天，才点了点头。齐继盛道："我想办法送你出城。"说罢，关上房门，快步离开。

沈杏儿在齐家佣人的房中藏了两天，其间齐继盛只将饭食从窗口送来，并未与她交谈一句话。第二天的晚上，齐继盛轻轻推开门，将一包衣服递给沈杏儿，说道："天亮前，你换上这套丫鬟的衣裳，上院中的轿子，他们会抬你出城。"

沈杏儿道："这怎么可能！日军现在封锁了城门，严格控制进出城门的人员，对所有人都要严格搜查，特别是出城的。"

齐继盛长吸了一口气，说道："明天我会对日军谎称，我妻子要出城给韩建业烧头七的纸。我妻子是韩家的大小姐韩如玉，韩建业是韩家的远亲，日军是不会搜查我家的轿子的。即便真的搜查，韩如玉也会坐在轿中，他们看到她，不会仔细搜查。"

沈杏儿微微一愣，而后道："你……结婚了？"齐继盛没有回答她的问题，而是反问她道："你走的时候，为何连封书信都不给我留？"

事实上，沈杏儿当初并非不想给他留书信，只是她数次提笔，却不知从何说起，信纸撕碎了数张，终究没有成文。沈杏儿只得道："走得急，没来得及。"齐继盛默然不语，沈杏儿却道："冒这么大危险，送我出城。我又是刺杀韩建业的凶手，韩小姐她……同意了？"

齐继盛面无表情地道："我是她的丈夫，出嫁从夫，她没什么不同意的。你赶紧准备一下吧。"而后转身离去。

沈杏儿换好衣服后，思忖片刻，将那把随身携带的飞刀放入了怀中。她是为自己留的，她决定一旦被捕，便用它自戕。

然而出城时异常顺利。韩如玉作为晚辈给韩建业上坟烧纸，日军没有怀疑她，更没有大肆搜查。

一路上，沈杏儿不敢说话，而身旁的韩如玉也似泥塑木雕般，面无表情，更不发一言。出城后，齐继盛让轿夫将轿子落在一无人处，而后让轿夫去远处等候。齐继盛掀开轿帘，沈杏儿从中走出，对齐继盛道："今日救命之恩，沈某没齿难忘，希望他日能相报。"

齐继盛嘴角勉强挤出了一丝微笑："你还是先活下去再说吧。"

第二部分

峥嵘岁月

拾玖·林中虎啸

沈杏儿穿过一片密林,脚踩在厚厚的落叶上,深一脚、浅一脚,朝根据地走去。沈杏儿十三岁离家去外地上学,而后父母双亡,师兄弟离散,她已很久不知回家是什么感觉,而根据地让她再次找到了家的感觉。这里的每个人如同家人一般,人们工作、生活得井然有序,并充满了温情。这里的同志情、战友情是沈杏儿过去从没体会过的。

清西抗日根据地位于清门城以西百余里外的一处山区,地处三县交界。由八路军清门支队联合当地抗日武装和当地百姓所建。

沈杏儿一走进营区,迎面碰上了黄真。黄真和沈杏儿年龄相近,两人参加革命的时间相差无几。最关键的是,两人眉眼生得极为相似,身材也相仿,根据地的同志们时常开玩笑说,两人是失散多年的姊妹。沈杏儿小时候做梦都希望能有个妹妹,和自己一同玩耍。看到别人家姊妹在一起,沈杏儿总是无比羡慕。因此,来到根据地，她逐渐将这玩笑当真了，把黄真当作自己的亲妹妹。黄真原本是个女学生，读书期间受到进步思想的影响，后加入了八路军，在清门支队担任卫生员。

黄真见到沈杏儿回来，赶忙迎上前去，沈杏儿高兴地拉住黄真的手，两人寒暄了一番。黄真说道："杏儿，骆政委说，让你回来之后去找他一趟。"骆百川是清门支队的支队长兼政治委员，沈杏儿自然不敢耽误。

沈杏儿掀开门帘走进支队指挥部，房中陈设很简单，两张大木桌拼凑在一起，平时当作骆百川的办公桌，开会时则当作会议桌。四周整齐地摆放着几把木椅，虽看上去有些旧，却十分干净，一尘不染。骆百川生得浓眉大眼，鼻挺面阔，常戴一副金丝眼镜，脸上总挂着微笑。陈怀冰等人时常戏称他为"骆老大"。

沈杏儿刚进屋，骆百川将眼镜摘下，放在正在看的文件上，温和地说道："小沈，你回来啦，任务完成得还顺利?"沈杏儿双脚并拢，挺直脊梁，敬了一个标准的军礼，虽说没穿军装，却难掩女战士的英姿："报告首长，这次新进驻清门的日军是一个步兵中队，配备九挺歪把子。"

骆百川点点头道："嗯，知道了。不过，今天我找你，有个新情况。"沈杏儿再次敬了个礼："请首长指示。"

骆百川示意她坐下，而后道："前一阵子，怀冰去押送一批咱们根据地新购买的枪支和弹药，按说前几日应该回来了，可他至今未归。我们本打算派人去打探一下情况，可是今天一早，和他一道去的小张回来了，还给我带回来一封信。"

"信?"

"对，是绑匪的勒索信。"

"绑匪？！"沈杏儿听到后，"噌"地站了起来。

骆百川用手示意她坐下，而后道："你先别急，从这信上的内容来看，怀冰暂时应该没有生命危险。信上说，愿意释放怀冰，并且归还咱们一半的枪支弹药，但是有个前提条件。"

"什么条件？"

"要求咱们派一名姓沈的女同志前去交接。"

沈杏儿倒吸一口冷气："姓沈的女同志？咱们根据地姓沈的女同志好像只有我一个。"

骆百川皱着眉头道："是啊，看来这伙土匪针对的是你，所以我想问问你，你和这伙土匪之间，是不是有过什么恩怨？这封信的署名是林中虎，据我所知，他在当地占山为王的时间并不久，但是实力雄厚。"

沈杏儿道："首长，我怎么可能会认识土匪啊？"骆百川道："小沈，你别误会，我不是那个意思。我是怕这伙土匪和你之间有旧怨，他们想寻仇，借机对你不利。"

沈杏儿咬着嘴唇说道："说起土匪……过去我爹走镖的时候，倒是时常和他们打交道，可能和一些人结过仇。我爹离世这么多年了，而且他们也不可能知道我参加了八路军吧？早些年，我是和土匪打过一次交道，不过那是两个被赶下山的土匪，装神弄鬼地糊弄人，被我教训了一顿。当时我穿的是男装，他们不可能知道我的真实身份。除此之外，我实在想不出，我和土匪之间还有什么瓜葛。"

骆百川点点头道："我知道了。既然如此，我再想想办法，你先回去吧。"

"不行!"沈杏儿说道,"怀冰和那批枪支弹药还被他们扣着,咱们的经费本来就很紧张,这批武器对咱们来说很重要,绝对不能被他们劫走。"

骆百川叹了口气道:"我知道,所以我会尽力想办法营救怀冰。"沈杏儿站起身来,再次敬了个军礼:"首长,让我去吧。既然绑匪提出了这个要求,咱们只能按照他们的要求来做。这些土匪都是穷凶极恶之人,如果惹恼了他们,有可能会撕票……"

"正是因为他们穷凶极恶,我就更不能让你去了。你是一个女同志,参加革命的时间又不长……"

"首长,你信不过我?"

"不是……"

"首长,我请求前去与土匪交涉,救出怀冰!"

在沈杏儿的坚持下,骆百川终于同意沈杏儿前去与土匪交涉。为了保证沈杏儿的安全,骆百川特地安排他的警务班班长常贵与沈杏儿前去。

沈杏儿与常贵上山途中,被一名留着络腮胡子的土匪拦住。络腮胡上下打量着沈杏儿,问道:"你姓沈?"沈杏儿点点头。络腮胡道:"你最好别说谎,不然的话,就别想活着下山。"沈杏儿冷冷地看着他,没有说话。络腮胡伸手拦住了常贵,道:"我们大哥只让姓沈的上山。"

常贵担心地看向沈杏儿,沈杏儿说道:"没事,你留在这儿等我,如果今天太阳下山前,我还没回来,你就赶紧回去。"随后,沈杏儿跟随络腮胡上了山。

一路上，沈杏儿平安无事。走了约半个时辰，络腮胡带着沈杏儿进了一个院子，院中有几排房舍。络腮胡引着沈杏儿进了院子正中的一间堂屋，堂屋门上方挂了一块牌匾，上面写着"聚义厅"三个大字。

　　走进堂屋，正中的屏风上挂着一张虎皮，看上去已有些泛黄。络腮胡对着屏风后说道："大哥，人带到了。"而后转身离去，并且关上了房门。

　　络腮胡走后，沈杏儿有些手足无措。半晌，一人从屏风后走出，沈杏儿看到此人，不由得一愣："你……"

　　对面的人身上斜挎着一支"王八盒子"，虽打扮得匪气十足，却难掩其俊朗清秀。沈杏儿张了张嘴，终于道："怀……你扣的人在哪儿？我要确保他的安全。"

　　"你很在乎他呀。为了他，你连土匪窝都敢闯。"已是土匪头子的齐继盛语带酸涩地说道。"他是我的……"沈杏儿想到保密原则，说道，"好友。"

　　"别装了，我知道你们都是八路军。你当初看的那本书，不就是八路军的书吗？"齐继盛指的是，他当初偶然撞见沈杏儿正在读《共产党宣言》。

　　此时齐继盛提到那段往事，沈杏儿心中难免感慨万千，她反问道："你怎么会当了土匪？"

　　"这不关你的事！"

　　"好吧，那我们谈谈正事。你打算什么时候释放人质，并归还武器？"

　　齐继盛的语气忽然软了下来："除了这个，你没有别的话跟我说吗?"

沈杏儿道:"那批武器装备对我们很重要……"

齐继盛忽然大吼了一声:"老三!"被称作老三的络腮胡推门进来,齐继盛道:"把那小子带过来,还有他们那几箱子破烂玩意,一起带过来。"

"大哥……"

"赶紧去!"

沈杏儿试探道:"我们的武器,你不打算扣留一半了?"齐继盛道:"谁稀罕你们的破烂玩意!"沈杏儿道:"你……劫这批武器,就是为了见我一面?"

齐继盛转过头去,不再答话。事实并非如此,齐继盛最开始并不知道这批武器是八路军的,他只是看到有人押运一批武器经过,便生匪心,想劫下来,以壮大自己的力量。没想到,押运的人竟是陈怀冰。齐继盛之前只见过陈怀冰一面,却对他无法忘怀,因其带走了沈杏儿,一直对其恨之入骨。齐继盛抓到陈怀冰后,本想将其手刃,以解心头之恨。然而陈怀冰一眼认出了齐继盛,他知道齐继盛与沈杏儿的关系,便晓之以理、动之以情。齐继盛很快便被说得没有了杀心,并闻知沈杏儿现在在根据地工作,便想出了这个法子,以解相思之苦。

络腮胡很快便将陈怀冰带到了堂屋。陈怀冰看了一眼沈杏儿,又对齐继盛道:"多谢英雄手下留情,今日不杀之恩,他日定当相报。"陈怀冰又笑了笑,说道:"其实我看得出来,你跟那些土匪不一样。你看,你的队伍兵强马壮,你若肯举起义旗,那你便是关老爷再世,赵子龙……"

沈杏儿忽然不耐烦起来，一扯陈怀冰的胳膊，说道："你少说几句，赶紧走！"陈怀冰不紧不慢地道："不急，让我把话说完。"沈杏儿忽然急躁起来："你走不走？你不走，我走！""哎，你这人怎么回事？"两人竟争执了起来。齐继盛看得心烦，大吼一声："你们俩都给我滚！"陈怀冰这才在沈杏儿的拉扯之下离开了聚义厅。

贰拾 · 克服恐惧

　　沈杏儿从土匪手中救下陈怀冰的事在根据地被传为佳话。黄真对沈杏儿道："杏儿，你真勇敢。你对怀冰真好，为了他，你连土匪窝都敢闯。杏儿，你是不是……"黄真冲沈杏儿挤了挤眼。

　　沈杏儿赶忙解释道："不是的，你误会了。我救他，一方面，他是咱们的战友，另一方面，他其实……是我最好朋友的意中人。我……很在乎她，所以不希望她在乎的人出事。"

　　黄真忽然酸溜溜地道："最好的朋友……我一直以为我是你最好的朋友呢。"沈杏儿赶忙道："黄真，你也是我最好的朋友，我也一样在乎你。"黄真笑了笑，说道："我跟你开玩笑呢，我没生气。不过，说真的，杏儿，你一个女孩子是怎么做到这么勇敢的？"当初沈杏儿在日军眼皮底下刺杀了汉奸韩建业，被根据地称为传奇。

　　事实上，黄真此问颇有深意。清门城及附近大部分乡村沦陷后，日军对根据地实行残酷的封锁，特别是对药品的控制。根据地缺医少药，需要通过秘密渠道运送药品至根据地。近日，清门城内的地下党组织刚收集到了一批药品，需要根据地派人配合运送出城。黄真出身医药世家，又在根据地做卫生员，熟悉各类药品，她之前虽没有地下工作经验，但是这一秘密渠道早已打通，并无太大危险，骆百川便派黄真前去。

出于保密原则，黄真不能将自己的任务告知沈杏儿，因此只能如此问，期盼能通过沈杏儿的经历克服自己内心的恐惧。

沈杏儿笑笑，说道："其实，我也有害怕的时候。"事实上，最初陈怀冰提出刺杀韩建业的事，她并没有答应。她虽有一腔报国热血，毕竟只是个少女。陈怀冰也没有强迫她，而是把她带回了根据地。沈杏儿在女校中学过护理，便在部队中做了一名卫生员。

后来，陈怀冰和战友们在山里救了一名叫刘小九的女子。刘小九原本是附近的村民，日军扫荡时逃跑不及，惨遭日军蹂躏。日军走后，她不堪其辱，逃入深山，恰巧被路过的八路军所救。

沈杏儿见到刘小九的时候，刘小九已是满身伤痕。然而，根据地缺医少药，沈杏儿虽然全力施救，却没能保住刘小九的性命。弥留之际，刘小九想喝一碗羊肉汤，沈杏儿跑遍了整个根据地，也没能找到羊肉汤，毕竟羊羔是重要物资。最终，沈杏儿跑到一个有正在坐月子的产妇的老乡家，讨了一碗鸡汤，端给刘小九。然而沈杏儿端来鸡汤的时候，刘小九已然咽气。

盛满鸡汤的碗"啪"的一声掉在地上，摔了个粉碎。沈杏儿攥紧了双拳，说道："我要杀了这帮畜生！"陈怀冰说道："莽撞行事只会害人害己。只要日本人在这片土地上一天，这种事就会不停地发生。"

沈杏儿问道："那么，我们要怎么做，才能把他们赶走？"

"我们要在党的领导下，联合所有力量，打赢这场持久战。"

刘小九死后，沈杏儿思考了许久，终于决定刺杀韩建业。

沈杏儿将这段往事讲给黄真听后，黄真若有所思地点了点头。

络腮胡正在山腰巡逻。络腮胡姓古，因在山上结拜时排行老三，人称古老三。其实古老三年龄并不大，却喜欢蓄胡须。古老三巡山时，迎面撞上了楚小六。楚小六神情恍惚，似乎受到了惊吓。

"老六，慌慌张张地干什么，山下有新情况？"

"三哥，"楚小六气喘吁吁地道，"太惨了。"

"什么情况？"

"女八路，死得太惨了！"

古老三皱了皱眉："到底是怎么回事？"

楚小六道："小鬼子在城里抓了个女八路。"楚小六用手比画着："那么粗的铁管子，上面全是尖刺……她死得太惨了。"

古老三又问道："这些你都是亲眼所见？"

楚小六道："没有，我是听人说的，城里都传开了。我今天下山路过城门的时候，看见有个女尸体挂在城门楼上，底下围了好多老百姓，都在议论这事，我是听他们说的。对了，我看那个女八路的模样……好像是到咱们山上的那个女的。"

古老三一听大惊失色。他赶忙凑到楚小六面前，叮嘱道："我警告你小子，这事千万别让大哥知道。"

"为什么？"

"你别管了，如果他知道了，肯定要出大事。"

齐继盛正在房中喝闷酒，那天看见沈杏儿与陈怀冰的亲密举动，非常不快。转眼，酒瓶已经见底，他晃了晃酒瓶，而后将其丢在地上，摔了个粉碎。

齐继盛一步三晃地走到院中，见几名弟兄正围在一处议论事情，只听得"八路"两个字，便踉跄地走到他们面前。为首的楚小六见到他，表情微变，赶紧说道："大哥，我去看看饭做好了没有。"说罢，一溜烟跑走了。

齐继盛见他逃走，一把抓住身旁李二狗的肩膀，说道："你们在聊什么？"楚小六事先并没嘱咐过他，因此李二狗不假思索地说道："那个女八路死得太惨了，就是上咱们山上来那个。"

齐继盛闻之，感觉一阵天旋地转，眼前一黑。

"大哥，你怎么了？"李二狗等人纷纷凑了上来。齐继盛定了定心，紧紧抓住李二狗的肩膀，将他捏得生疼。齐继盛面上青筋毕现，紧锁着双眉，追问道："她是怎么死的？"李二狗等人从未见过他这般模样，只得将楚小六的话转述了一遍。

古老三听到此事，将楚小六大骂了一顿。楚小六委屈地说道："我不知道二狗子嘴那么快啊。"古老三赶忙去找齐继盛，而齐继盛的房门紧闭。李二狗和他说，齐继盛独自喝了阵闷酒，便关上房门睡了。

古老三无奈，只得回到自己房中，然而他在床上翻来覆去地睡不着，终究还是放心不下，又起身去找齐继盛。他站在门口敲了几下门，没人应答。他将耳朵贴在门上听了许久，房中寂静无声。

古老三一咬牙，大声说道："大哥，你快开门，你要再不开门，我就踹门进来了。"古老三等了一阵，依旧没等到回复，便抬脚用力踢开房门。

房内空空如也，唯有被褥散乱在床上。古老三心中暗道不好，赶忙回去取了两把枪，又牵了一匹马，匆忙地往清门城方向奔去。

沈杏儿吐了一个下午，陈怀冰一直站在她身旁，一言未发，只是时不时拍拍她的后背，而后递给她一杯清水，让她漱口。

陈怀冰说道："你要是想哭，就哭出来吧。"沈杏儿闻言又无声地痛哭起来。

沈杏儿止住泪水后，抬起头来问陈怀冰："我是不是很没出息？是不是根本不像一个革命战士？"

陈怀冰说道："其实，我刚参加革命的时候，第一次遇见战友牺牲，反应与你一样。"

陈怀冰继续说道："你和我，还有咱们现在的这些同志，能不能亲眼看到胜利的那一天，我真的说不好。但是有一点我可以确定，我们一定会胜利。从古至今，没有人可以阻挡历史的车轮。我们代表的是最进步的力量，最先进的思想，这就是共产主义信念。"

陈怀冰又追问道："你的入党申请早已提交，组织正在对你进行考察。希望你能通过黄真的这件事成长起来。"

原来，黄真受命进入清门城后，在街上忽然被日军抓捕并残忍杀害。

贰拾壹·入党誓词

齐继盛借着夜色，悄悄地潜到清门城门附近时，看见城门上方悬挂着一具女尸。日军有意以儆效尤，故意用布将尸首吊起。

齐继盛恍惚间看到那尸体的相貌身量，的确是沈杏儿，一时间热血往上涌，掏出手枪，准备与日军搏命。他的手刚准备扣动扳机，整个人却突然被扑倒在地，而后在地上翻滚了一圈，落入附近的草丛中。

袭击他的人一把打掉他的手枪，斥道："你疯啦！不要命了？"齐继盛看清来人的面目后，惊道："你……你是人，还是鬼？"

沈杏儿气道："我是鬼，行了吧！"齐继盛道："哦，到半夜，显灵了？"

沈杏儿无奈道："你脑子里装的真是糨糊吗？"

"城门上挂的那个人……"

沈杏儿伤心地说道："她是我的战友，也是我的好姐妹。她长得和我很像，对不对？同志们都说，我们俩像是失散多年的姐妹。"

齐继盛惊喜道："这么说，你没死？"

"暂时还没有！"沈杏儿远远地望了一眼日军，赶紧拉着齐继盛，向城门反方向走去。

两人彻底离开日军视线和射程后，沈杏儿盯着齐继盛，说道："你是来找日本人报仇的？"

齐继盛将眼看向别处，并不回答。沈杏儿急道："你只有一个人，两把枪，你知不知道日军驻扎在清门的有多少人、有多少把枪？你这是送死吗？"

齐继盛说道："杀掉一个不赔，杀掉两个有赚！"

"你这种牺牲是无意义的！"

"我又不是你们的人，你凭什么管我？"

沈杏儿忽然变得异常温柔，她伸手轻抚了一下齐继盛的脸颊，替他拭去了他努力掩藏的泪水，柔声道："别闹了，大敌当下，我们所有人要做的最重要的事，就是活下去。舍生取义固然没错，但要死得重于泰山，而不要因为一时意气做无谓的牺牲。你送我离开清门城的时候，让我活下去，我一直是这样做的。我会努力活下去的，你也要答应我，努力活下去，不管任何时候都不要轻易放弃自己的生命，可以吗？"

齐继盛转向沈杏儿，目光中带着一种很难用语言说清的感情，郑重地点了点头。沈杏儿却还是放心不下，思忖片刻，将脑后的发髻拆开，头发瞬间散落在双肩。

齐继盛一愣，说道："你……你要做什么？"沈杏儿在自己发间翻找，摸到了发夹，将其摘了下来，那是齐继盛送她的那对木兰花发夹的其中一只。沈杏儿怕影响不好，便将其隐藏在发髻中。

沈杏儿将那只发夹递给齐继盛，说道："今后若是遇到危险，让人拿着发夹去根据地找我，我会尽力帮助你的。"

齐继盛接过发夹，正要质问沈杏儿，既然这般在乎自己，为何当初不告而别，此时见古老三骑马飞驰而来。

古老三见到齐继盛，一颗悬着的心才放了下来。他勒住缰绳，翻身下马，一把抓住齐继盛，说道："大哥，你跑哪儿去了？快把我急死了！"他一眼瞥见沈杏儿，不由得吓了一跳："你……你……"

沈杏儿面无表情地说道："我走了。""等一等，"齐继盛叫住了她，"天这么黑，我送送你。"

"不用了，我认识路。"说完，沈杏儿便头也不回地离开了。

齐继盛怔怔地望着沈杏儿远去的背影，以至于古老三连着唤了他三声，都恍若未闻。古老三不得又推了他一把，说道："看啥呢，人都走远了。"齐继盛这才回过神来。

古老三又道："你今晚要干啥，也不知会兄弟们一声。"

齐继盛伸手打了他脑壳一下："想啥呢？小鬼子有多少人，咱有多少人？小鬼子用的是啥枪，咱又用的是啥枪？来这儿找小鬼子拼命，就是送死，懂不懂？"

古老三笑了笑："那你自己为啥要来这儿送死？我们都是泥腿子，你的命可比我们都金贵多了。"齐继盛哼了一声："敢动我的女人，必须让他们偿命！"

古老三面上笑意更浓："你既然那么喜欢她，咋不把她抢上山，当压寨夫人？"

"你敢抢她，没看见她也带枪了吗？"

"可我看……她好像也挺喜欢你的，根本不用抢，一拍即合，直接就能把人娶过来。"

齐继盛冷冷一笑，那笑并无讽刺之意，反而饱含悲凉："人家是啥？八路军。咱是啥？土匪！娶人家，配吗？"

1939年，对于沈杏儿来说，是一个无比重要且值得纪念的年份。在这年杏花盛放的时节，陈怀冰领着她去了骆百川的指挥室。一进门，沈杏儿就感到今日的气氛非比寻常。

骆百川一见到她，立刻站起身来，严肃地说道："沈云卿同志，组织上已经批准你加入中国共产党。从今天起，你正式成为中国共产党党员①。"

沈杏儿激动得几乎要哭出来，一时间不知道该说什么好，她对骆百川敬了一个标准的军礼。

骆百川又道："我和陈怀冰同志是你的入党介绍人，下面，你和我们一道，对着党旗宣誓。"

沈杏儿念出了这段令她永远不会忘记的话，"我宣誓：终身为共产主义事业奋斗；党的利益高于一切；遵守党的纪律；不怕困难，永远为党工作；要作群众的模范；保守党的秘密；对党有信心；百折不挠，永不叛党。谨誓。"

沈杏儿在入党申请书上的署名是沈云卿，自那日起，沈杏儿便正式更名为沈云卿。

骆百川又说道："如今斗争形势越发残酷，近期我们与清门城内的秘密交通站通信时断时续，交通站最后一次传来消息说，他们可能已经被敌人发觉。加上之前黄真的事……种种迹象表明，咱们在清门的组织中可能出了叛徒。"

"什么！"沈云卿眉头紧皱，说道，"您是说叛徒出卖了黄真？太

---

① 此时入党时间为上级党委批准之日，无预备期，党龄同时开始计算。

可恶了!"骆百川具有丰富的情报工作经验,陈怀冰和沈云卿曾在他的领导下开展地下工作,为八路军提供了重要情报。

骆百川说道:"在敌人的轮番破坏之下,我们清门城交通站的核心人员如今只有三人,负责人曹峰,联络员杜毅,还有发报员胡晓民。现在我们还不确定究竟是这三人中出了叛徒,还是他们发展的外围人员有问题。"

三人正在一起开会讨论如何查清清门交通站内出现的问题,忽听常贵在门外大声喊报告。骆百川叫他进来,常贵说道:"报告,外头来了一个土……一个人,说要找沈同志。哦,对了,他还说让我把这个拿给沈同志看。"常贵说着,将手中的发夹递给沈云卿,沈云卿一见那只金色木兰花发夹,不由得大惊失色:"他人在哪儿?"

骆百川冲沈云卿点点头,沈云卿便随常贵前去。来人并非齐继盛,而是古老三。沈云卿知道,古老三拿着发夹来根据地找自己,肯定是齐继盛出了大事,急忙地问道:"他出了什么事?"

古老三道:"沈姑娘,大哥在清门城里被汉奸给抓起来了。"

贰拾贰

舍身营救

原来，日军要求瑞永商号今后专门给其供应物资，却只支付伪政府印制的伪券，同时，要求天兴楼每日为宪兵队供应饮食，同样支付伪券。对此，齐隆昇自然不肯，日军便查封了天兴楼和瑞永商号。齐隆昇一气之下，吐血病倒。

齐继盛闻知后偷偷潜进城中探望父亲。韩如玉一见齐继盛，便扯住他的衣衫说道："不管你要去哪儿，我都和你一起。你带我走吧。"齐继盛自然婉言拒绝了她。

韩家不想再让韩如玉留在齐家，以免受到牵连，便派人去接韩如玉回娘家居住。韩如玉回到娘家后，无意间提起齐继盛归家之事。韩重西之子韩世坚听闻，偷偷与父亲商议，定下了一条毒计。

齐隆昇也知道，齐继盛擅自归家，风险极大，赶紧催促他离开。齐继盛却道："小鬼子再欺负你，我就带人去跟他们拼命！"

齐隆昇不停地咳嗽，再也说不出话来。站在一旁的齐继昌赶紧说道："你就赶紧走吧。你离清门远远的，就是对咱们家最大的贡献了。"

齐继盛正要走，韩如玉的贴身丫鬟小巧跑到齐家，对齐继盛道："姑爷，我家小姐归家后忽然染了重病，请了大夫来，说是医不好了。她的日子不多了，只想最后再见姑爷一面，还请姑爷随我前去，见我家小姐一面。"

齐继昌此时倒是冷静，并说道："你不能去，这韩家没有好人。"小巧却道："我带着姑爷走后门，不惊动旁人，只见小姐一面。"

齐继盛一方面于心不忍，一方面也想和韩如玉商议离婚，便随着她前去韩家。不料，刚一进韩家，脑后便挨了一闷棍，随即被人五花大绑，囚禁在了韩家后院。

韩世坚派人传信给齐隆昇，要求其将天兴楼和瑞永商号转让给韩家，否则便将齐继盛交给日军处置。

韩家只给了齐隆昇三天时间考虑，齐隆昇既不忍幼子落入日军手中，也不愿祖宗基业毁于己手，心中忧急不已。所幸齐继盛临行前将木兰花发夹交给古老三，因此古老三闻知齐继盛遇险，便来根据地找沈云卿。

沈云卿对陈怀冰说道："如果组织上不愿冒险去救他，请组织批准我以个人身份前去营救。"陈怀冰道："清门城戒备森严，你一个人去，不是等同于送死吗？"

沈云卿目光坚定地道："就算是送死，我也得去。这是我欠他的。"

陈怀冰宽慰她道："齐隆昇是咱们团结争取的对象。我现在去跟骆政委汇报。"骆百川同意组织营救后，陈怀冰说道："根据古老三提供的情报，韩重西将在三天后宴请日军，他可能在当日将齐继盛交给日军。宴席当天，不允许任何外人靠近韩家，但饮食菜肴需要提前准备，因为齐隆昇的天兴楼不肯配合，只能从邻县请厨师。我们可以扮成邻县的厨师，混入韩家，实施营救。"

沈云卿道："我可以去。我厨艺很好，有人说过，我的厨艺比天兴楼的厨师还要好。我扮成厨师肯定不会露馅。"

骆百川道："不行，这太冒险了。你可是在清门城刺杀了韩建业。"沈云卿道："小鬼子杀害黄真的时候，不是贴出了告示，说抓到刺杀韩建业的人了吗？他们应该不会怀疑。"

骆百川道："也许是小鬼子为了挽回面子而故意这样写的。总之，你进城的风险太大。"

"政委，你要是不让我去，我会后悔一辈子的！"

陈怀冰忽然道："您就让云卿去吧，我会保护她的安全。"骆百川只得点头答应。

沈云卿和陈怀冰两人扮成邻县的厨师，通过了城门日军的重重盘问，顺利潜入韩家。因为不确定交通站中是否有叛徒，陈怀冰不敢将此次行动告知交通站的任何人，因此也得不到相关的情报援助。韩家虽比不上齐家实力雄厚，但宅院重重，一不小心便会迷了路。

引他们进来的家丁，警告他们只能在后厨工作，不许在院中随意走动。因为没有韩家宅邸的地形图，已过了大半天的时间，沈云卿却依旧没有找到囚禁齐继盛的地方。

沈云卿对陈怀冰说道："不行，我得冒险出去找找。"陈怀冰点点头，说道："你自己小心点，我留在这里望风。"

当沈云卿刚踏出后厨的门，便慌忙退了回来。她对陈怀冰道："韩家大小姐韩如玉朝后厨这边走来了。她见过我，我得先躲躲。"

沈云卿刚躲进里间，韩如玉便进了厨房："给我盛些饭菜，装到食盒里。"陈怀冰满脸赔笑，一副下人巴结主子的模样，将饭菜装进食盒后，笑着问道："您要出门啊？"韩如玉不满地瞪了他一眼，没有答话，转身离去。

　　沈云卿从里间出来，两人对视了一下，便明白了一切。沈云卿随即轻手轻脚地跟在韩如玉身后，见她转过了三个墙角，过了两道窄门，走进了一间小院。此时，沈云卿不敢再跟，只得躲在院外。听得一阵开锁声，而后"嘎吱"一声，门被推开，韩如玉用纤弱的声音柔声说了句："饭菜给你放在这儿了，你趁热吃吧。"房内没有应声。沈云卿想起刚才她跟在韩如玉身后，远远望见一把钥匙悬在韩如玉腰间。若想救出齐继盛，必须要拿到这把钥匙，但钥匙在韩如玉身上，她又见过沈云卿，若想从她身上拿到钥匙，风险极大。

　　听得脚步声响，应是韩如玉出来了。沈云卿知道，此时不动手，之后恐怕再没有机会。她将心一横，低头躬身，装作一名路过的家丁，朝韩如玉身上撞去。"哎哟。"韩如玉惊呼一声。沈云卿赶紧粗着声说道："对不起，姑奶奶。"说着，便伸手要替韩如玉掸身上的灰尘。韩如玉自幼受礼教束缚，坚持男女授受不亲，不愿让沈云卿碰到己身，便慌忙躲开了。

　　待韩如玉离去后，沈云卿匆忙地赶到院中，用她偷得的钥匙开了门。这是一间废旧的库房，灰头土脸的齐继盛瘫坐在覆满灰尘的杂物堆中，他的手脚均被绑着，口中的布条刚才被韩如玉取了出来，扔在了地上。齐继盛陡然听到门口有响动，下意识一愣，瞪大了双眼，惊慌失措的模样好似一头受惊的小兽。沈云卿见了不免又爱又怜。

沈云卿快步上前，柔声说道："盛儿，莫怕，是我。"沈云卿掏出从厨房拿来的小刀，快速地切断了齐继盛身上的绳索，说道："跟在我身后。"

齐继盛随着沈云卿一路蹑手蹑脚地朝厨房行去，行至中途，忽听一人说道："那把钥匙是不是你拿走了？快把它交出来！你不会把钥匙弄丢了吧？还是你已经偷偷把人放了！"

"不是，我没有，我没有放人，我只是……去给他送了些饭菜。"答话者竟然是韩如玉。沈云卿与齐继盛对望了一眼，同时停住了脚步。

先开口之人冷笑说道："这次你偷钥匙的事，我就不追究了，赶紧把钥匙交出来，回你的房中去吧！"

"哥哥，我求你，让我每日给他送些饭菜吧。他毕竟……是我的夫君。"原来先开言之人是韩如玉的兄长韩世坚。想到此人差一点便成了自己的夫君，沈云卿不由得厌恶地皱了皱眉。齐继盛显然也同时想到了此事，心中涌起一阵醋意。

"那可不行。"韩世坚说道，"钥匙在你手里，万一你一心软，把他放了怎么办？"

"你真打算……把他交给日本人？"

韩世坚再次冷笑了一声。

韩如玉拉住他的胳膊，哀求道："哥哥，我求你，放了他吧，他毕竟是我的夫君啊！"

"妇人之见！"韩世坚甩开了韩如玉的手，说道，"等咱们家收了齐家的产业，咱们韩家就是清门第一大户，又有日本人撑腰，到时你什么样的婆家寻不到？何必非要死守着那个废物。"

"我不想再嫁，而且公爹对我很好……"

"你莫再为他求情了，他私自放走了太君的通缉犯，罪无可赦。太君想抓他，不是一天两天了。这次，他让我抓到了。我先要那老东西交出齐家的产业，再把他儿子往日本人那里一送，说不定日本人还能赏我个官做。钱、权都有了，这可真该我们韩家兴旺。"韩世坚说到这里，得意地笑了起来。

齐继盛听闻，气得怒发冲冠，沈云卿紧紧抓住他的手腕，低声在他耳畔说道："莫冲动。"然而很快，冲动的人变成了沈云卿。

韩如玉显然也没料到韩世坚会如此狠毒："哥哥，求你给齐家留条活路吧。"

"他们齐家压了我们韩家这么多年，也该我们扬眉吐气了。还有你，你还好意思跟我求情，当初他放了那个女杀手，你为什么要帮他？她可杀了咱们堂叔！"

"他是我的夫君……"

"你就会说这一句。虽说出嫁从夫，可你也太没脑子了。因为你，日本人差点以为我们韩家也是刺客的同党！幸亏你后来在街上认出了那个女八路，又按照日本人的要求扮作城中的八路，从那个女八路口中套出了城中八路军的线索，立了一功，算是功过相抵，不然我们韩家都要背上通共的罪名。"

沈云卿闻言，紧握双拳，手背上青筋暴起。这次轮到齐继盛劝沈云卿了："别冲动、别冲动。"

韩如玉低声道："我把钥匙放在我房中了，待会儿我去取了给哥哥送去。"韩世坚应了一声便离开了。

沈云卿引着齐继盛来到后厨，说道："韩如玉应该早就发觉钥匙丢了，她说放在房中，只是缓兵之计。我不知道她为什么要替我们打掩护，但是过一会儿，她交不出钥匙，韩世坚定会吵嚷起来，韩家也会加强戒备，咱们就出不去了，现在赶紧撤！"

陈怀冰将齐继盛扮作帮厨的模样，一行人正准备离开韩家，不料韩如玉突然出现在后厨门口，沈云卿与韩如玉正撞了个满怀。

韩如玉冷冷一笑："我就知道是你，刚才你偷我钥匙的时候，我就认出你来了。"几个人怔立在原地，不敢轻举妄动。陈怀冰面上堆起微笑，手却伸向背后，摸到了案板上的刀。

齐继盛忽然挡在沈云卿面前，对韩如玉说道："你想干什么？你要是想伤害她，就先杀了我！"

韩如玉眼中闪过一丝悲凉之色，她面无表情地说道："我送你们出韩家。"

沈云卿质疑道："你出卖了我们的同志，现在为何又要帮我们？"

"因为我恨你！"韩如玉终于说出了这句在心底埋藏了许久的话，"我知道，他一直不肯碰我，就是因为你！他一见到你，魂都丢了。那天我在街上见到那个女八路的时候，我以为她是你。我以为你又回来勾引我的夫君了，我想让日本人把你抓起来，这样你就没法勾引他了。"

沈云卿一时气得不知如何说了："谁勾引……"

"你现在不是又来勾引他了吗？"

"你就是为了这个，出卖了我的同志，还伙同日本人一起破坏我们的组织？大敌当前，你居然因为个人感情而甘做汉奸？"

陈怀冰给沈云卿使了个眼色。沈云卿会意，不再谴责韩如玉，而是说道："你这次是真心想帮我们？"

"我是在帮我的夫君。"

"不管怎么说，韩小姐，不是，齐二少奶奶，"陈怀冰忽然开口道，"你若是愿意送我们出去，我们都会感谢你的。过去的事情既往不咎，今日之事，我替八路军，哦，当然还有……"陈怀冰看了一眼齐继盛，说道："齐二少爷，谢谢你的救命之恩。"

韩如玉看了齐继盛一眼，说道："你带我一起走吧。"齐继盛道："这怎么能行？我是个土匪。"韩如玉似乎早就料到了他的回答，面上并没有太多失望之色，只淡淡地说道："那你们跟我来吧。"

一行人出城后，沈云卿瞟了一眼陈怀冰，说道："怪不得老大总夸你，说你搞统战是一把好手。"

陈怀冰笑嘻嘻地道："当然了，毕竟我又没有勾引人家夫君。"

"你!"沈云卿刚要发作,陈怀冰求饶道:"开个玩笑嘛。"沈云卿瞥了一眼身旁的齐继盛,又狠狠瞪了陈怀冰一眼,说道:"等回去,看我怎么收拾你。"

陈怀冰看到远处等候的古老三,对齐继盛道:"送君千里,终须一别。咱们便在此别过吧。我相信,咱们有缘终会再见。"他又看了一眼沈云卿,说道:"我先去前面等你。"

陈怀冰等人走远后,沈云卿与齐继盛相对无言。最终,还是齐继盛说道:"那我……走了。"

"等等,"沈云卿从怀中掏出了那只古老三交给她的木兰花发夹,递给齐继盛,说道,"这个,你还是拿着吧。"

韩如玉将齐继盛等人送出韩家后,又将钥匙交还给了韩世坚,令其暂时没起疑心。当天夜间,韩世坚前去关押齐继盛的房中查看,只见人去屋空,不由得勃然大怒。他料想是韩如玉偷偷将人放跑,便气冲冲地前去韩如玉房中兴师问罪。

韩世坚一推房门,房门已从内闩住。韩世坚用力拍门,口中怒吼道:"开门!快开门!"韩世坚怒吼,房中却没丝毫应答。韩世坚一怒之下奋力将房门踹开,冲进屋中,却被眼前的景象吓了一个趔趄。

韩如玉吊在房梁上,死相甚是凄惨。韩世坚想喊人来,口中却发不出声音,他吓得不停地往后退,脚下被脚凳一绊,摔倒在地。他用力扶住桌沿,爬了起来,手正好摸到了桌上的一张信笺。

那是韩如玉留下的遗书:"我死后,请将我埋到齐家的祖坟里。"韩世坚看后,恨得一把将其扯烂。

那天,韩如玉上街买簪花,原本是十分欢喜的。她待字闺中之时,娘家不允许她出门。如今公爹齐隆昇却允许她上街。她出门自然是坐在轿中，然而当天，那轿夫脚下一个趔趄，轿子一抖，轿帘扬起，正巧她看见从街上经过的黄真。她赶紧令轿夫停轿。

"怎么了，小姐？"丫鬟小巧问道。小巧是韩如玉的贴身丫鬟，韩如玉出嫁时，小巧随她陪嫁到齐家。

韩如玉抓住了小巧的手："那个人，就是那个女八路。"韩如玉并不知道小巧与韩世坚有私情，还把她当成自己的贴心姐妹。

小巧顿时警觉起来："她又进城了？该不会是又来勾引姑爷的吧！"韩如玉闻言不由得皱了皱眉。小巧忽然又道："小姐，我真是该打，出门忘记带银钱了。我现在去取。"说完，小巧早已消失不见。

原来之前那次，小巧未能及时通报，惹得韩世坚极为不满，这次她自然想将功补过。

韩如玉在街边簪花店等小巧时，却见一队日本宪兵经过，押送着一人，正是被她误认为沈云卿的黄真。此时小巧也气喘吁吁地赶了回来，身上却未带银钱。韩如玉似乎明白了其中的缘由。

她虽未受过革命的教育，却深知当汉奸可耻。黄真受刑之时，她并未亲眼看见，只是听人转述。自那以后，她几乎每夜都梦到那女八路向自己索命。

后来，又因她的一句无心之言，使得齐继盛被韩世坚派去的小巧诱骗到韩家，使得齐家险些家破人亡。

韩如玉一直小心做事，如今却接二连三，造下如此多的罪孽。韩家虽说是她的娘家，但从没有人将她当作人。在她心中，这个世上，唯有公爹齐隆昇将她当作一个人。可她却负齐家良多。既然生不能做齐家的人，那唯有死后做齐家的鬼。

在这次营救齐继盛的行动中竟查清了叛徒一事，对于根据地来说，也算是意外收获。既然无人叛变，根据地也恢复了和交通站的通信。

韩如玉自缢，韩家为了自家颜面而对外宣称是病故，但交通站消息灵通，很快便将她的真实死因传回了根据地。

得知消息的沈云卿并没有大仇得报的畅快感，反而心中涌起了一阵同病相怜之感。陈怀冰亦是唏嘘不已："是封建包办婚姻害死了她。"

沈云卿盯着远方说道："如果当初没有小英，我恐怕也会成为封建包办婚姻的牺牲品。特别是……我爹还曾把我许配给韩世坚那个败类！"

陈怀冰忽然笑嘻嘻地道："也是，你说沈伯父当初要是把你许配给齐家就好了。"沈云卿恼恨他破坏了感伤的气氛，狠狠瞪了他一眼："你要是再这么说，我就真生气了！"

"原来你之前是假生气！"陈怀冰见沈云卿真要翻脸，赶紧说道，"别动手，别动手！好了，你莫生气，我有个礼物要送给你。"

陈怀冰从怀中掏出一个信封，沈云卿顿时由怒转喜道："是小英的信！"

沈云卿正要拆信，常贵却来通知她，说骆百川让她和陈怀冰一道去指挥室。

原来沈云卿接到了新任务，让她去江洲的平民女学校接任校长一职。平民女学校是由当地思想进步的人士在江洲开办的学校，专门招收家境贫寒的女学生，学费收得极低，对家庭特别困难的学生，学费还会减免。

学校创办者与共产党关系十分亲近，后来历任校长实际上都由共产党委派，因此平民女学校实际上也是共产党培养后备力量的基地。平民女学校开设专业的护理课程，不少女学生毕业后参加了八路军，担任卫生员的工作。

沈云卿迟疑道："校长……我怕我干不好……"陈怀冰道："你从小的理想不就是当一名学校的教员吗？"

"可我一天书都没教过，就让我去当校长……"

"你不是教过……再说作为一名共产党员，应该知难而上，而不能遇难而退呀。而且你知道平民女校的上一任校长是谁吗？"

沈云卿盯着陈怀冰，似乎猜到了什么："是小英？"陈怀冰点了点头："对，正是她推荐了你，她如今正在那里等着你，和你交接工作。"

南下江洲的路上，自己和白小英相识、相知的过程不断浮上她心头。她当初在陈怀冰的说服下参加革命，自然主要源于她的一腔报国热情，但沈云卿也不得不承认，她一直怀有夙愿，希望自己参加革命后可以和白小英在一起工作、战斗。只可惜她加入八路军这些年，也没能再见到白小英一面。

如今，沈云卿前去平民女学校，虽说依旧没机会和白小英共事，但起码可以见她一面。这让沈云卿在遗憾之余，感到了些许满足。她仿佛瞬间回到了八年前，回到了那段与白小英同窗的岁月。

贰拾肆·皎白月光

1931 年 9 月 18 日夜，日本关东军阴谋制造了"柳条湖事件"，随即攻击北大营、炮轰沈阳城，九一八事变爆发。自此，中华民族开始了长达十四年的抗日战争。

这一年，在封敏雄的帮助下，十三岁的沈云卿终于有机会走出家门，走出清门城，看到外面她从没见过的世界。然而她很快发现，外面的世界并非如她想象的那么美好。

由于男生不能进入寝室区，封敏雄帮助沈云卿办好入学相关手续后，便与她作别，离开了学校。一名女教员带她来到了一间寝室，指着一张空着的床说道："你就睡这儿吧。"

女教员离开后，当时还叫沈杏儿的沈云卿紧紧地抓着自己带来的行李，盯着一屋子与自己年龄相仿，却好似来自两个世界的女孩子们，惶然不知所措。

尚武堂虽有不少师兄弟，但沈杏儿家中没有姊妹，因此，沈杏儿从小没有一个女性玩伴。幼时母亲带她上街，她看到街上有女孩子们凑在一处玩耍，羡慕不已。沈杏儿从小最大的心愿就是想让娘给她生一个妹妹，但她从不敢将这一想法说出来，因为她知道，如果说出来，不仅娘会骂她，爹也会不高兴。

此时她来到女校，骤然见到这么多同龄的女孩子，沈杏儿却忽然发觉，自己根本不知道如何与同龄女孩交流。

经历了短暂的安静之后，寝室中其他的女孩开始继续说笑起来，仿佛沈杏儿只是一片落叶，落入水塘中，连一丝涟漪都没有荡起，底下却依旧暗流涌动："这新来的穿得太土了吧？""不仅土，还像个假小子。""哈哈。"

说话人的声音虽低，但传入沈杏儿耳中，却震耳欲聋。沈杏儿从小与师兄弟们一起长大，母亲心思都在教养幼弟上，从没人教过她如何打扮。她来南方上学，穿了一身如意镶边的袄子，并配一条橄榄绿色的绣花裤，这已是她最好的衣裳。此时听到了这番嘲笑，沈杏儿恨不得立时化作一道青烟逃离此地。

她长得个子比旁人高些，此时立在门旁，活像一根挡事的木柱。

此时忽听一个清亮的声音响起："你们就是这么欢迎新同学的？"人未到，声先至，沈杏儿听这声音，好似溺水之人终于浮出水面，又好似闷滞许久的人吐出了一口浊气。

首先映入沈杏儿眼帘的是那一双秀美的大眼睛，那双眼黑白分明，好似一对明镜，可以照见人心中的所有不堪。沈杏儿被这双眼一看，心中的那些怒气顿时消解了。

"你们就知道攀比穿着，咱们是来这儿读书的！"

她言语的大胆把沈杏儿吓了一跳，寝室中的人闻言相互吐了吐舌头，不再言语。说话的人随即又对沈杏儿一笑，驱逐了沈杏儿周围的寒气："我叫白小英，你叫什么名字？"

"我……我叫沈杏儿。"寝室中有人忍不住"扑哧"笑出了声，显然是觉得沈杏儿这个名字"太过土气"。白小英狠狠瞪了发笑人一眼，又上前接过沈杏儿手中的行李，放到那张空床上："这是你的床吧！我来帮你铺床。那是我的床，就在你对面。"

帮助沈杏儿整理好床铺后，白小英又拉着沈杏儿的手说道："走，我带你去学校四处转转。"沈杏儿此生第一次触碰到年轻女子的手，觉得又柔软又温暖，她的心好似瞬间沉到了水底，又从水面绽放出一朵鲜艳的花。

"你看，这是咱们的教室……这是图书馆，这是操场，这是实验室。"

"实验室……是干什么的？"沈杏儿心中好奇，问话时却有些畏怯。

然而白小英并没有嘲笑她的意思，反而耐心地解释道："是做科学实验的地方。咱们学校和私塾不同，学的都是新知识。你在家上过私塾吧？"

"嗯，我爹请先生教过我几年。"

"我听你口音有些耳熟，你是哪里人？"

"清门。"

"清门城里的？怪不得。说起来咱俩还算同乡，只不过我家住在乡下。"

沈杏儿心想，白小英家虽在乡下，却比自己见识广，心中不免羡慕。她对白小英说道："我真羡慕你，你懂那么多。我从没出过远门，这是我第一次出清门。"

白小英知道她还在为刚才的事难过，宽慰她道："刚才的事，你别介意，其实你跟她们相处长了就知道她们都不坏。只不过这外头的世界虽说广阔，却充满着诱惑。她们就是看多了花花世界，滋生了攀比心理。哎，对了，你为何要出来读书呢？"

"我……我大师兄说，现在时代不同了，女子也能为国为民作贡献，因而女子要自立自强，要多学知识。"

"你还有大师兄？"

"嗯，我家是开武馆的，家里有很多师兄弟。"

"那你会武艺吗？"沈杏儿点点头。

"哇，那可太棒了。"白小英激动地道，"杏儿，你知道吗，我从小最羡慕会武艺的女子，可惜我从小没机会学。杏儿，你能不能教我几招？"沈杏儿点了点头。

白小英将自己穿过的一套学生装借给沈杏儿。

没过几天，正巧赶上学校放假，白小英利用这半天假拉着沈杏儿上了街，来到一间裁缝铺。

"小姐，想做身什么衣服？"

"不是我做，是她做，帮我朋友裁制一身我们的学生装。"白小英指着沈杏儿，对裁缝说道。

沈杏儿赶忙将白小英扯到一旁，说道："我……我先不做了，我……没有那么多钱。"

"我来出钱，就当是我送给你的。"

"这怎么能行！做身衣服好贵的，我不能要。"

白小英笑了笑："那就当是你借我的好了。你不是说你将来的理想是当一名女学校教员吗？等你发了第一笔薪水，再把钱还我。"

就这样，沈杏儿有了自己第一套学生装，也是后来她在齐继盛面前改换女装时，齐继盛所见的那一套衣裳。

沈杏儿与白小英逐渐成了无话不说的至交好友，两人在学校中总是出双入对、形影不离。白小英性格泼辣，说话爽直，不少同学都有些怕她。因白小英好打抱不平，在师生间得了个"白女侠"的称号。但是在沈杏儿心中，她是这个世界上最善良的女子。

　　当然，"白女侠"也有柔情似水的时候，那就是她提起她的意中人陈怀冰的时候。那个时候沈杏儿十分好奇，究竟是何等人，能让特立独行的白小英如此迷恋？

　　白小英是这样回答的："他是这个世上最聪明、最勇敢、最有抱负，也是最善良的人。"

　　沈杏儿说道："我真羡慕你，你可以自己选择你所爱的人。我……我爹把我许配给的那个韩家公子，我都不知道他长什么样。"

　　"所以说咱们必须勇敢反抗封建包办婚姻。告诉你一个秘密，其实我爹也早早把我许了人，是邻县一个大户的儿子。"

　　"啊？"沈杏儿惊讶不已，"那你怎么和陈……"

　　"所以我不打算回家了。其实我上次回家我爹就把我关起来，逼我嫁人，后来还是怀冰哥哥帮我逃出来的。他们总不能来这儿把我抓走吧。"

　　"那你就一辈子不回家，不见你爹娘了？"

　　"当然不是，等我和怀冰哥哥成婚之后我再回去。"

　　在沈杏儿的理解中，白小英和陈怀冰所谓的"成婚"，其实更像是私订终身。这让沈杏儿再次惊讶白小英的大胆。当然，惊讶之余，更多的是羡慕。

　　白小英的大胆还不止于此，一日，她偷偷塞给了沈杏儿一本书，又故作神秘地说道："送你个礼物。"沈杏儿一见到封面上《共产党宣言》几个字，不由得倒吸一口冷气："这……这可是禁书。"

白小英道:"咱们之前聊天的时候,你说现在虽说推翻了皇帝,但是和几百年前没什么区别,依旧是'朱门酒肉臭,路有冻死骨',穷人吃不上饭,军阀们却拼命征兵、征粮,还有洋人和小鬼子欺负我们。你很想让所有人都过上好日子,让穷人吃上饭。"

沈杏儿点点头道:"是啊,我真的想。大师兄说,只要努力读书,就能为国为民作贡献。我很努力读书,也时常和你一道游行请命,可社会还是这么糟。"

白小英说道:"你的问题,所有答案都在这本书里。等你有朝一日读懂了它,你就明白了。"沈杏儿仰慕地说道:"小英,你什么都懂,我真羡慕你。"白小英语气中略带一丝得意:"我过去也是什么都不懂,可是怀冰哥哥教了我许多。"

后来,沈杏儿家中遭遇变故,她不得不离开学校。沈杏儿对此很苦恼,向白小英倾诉道:"沈家如今成了绝户,将来怕是连宅院都保不住,所以我此番回去,我爹定要逼我招婿。"

白小英闻言,说道:"我倒是有个办法,可以保住你家宅院,又不必招婿。"白小英替沈杏儿出了女扮男装的主意,又将母亲传给她的玉葫芦吊坠赠给沈杏儿。沈杏儿伤心不已:"小英,不知道我们此生还能不能再见面了。"

"当然能。"白小英自信地说道,"我们说过,要做一生一世的好朋友。"

"小英,你怎么那么肯定?"

"只要你按照你说过的话努力,我们就一定能够再见面。"

"什么话?"

"身为女子,要自立自强,为国为民作贡献。"

贰拾伍
一面师生

沈云卿站在大门口，抬头望向"平民女学校"五个大字。忽然，她的双眼被柔软的双手蒙住，她冲口而出道："小英!"

白小英笑嘻嘻地松开了蒙住沈云卿双眼的手。沈云卿印象中的白小英，一直停留在那个穿着学生装的少女，而如今站在沈云卿面前的白小英，穿着淡灰色方格旗袍，外搭一件米色绒衫，容貌虽无大的变化，却蕴含着几分成熟女性的风韵。她的目光依旧是那般坚毅，只是多了几分内敛。

过去的这些年，沈云卿在脑海中想过无数次两人重逢时她要对白小英说的话，就在她来江洲的路上，那些话还不断涌上她的心头。然而此时，胸中纵有千言万语，沈云卿却一句也说不出来，她的身子颤了颤，鼻头一酸，眼眶也随之红了起来。

白小英见状，赶忙扯着她快步奔进校长办公室。白小英将门关上，说道："可不能教人见到新来的校长哭鼻子。"

沈云卿破涕为笑，她又拉着白小英的手，细细端详："你还是那么漂亮。"白小英笑着道："你瘦了些，不过比以前更漂亮了。你的事，我都听怀冰说了。"

"他都说我什么了？"

"他说你入了党，工作也很优秀。杏儿，我真为你高兴！你看，我当初没骗你吧？我就说咱们一定会再见面的。"

沈云卿却埋怨起她来："你这些年来就给我写过两封信，还都是托怀冰转交的。"白小英道："不是我不想给你写信，你也做过地下工作，知道环境的恶劣。我和怀冰通信，为了不泄密，都是用暗语。"

沈云卿忽然笑了笑："其实没见到他之前，我不仅好奇，还有些不相信，世上怎么会有你说的那种人，那么完美。可是如今我信了，他真的是这世上最好的人。小英，你能和他在一起，我真的为你高兴。你们俩……打算什么时候结婚？"

白小英却没回答她的问题，而是反问她道："别说我了，你……有意中人了吗？"沈云卿一愣，随即摇了摇头："没有。"

白小英又问道："这么多年，你就没遇到一个让你心动的？"

"没有，"沈云卿面上的潮红一闪，随即褪去，"过去我爹娘总说，女子这一生总要嫁人，不然做什么？我当时不知道如何回答他们。如今我总算想明白了，我这一生都要为革命事业献身。"

"你真打算一辈子不嫁人，一个人过一辈子？"

"谁说我是一个人？我还有你呀。小英,将来你和怀冰结了婚,不会嫌弃我吧？"

"当然不会。我们说过要做一辈子的好朋友、好姐妹,我和怀冰都会把你当成我们自己的家人看的。"

对此，沈云卿欣然一笑。她忽然想起了什么，从包里掏出两块银圆，说道："这是我在根据地攒下的生活费。小英，这是你当初借给我做衣裳的钱。我知道这些钱不如当初那么值钱，但我手里只有这些钱，等我攒够了再还你其余的。"

白小英忽然恼起来："刚还说咱们是一家人，现在又和我计较起这个了。"沈云卿道："亲兄弟……不，亲姐妹也要明算账。小英，你就收下吧。"白小英知道，沈云卿从来不愿亏欠人，但当时由于日军封锁，根据地的一切给养全靠自给自足，大家手头都很拮据。白小英说道："我当初说的是，你当了教员后发了薪水再还我。这可不是你当教员的薪水，你不能说话不算啊。"

"可是……"沈云卿为难起来。白小英道："你现在不是来学校工作了吗？等你领了薪水再还我吧。"

"小英，我们之后……还能再见面吗？"

"你看你又说丧气话。我们现在不仅是好朋友，还是同志、战友，我们将来还要并肩战斗呢，怎么可能不见面？"

两人正说着话，忽然听到有人敲门。白小英前去开门，来的人是学校的一位女学生。白小英道："小雅，你来得正好，我给你介绍一下，这是咱们新来的校长，沈云卿，沈校长。"白小英又转向沈云卿，说道："这是咱们学校的学生莫雅晴，她各门成绩都非常优秀。"

莫雅晴叫了一声"沈校长好"，随即对白小英道："白校长，我……"白小英似乎知道她心中所想："你决定了？"莫雅晴点点头。白小英笑着说道："那也好，正好我要离开学校北上，你和我一道走吧。"莫雅晴激动地道："谢谢白校长！"她看了一眼沈云卿，又道："那我不打扰你们了，沈校长再见。"

莫雅晴离开后，白小英对沈云卿说道："她打算参加八路军，去根据地工作。其实我也劝过她，说她年纪尚小，还可以再读两年书。可她铁了心要参加革命。小小年纪能有这等志向很不容易，我正好也要回根据地，便决定带她走。杏儿，你刚来，我就带走了你的一个学生，你不会生我的气吧？"

莫雅晴刚进门的时候，沈云卿觉得她有些面熟。这些年的情报工作使她具备了极强的相貌辨识能力，白小英说话间，她便已回想起莫雅晴的身份。原来这莫雅晴就是先前她和齐继盛帮助过的那对母女中的小女孩青青。不过，此时也不方便相认，沈云卿觉得既然都走上了革命的道路，总有再见之时。

沈云卿任职平民女学校短短半年，就不得不匆匆关闭学校，遣散学生，撤出即将沦陷的江洲。

沈云卿回到根据地后，原以为可以再见到白小英，却被陈怀冰告知，白小英接到新任务，已被派往他处。沈云卿失望之余，陈怀冰又对她说道："骆老大正在指挥室等着你呢。组织上也给你指派了新任务。"

沈云卿走进指挥室后，骆百川说道："怀冰刚说服了一支民间队伍，要加入我们队伍。"沈云卿看着陈怀冰笑道："你可真厉害，怪不得政委夸你呢。"

在沈云卿做校长的这段时间里，骆百川适应形势，吸纳了大批怀有爱国热情的热血青年加入八路军，如今清门支队已扩充为一个独立团，骆百川任团长兼政委。

骆百川说道："可这支民间队伍没有经过专业的军事训练，组织较松散，纪律意识薄弱。小沈，组织决定让你担任连长，带领他们开展训练，帮助这支队伍中每一名同志，尽快让他们成长为合格的八路军战士。"

"政委，谢谢组织的信任，可我……毕竟是个女同志，怎么能当连长，还训练那么多战士？"

"哎，这都什么年代了，男女平等。更何况我们都知道，你出身武学世家，有一身好武艺，真动起手来，一般男同志还真不是你的对手。你过去在咱们的队伍中，军事素质也是数一数二的。更何况，这个连长职位只是暂时的，等训练好了他们，组织还会给你安排其他工作，不会一直留你在前线的。还有，怀冰同志低职高配，担任连队的指导员，他也会帮助你。小沈同志，你可不能有畏难情绪啊。"

"是！"沈云卿坚定地敬了一个军礼，"共产党员要知难而上。"

贰拾陆 · 日月新天

陈怀冰带沈云卿前去营房的路上，向她介绍了新收编队伍的基本情况："这支队伍一共有一百零三人，编成咱们团里的六连。他们原先是山上的土匪，行为举止难免有些彪悍。"沈云卿道："连土匪你都能收编，你也太厉害了。不过，那些土匪……能服我一个女同志做连长吗?"

陈怀冰露出了一个意味深长的微笑："那就要看你的本事了。"沈云卿还想继续问他其他情况，此时却见一个八路军小战士正朝陈怀冰跑来。他虽穿着军装，脸上却稚气未脱，他朝陈怀冰敬了一个军礼，虽不十分标准，却十足精神。

"陈大哥。"小战士开口道。陈怀冰道："哎，我马上就是你的指导员了。"

"哦，指导员好。"小战士又补了一个军礼。陈怀冰对他说道："你来得正好，给你介绍一下，这是你的连长，沈云卿，沈连长。"

小战士看着沈云卿，愣了半天，又抬起手敬了个军礼，并说道："沈连长好，我叫程新天。"

陈怀冰说道："云卿，小天是我在一次外出执行任务的时候偶然碰见的。"程新天原本不叫程新天，他只知自己姓程，却不知自己名字。他是个孤儿，父母早亡，爷爷将他带到五岁，便撒手人寰。从此他便吃着村里的百家饭长大，因此村中人都唤他"狗儿"。别人家的饭自然不能白吃，他便帮大家拾柴、挑水。即便如此，仍时常吃不饱，程狗儿便上山打猎。程狗儿有些傻大胆，遇到野兽也不害怕，时常能打些野兔什么的。

有一天，程狗儿在山中打猎，遇到了一头老虎。素来傻大胆的程狗儿此刻没了勇气，他想跑，却觉得腿酸，一步也挪不动。

那老虎却一步步向他走来，程狗儿索性闭上了双眼，不料只听一阵枪响，老虎呻吟了几声，便倒在地上，不再动弹。

程狗儿尚未回过神来，却见几名拿枪的男子从林中走了出来。其中一个男子开口问道："小家伙，吓坏了吧？"该男子语气非常温和，很难想象是他击毙了的猛虎。"我不是小……谢谢你们救了我。"程狗儿说道。

该男子冲他笑了笑："山上太危险了，还是赶紧回家去吧。"

"我……没有家。"程狗儿神色黯然。

该男子看了他一眼，似乎想要说什么，程狗儿却抢先道："你们是什么人？带我走吧，我也想像你们一样有枪。"

"你还是个小娃儿，过几年再说吧。"

"谁说的，我今年十九了。"程狗儿话音刚落，那几名男子都笑了起来。另外一名男子开口道："我看你连十四都不到。"

程狗儿认真地说道："我只是因为吃不饱饭，所以长得瘦小，其实我今年十六了。"几名男子闻言又笑了起来。

之前为首的那名男子看着他："你这回没再骗我们吧？"

"没有，虽说我叫程狗儿，可我不是真的狗，我也是个顶天立地的男子汉！"

为首的那名男子回首和他的同伴们对望了一眼，而后对程狗儿道："你愿不愿意加入八路军？"

后来程狗儿才知道，救他的这个人叫陈怀冰，是位文武双全的英雄，至少程狗儿是这样认为的。陈怀冰对他说："你如今加入了八路军，应该有个新名字。咱们八路军，为了让所有穷苦老百姓都能过上好日子，建立一个所有劳苦大众都能吃饱、穿暖的新世界，开辟共产主义新天地，你就叫程新天吧。"

"程新天，我喜欢这个新名字，谢谢陈大哥！"

此刻，陈怀冰对沈云卿道："小天加入八路军不久，还没经过正式训练，正好将他也编入咱们六连，在六连一班，和新收编队伍的那些同志一起接受训练。云卿，你要多教教他。"

沈云卿看着程新天："你有十四岁吗？"程新天道："我今年十九了。"陈怀冰笑着打了一下他的帽檐："说实话。"

程新天敬了个军礼："报告沈连长，我今年十六了。"沈云卿笑了。

程新天扯了一下陈怀冰的胳膊："陈大……指导员，我有话问你。"程新天拉着陈怀冰走远了几步："我们的连长怎么是个女的呀？"

陈怀冰道："女同志怎么了，你在根据地见到的女兵还少吗？"

"可她们都是做卫生员啊，当连长……"

沈云卿忽然走过来道："你这小鬼都能当八路军，我为什么不能当连长？"

"我不是小……"程新天刚要争辩，陈怀冰就制止了他："好了，沈连长究竟够不够资格做连长，你们今后会知道的。云卿，我先带你去见见其他战士吧。"

陈怀冰引着沈云卿来到了营房。他一吹口哨，喊道："集合！"无人应声。陈怀冰连喊了三声，依旧无人应答。陈怀冰只得尴尬地对沈云卿笑道："你等我一会儿。"他走进一间房舍，听到他对一人说道："快叫你的人集合，新连长到了。"

沈云卿站在原地候了半晌，才见新战士们三五成群、稀稀拉拉地走到了自己面前。事实上，说他们是战士，并不恰当，他们虽穿着八路军军装，却毫无军容可言。

陈怀冰清点着人数，忽然问道："你们大哥呢？"众人皆回头望去，见一人正晃摇着从房中走出来。沈云卿看到那人时，心脏不由得停跳了一拍。

陈怀冰站到队伍前面，说道："大家注意了，我给大家介绍一下，这是咱们的连长，沈云卿同志。我是咱们连队的指导员。从今天起，咱们这个连就算正式组建完成了。"陈怀冰又转向沈云卿，说道："云卿，我给你介绍一下，这位是咱们的副连长，齐继盛同志。"

沈云卿没正眼看齐继盛，而是冷冷地看了陈怀冰一眼。陈怀冰尴尬地笑了笑，随后说道："咱们欢迎沈连长讲几句。"陈怀冰说完后自己鼓了两下掌，却没有人应和他。大家是都在窃窃私语："怎么是个女的？""女的还能当连长？"

沈云卿不介意这些议论，她并紧双腿，给大家敬了一个标准的军礼。此时，战士们依然没有停止议论，忽然听到一个低沉的声音："都给老子闭嘴！"

沈云卿清亮的声音响起："我这个人素来不愿强人所难，一个月后你们若还不愿在我手下当兵，我会帮你们向政委申请，调到其他连队去。"沈云卿放出的"狠话"看起来没什么效果，下面又是一阵嘘声。沈云卿接着说道："你们都知道了我的姓名，现在轮到我认识大家了。依次报名吧。"

"古生！""楚小连！""李二狗！"……古生就是古老三，楚小连是楚小六，加入八路军后自然不能再用原来在山上的诨号，因此众人都报了自己的本名。

一百余人报过名后，沈云卿道："你们刚来连队，今日给你们放半天假，让你们调整适应，明天一早集合，如果有人迟到，按军规处置！"

沈云卿让战士们解散后，将陈怀冰叫到一旁，说道："陈怀冰，你为什么要让他参军？"

"咱们八路军一直在广泛吸纳革命力量，只要有一颗抗日的心，都可以加入八路军。"

"可他自幼娇生惯养，不适合参军。"

"你不想让他加入八路军，那你想让他一直当土匪？"

沈云卿叹了口气道："他和我不一样，我一个人无牵无挂，愿意为革命奉献一生。可他完全可以回家继承家业，安稳地过一生。他从小没吃过苦，恐怕没办法适应部队的生活。怀冰，你是做思想政治工作的，你去劝劝他，让他回家吧。"

陈怀冰却道："参加八路军是他自己的意愿，我当初……也只不过是向他介绍了咱们队伍的基本情况而已。再说，他是我招进来的，我总不能出尔反尔吧。"他又"不怀好意"地笑了笑："而且你要真这么在乎他，就应该帮他尽快成长为一名合格的八路军战士。"

贰拾柒·初见倾心

　　沈云卿说服不了陈怀冰，便转头去找齐继盛。中午用饭时，她见齐继盛看了一眼碗中的饭菜，便将其让给了楚小六。日军烧毁了大片粮田，又对根据地实施严格的经济封锁，根据地虽秉持"自己动手、丰衣足食"的原则，粮食却一直紧缺，更不用说蔬菜与肉。

　　齐继盛过去在家中锦衣玉食，即使上山当了土匪，也可以在山中打野兔吃，如今到了根据地，只能吃白水煮菜、馒头蘸盐水，颇为不惯。

　　齐继盛将饭菜让给楚小六，自己回到房中躺下，心中分外烦闷。当初陈怀冰说服他参加八路军，他本是满心欢喜，认为从今往后便可永远和沈云卿在一起，过上自己梦寐以求的生活。他之前幻想和沈云卿重逢的情景，认为沈云卿见到身着八路军军装的他，定会惊喜不已。可谁想来到根据地，饭菜难以下咽，沈云卿今天见了他，虽有些惊讶，却未见任何喜色，还对自己不理不睬。

齐继盛正躺在床上闷闷不乐，忽然听到两声敲门声，齐继盛没好气地说了句："进来！"仍躺在床上纹丝未动。然而，当他见到来人后，却立即从床上爬了起来，怯生生地迎了上去。

　　来人正是沈云卿，沈云卿将手中的两只旧瓷碗放在桌上，其中一只碗中盛的是鸡蛋炒馍粒，另一碗则是拌野菜。鸡蛋是沈云卿从自己的口粮中省下的，那野菜是沈云卿在附近摘的。

　　齐继盛凑近碗沿儿，贪婪地吸了一口气，满脸享受地说道："嗯，好香，一看就是沈大厨的手笔。"齐继盛拿起筷子便吃了起来，而且不时地腾出嘴来赞叹道："真好吃，还是你最疼我。"

　　沈云卿坐在一旁，始终一副事不关己的表情。

　　转眼间，两个旧瓷碗便见了底，齐继盛看了一眼自己的衣袖，有些犹豫。沈云卿见状，掏出自己随身携带的帕子递给他，齐继盛接过来揩净了嘴角。沈云卿方才开口道："根据地粮食紧缺，从骆政委到连队里的士兵，所有指战员只有白水煮菜可吃。"

　　齐继盛笑嘻嘻地道："我知道，这不是有你烧菜给我吃吗？就算只有棵野草，你也能烧成佳肴。"

　　沈云卿皱皱眉道："我是八路军的连长，不是你家雇的厨子，更何况，今日我给你开小灶已属破例。"沈云卿顿了一顿又道："我会替你和骆政委解释。今天和你的兄弟们告个别，明日一早，你回家去吧。"

　　齐继盛闻言脸上的笑意瞬间消失不见，他"噌"地一下站了起来，说道："让我回家？凭什么？！"

　　看不出沈云卿的脸上喜怒："参军打仗不是过家家，日军三天两头来扫荡，每一次都会造成不少战友伤亡。更何况，除了生活艰苦外，身为八路军战士，还要遵守严格的军纪，不是你在山上时可以随性而为。"

　　齐继盛急道："我能吃苦，也能遵守军纪，只要……"

"只要什么?"

"没什么。总之,我是不会离开八路军的。"

沈云卿有些生气:"齐二少,这里是八路军,不是齐家宅邸,不是养少爷的地方。"

这话彻底激怒了齐继盛:"你凭什么这么说我! 沈杏儿,你等着瞧,我早晚能成为比你更优秀的军人!"

沈云卿知道多说无益,便站起身来,淡淡地甩下一句:"我叫沈云卿。"而后转身离去。

沈云卿从齐继盛房中出来,冷不防听到有人叫自己:"沈校长!"沈云卿见到身着八路军军装的莫雅晴朝自己走来。莫雅晴向她敬了一个军礼,欣喜地道:"沈校长,没想到能在这里碰到你。"

沈云卿笑着道:"你在部队里做卫生员?"莫雅晴点点头。沈云卿说道:"我现在不是校长了,你若不嫌弃,今后叫我沈姐便是。"两人正说话时,忽然看见程新天跑了过来:"沈连长。"他刚要说话,一抬眼见到莫雅晴,大脑瞬间一片空白。

程新天愣怔地望着莫雅晴,莫雅晴也不由得好奇地望向他。见两人一言不发对望,沈云卿只得主动打破沉默,说道:"小雅,这是我们连一班的战士……"

"我叫程新天!"程新天忽然开口道,"你叫什么名字?"

"我叫莫雅晴,是卫生员。"

"莫雅晴……这个名字真好听。你知道吗,我最崇拜救死扶伤的卫生员了……"程新天打开了话匣子。

沈云卿见此光景,会心一笑,赶忙快步离开了。

"你以前是女学生吧?"沈云卿离开后,程新天问莫雅晴。

"你怎么知道?"

"你说话特别好听,你们文化人说话都好听。"程新天幼时因家贫，没读过书，但时常偷偷趴在私塾窗沿下偷听，他记忆甚好，字虽不识得，一些名篇课文，他听几遍，就能背过。

莫雅晴羞涩地一笑，又问程新天道："你是六连的吧？""嗯。"程新天点点头。

"我可真羡慕你。"莫雅晴说道。

"羡慕我啥？"

"羡慕你能在齐副连长手下当兵啊。你知道吗，你们齐副连长可是位大英雄。"

看着莫雅晴一脸仰慕的表情，程新天心中开出的花瞬间如遭霜打："英雄，是吗？"程新天略带些不屑地说道。

"我当初从学校来根据地的路上，遭遇了劫匪，是齐大哥出手救了我。"莫雅晴边说边陷入了甜蜜的回忆。

"那会儿，他自己不就是土……匪吗？"程新天撇撇嘴道。

"齐大哥和别的土匪不一样，他有情有义，而且从不欺凌弱小，特别是从不欺负女人。"

莫雅晴提起齐继盛的表情让程新天心里很不舒服，但也正是这不舒服的感觉让他陡然间恢复了理智。他一拍自己的脑袋，说道："哎呀，我刚才来是要告诉连长，指导员有事找她！"

是夜，月光毫不吝惜地洒向大地，将人世间照得一片银白。陈怀冰从怀中掏出一枚鸡蛋，递给沈云卿。沈云卿一见，微微一笑，推开了他的手："你还是留着自己吃吧。"

"还在生我气？"沈云卿没答言。

陈怀冰抬头望向空中的皓月："云卿，你还记不记得，你当初为什么参加革命？"

"还不是因为你跟我说的那番话？"

陈怀冰笑着摇了摇头："没有人会因为他人的话而改变自己的

决定，更何况是这么重要的人生决定。你决定参加革命，是因为你心中一直有革命的种子。"

陈怀冰又道："你有没有想过，如果当初令尊还在世，你还会不会走上革命的道路？"沈云卿想都没想便摇了摇头。陈怀冰又追问道："那你现在的生活会是什么样的？"

沈云卿想到韩世坚的那副汉奸嘴脸，下意识地打了个寒噤。陈怀冰温和地笑笑，继续说道："令尊当初让你做个富家少奶奶，也是出于父母爱女之心，让你一世衣食无忧。他当初阻拦你大师兄，也是和你如今同样的说辞，怕他马革裹尸。可是，真的为他好，就应该支持他按照自己的意愿过一生……"

沈云卿抬眼望向陈怀冰。陈怀冰道："我当初说服老齐参加八路军的时候，他逐个将自己的手下叫来，询问他们的意愿。愿意走的，他绝不强留，还给人家一笔不菲的安家费。他虽说有些少爷脾气，当土匪后又沾染了一些匪气，但从这件事上来看，他是一位好的领导者。我相信，假以时日，他一定会成为一名优秀的八路军指挥员。我坚持让他参军，是因为我不希望八路军失去这样一位优秀的人才，也不希望你错过……"

陈怀冰还是将后半句话咽了回去。沈云卿问道："错过什么？""没什么。"陈怀冰笑笑道，"吃鸡蛋吧。"

陈怀冰走后，沈云卿将陈怀冰给她的鸡蛋举在半空，对着月亮，她闭上左眼，鸡蛋顿时将一轮圆月裁成了残月。这些年她关心陈怀冰，甚至不惜以身犯险去营救他，固然因为他是自己的战友，更因为她把他当成了白小英的化身。而陈怀冰又何尝不是如此？沈云卿曾经认为白小英离自己很近，可如今她忽然发现，白小英就如同这轮明月，看似近在眼前，却遥不可及。幸运的是，她一直都在，并且永远照耀着沈云卿的心，给她以无限光明。

贰拾捌·战地黄花

　　翌日，集合的哨声响了三遍，六连的战士依旧没有到齐。齐继盛看到沈云卿黑着脸，只得跑到炕上将他手下的弟兄都拽了起来。

　　沈云卿道："我昨日说过，今日一早集合，迟到者要按军规处置。从第三遍哨声算起，迟到者共五十六人。"沈云卿将迟到者的姓名一一报出，众人皆惊讶不已，没想到她记忆力如此好，仅昨日见了一面，她便记下了所有人的姓名。

　　"按照军规，迟到者罚跑五公里。咱们一个连队是一个集体，剩下的人，陪跑三公里。我作为连长，陪跑五公里。跑完之后才可以吃饭。"

　　"等等。"齐继盛忽然开口道。沈云卿皱了皱眉，便纠正道："说话前要先喊报告。"

　　"报告！"

"讲!"

"我作为副连长，也申请陪跑五公里。"

沈云卿看了他一下，点了点头。

五公里跑下来，众人皆是气喘吁吁，沈云卿虽不免疲惫，喘气却很正常。"一个娘们儿体力这么好？""体力好有什么用，打仗还是不行。"这样的非议沈云卿早已预料到，丝毫不介意。

下午的训练科目皆与实战相关，战士们都很兴奋。先是用水瓶练习投掷手榴弹。沈云卿道："我给你们一个机会，你们谁能在投弹科目上赢我，从今往后，你们迟到，我都不会管你们。"战士们皆跃跃欲试，认为女同志的臂力肯定不如男性，自己肯定能赢沈云卿。

沈云卿在三十米外的地上画了一个圆圈，说道："投弹不光要投得远，更要投得准，如果投不准，容易误伤自己的战友。"

每人投弹五次，投中圆圈次数多者为胜。战士们虽力大，能扔出三十米之外，却很难扔到圈中。唯有古生，两次都投入圈中。

沈云卿见程新天一直躲在后面，说道："程新天同志，轮到你投弹了。"程新天咬了咬嘴唇，硬着头皮走上前去。程新天举起水瓶便投，却只投了十米远。众人一阵哄笑，沈云卿狠狠地瞪了他们一眼。沈云卿安慰程新天道："没关系，只要认真练习，以后会投得很好。"

楚小连对齐继盛道："大哥，你怎么不投？"之前齐继盛一直在旁观看，此时听得楚小连问话，不由得看了沈云卿一眼，说道："我又不想违反军纪。"

"你在咱们兄弟里功夫最好，就给他们露一手。""露一手！露一手！"起哄声此起彼伏，齐继盛却连连摆手。沈云卿见状，故意拿话激他:"投弹练习,每个人都要参加。你不会不敢投吧?"

齐继盛自然"中计",他连掷五次,三次投入圈中。众人一阵叫好声。沈云卿笑笑:"成绩的确不错,远度和准度都达标。"随后自己举起水瓶便投,五次中竟有四次投入圈中。此时,众人沉默了。程新天本想叫好,却见众人都不吭声,他只得将话咽了回去。沉默中,忽有掌声响起,是陈怀冰:"好!你们有所不知,女同志的臂力本不如男子,沈连长为了能在投弹时不输给男同志,每晚苦练,才有今天的成绩。"陈怀冰说完,沈云卿向程新天投以鼓励的目光,程新天大受鼓舞,笑着冲她点了点头。

沈云卿道:"今晚训练夜间巷战。全连分为两组,我带一组,齐副连长带一组。老规矩,你们谁能'俘虏'到我,我便不再管你们。和我一组的同志如果表现优秀,也可以得到加餐奖励。你们谁愿意和我一组?"

众人皆不言语,唯有程新天道:"报告!我愿意!"众人不屑地看着他。沈云卿笑了笑。

当晚,天色渐黑,沈云卿让程新天用计诱使楚小连前来,两人将其俘获后,又利用他进行"围点打援","俘虏"了多人。沈云卿指导程新天灵活作战,设置了多处伪装点来迷惑对方。手下有一半的人都"被俘",齐继盛只得认输。

沈云卿道:"打仗要靠战术,不能光凭气力。不过,你们放心,我还会给你们其他和我比试的机会。下面,我强调一下军容的问题,良好的军容是强大战斗力的体现。"她看了一眼程新天,说道:"程新天同志的着装就非常规范。从明天起,所有人都要规范着装,参考程新天同志的标准。"程新天是连队里唯一没上山做过土匪的战士,所以其他人多少对他有些排斥,此时听到沈云卿夸奖他,众人都不屑地看着他。

　　沈云卿见状，又补充了一句："明天如果有谁着装依旧不规范，就去叫程新天同志一声'师父'，让他手把手地教你们。"

　　当日傍晚，程新天偷偷找到沈云卿："沈连长，我……我想求你帮我练投弹、擒敌对战。我也想变得像你一样厉害。"沈云卿笑笑："好啊，只要你有这个想法，我相信你一定能成功。"

　　沈云卿利用空闲时间教程新天投弹、擒敌、枪支拆卸等。一天夜里，楚小连看到沈云卿手把手地指导程新天，不由得皱眉，还对古生说道："姓程的小子果然不是什么好人。"

　　"怎么了？"

　　"他仗着自己长得俊俏，竟想勾引沈连长。沈连长若被他追到手，将来不会挤对咱们？真没想到他竟是这种人。"

　　古生闻言，也皱起了眉："这事你可别让大哥知道。咱们这位沈连长，就是当初上咱们山上的那个女八路。大哥非常喜欢她。"

　　楚小连一拍大腿，道："那就更过分了！这姓程的小子竟敢和大哥抢女人，我可饶不了他！"流言很快便传入了齐继盛耳中。齐继盛听后心中自然恼恨。他本以为此番加入八路军，与沈云卿再无阻碍，可以修成正果，谁料半路杀出个程咬金。

　　且说沈云卿的办法果然奏效，自第二天起，三遍哨声响过，再无一人迟到。军容也整齐了许多，沈云卿一一检查，唯有个别人偶有错误，她便亲自替其整理军装。楚小连见状，与古生对望一眼，两人心中想法皆是一样，认为这位女连长似乎没那么凶。检查到齐继盛时，见他着装十分规范，便没有动手替他整理，只瞟了一眼他的衣领和袖口。

　　上午的训练科目是枪支保养，沈云卿用黑布蒙上自己的眼睛，迅速拆卸枪支，紧接着再重新组装，用时不过数秒，这令六连的战士们大开眼界。

下午的训练科目是擒敌，众人都很兴奋。沈云卿道："不管用什么招式，只要能打败我，我说过的话，仍算数。"

然而，此时战士们都想要挑战沈云卿，但已不是为了不被管束，更多的是为了自尊心。每个人都想打败这位女连长。可惜，包括程新天在内都败下了阵。齐继盛自始至终在旁观看，见不断有人败在沈云卿手下，时不时摇摇头，低声说道："自取其辱。"

李二狗撺掇他道："大哥，你的功夫最好，你不上去试试？"齐继盛听后，便找了个理由："我答应过我师父，这辈子绝不和女人动手。"

"你师父叫什么呀？把你教得这么厉害。"

齐继盛没理他。沈云卿看了一眼齐继盛，也没逼他。

沈云卿接受战士们挑战时，陈怀冰一直在旁观看，见众人都输得心服口服，开口道："现在，你们还有谁不愿意在沈连长手下当兵？"无一人应答。陈怀冰又道："沈连长是军中花木兰，各项军事技能都出类拔萃，不瞒你们说，连我都不是她的对手。你们能在沈连长手下当兵，就偷着乐吧。你们跟着她，好好练，将来都是神枪手，肯定会比她更厉害。"众人虽没有言语，却多有认可之意。

连队里训练科目安排得十分紧凑，训练强度也很大，众人见沈云卿与男兵们一同训练，且付出辛苦，也没人叫苦，毕竟谁也不愿意承认自己的体力不如女子。日复一日，战士们口中虽没说什么，却对沈云卿愈加佩服。

贰拾玖 · 醋海扬波

　　齐继盛不想让沈云卿轻看自己，因此训练再苦也咬牙挺住，甚至自己加练。他将衣袖凑近鼻尖嗅了嗅，不由得皱了皱眉，身上的军装被汗水反复浸泡，早已酸臭。

　　齐继盛四处翻找，想换另一套军装。虽说另一套军装穿过之后没有洗涤，但没什么味道。然而他找了许久，也没有找到自己的另一套军装。齐继盛找到古生，问道："看到我军装了没有？"

　　"没有啊。"古生一脸迷惑，"会不会谁穿错了？"古生正帮齐继盛寻找军装，却见沈云卿走了进来，手里拿的正是齐继盛的军装。古生见状，立即知趣地躲了出去。

　　沈云卿将军装递给齐继盛，说道："都洗好了，袖口和领口都洗干净了。"齐继盛笑了笑，刚要接过军装，沈云卿却微一皱眉，显然是闻到了他身上的异味。

　　"换上吧，把你身上的衣服脱下来给我。"沈云卿说完，便走出了门。过了一会儿，听得齐继盛在房内唤道："好了，你进来吧。"沈云卿才进去，她刚要将齐继盛脱下的脏衣服取走，齐继盛却拦住了她："这……多不合适。你是八路军的连长，又不是……我家的丫鬟。"

当初住在沈家时，沈云卿替齐继盛洗衣服。后来，齐继盛上山当了土匪，都是由山上的兄弟轮流照顾他起居。沈云卿笑了笑："身为革命军人，衣着整洁也是军容的一部分。你要是真觉得不合适，以后跟着我学洗衣服吧。"

"好啊，那你教我。"

"跟我来吧。"

齐继盛随沈云卿来到溪边，沈云卿手把手地教他洗衣服："先将衣服浸湿，放上些皂角粉，如果污渍重的话，放在水中，多泡一会儿……"

沈云卿见齐继盛学得很认真，忽然说道："那天，我不应该说那些话，我向你道歉。""啊？"齐继盛一愣，半天才反应过来。

齐继盛原本也不会生沈云卿的气，加之她今天如此温柔体贴，似喝了蜜一般甜："不用道歉，你也没说错，我的确是娇生惯养，有些少爷脾气。不过……"齐继盛试探着问沈云卿："我是不是进步很快，你不会再赶我走了吧？"

"不会。"沈云卿站起身来将洗好的衣服挂到晾衣绳上，她虽没笑，笑意却不经意间在脸上漾了起来。

程新天利用休息时间去附近山上摘了一束野花，五颜六色，搭配得煞是好看。他去卫生队找到莫雅晴："小……小雅……同志，这束花送你。"程新天自幼伶牙俐齿，不知为何，一见到莫雅晴，却紧张得说不出话来。

莫雅晴不习惯程新天对她的亲昵称呼:"我叫莫雅晴,你还是叫我小莫同志吧。"她又有些为难地说道:"这花……你为什么要送我花?"

"呃……"程新天挠了挠头,半天才编出说辞,"感谢你救了咱们那么多战友。"莫雅晴闻言一愣,不好意思地笑笑:"我是个卫生员,这都是我应该做的。你要真的想感谢,就去感谢咱们的军医徐医生,他救的人才叫多呢。我先走了。"

"你要去哪儿?"

"我去问问齐大哥有没有衣服要洗。"

程新天还没反应过来,莫雅晴却早已走远。

莫雅晴找到齐继盛,却被告知衣服早已洗净。对此,她不免有些失落。失落的不只她一人,程新天捧着野花,失魂落魄地走在路上,正巧遇到了沈云卿。他心中一动,赶忙拦住了沈云卿:"连长,这束花送你!"

沈云卿接过程新天手中的花,不由得脸红了,这是她此生第一次收到异性送的花,自然免不了有些窘迫:"你……为什么要送我花?"

"感谢你这些日子专门给我'开小灶',帮我训练。"

沈云卿笑笑道:"我是你连长,这是我应该做的。"

"连长,我有事要问你。"

"什么事?"

"如果有个女孩儿不要我送她的花,我用什么办法才能让她收下呢?"

沈云卿瞬间反应过来:"原来这花是你送别人,别人不要,你才转送给我的。""不是的,"程新天赶忙解释道,"我……我也是真心想送你花的。"

沈云卿善解人意地笑笑："女孩子只会收自己中意的人送的花。你只有变成她中意的人，她才会收下你的花。"

程新天挠挠头："那我怎么才能变成她中意的人啊？"

"你可知她中意人的标准？"

"嗯……她说她喜欢大英雄。"

"那你就变成大英雄。"

"我？"

"咱们八路军的战士，都是顶天立地的大英雄。只要你努力，成长为一名优秀的八路军战士，你喜欢的人，自然也会喜欢你。"

"真的吗？谢谢沈连长！"程新天欢喜地道。

齐继盛刚刚婉拒了莫雅晴，打算出门去找沈云卿。不料刚一出门，远远地看见程新天送给沈云卿一束花，两人又在一起说了许久。之前楚小连说程新天对沈云卿有意，齐继盛固然介意，毕竟耳听为虚，也不全信。如今眼见为实，齐继盛一股妒忌之火自心中腾起。

翌日，训练科目依旧是擒敌，沈云卿要求战士们两人对战。其余人早已找好了对手，唯有程新天落了单。沈云卿刚要开口替他安排对手，此时齐继盛忽然说道："姓程的小子，咱们俩玩玩。"

齐继盛毕竟是副连长，程新天对他多少有些畏惧。齐继盛见状，冷笑道："你不会不敢吧？""我不敢？"程新天顿时被激起了斗志。

齐继盛恼恨他"勾引"沈云卿，招招尽下狠手。因莫雅晴的缘故，程新天早把齐继盛视为情敌，拿出了当初在山中与野兽搏斗的劲头，奋力回击。其余战士对战皆是点到为止，唯有程、齐两人，下手丝毫不留余地。

沈云卿起初忙着指点其他战士，并没有注意到两人的异常，等到觉察到时，两人已缠斗在一处，打得难解难分。沈云卿见势头不对，赶紧制止："住手！"两人仍不住手。

其余战士的注意力被吸引过来，见自家大哥"被欺负"，纷纷停了对战，拥上前去，名为拉架，实为群殴程新天。

沈云卿见状大为恼火，她一手一个将围殴的战士们扯开，并上前去制止程、齐两人。两人见沈云卿插手，只好悻悻停手。

沈云卿吹哨集合队伍后，黑着脸道："聚众斗殴，按照军纪，所有人罚跑五圈，今天一天不许吃饭！程新天同志不用罚跑。齐继盛！"

"到！"

"罚跑十圈！"

"凭什么？！"齐继盛不服气地问。

"因为你身为副连长，不仅不以身作则，还带头违反军纪，理应加罚。我们是八路军，八路军的领导从来不会欺负士兵！"

沈云卿又转向其余战士，说道："指导员在你们刚加入八路军时讲过，八路军是一个集体，也是一个大家庭，我们之间是战友，也是亲人。亲人之间应该相互爱护、相互帮助，我希望你们能够珍惜这种情谊。在此，我要求你们，无论任何时候，都不许手足相残！"

当天晚上，沈云卿拿着一枚鸡蛋来到了齐继盛房中："饿了吧？"齐继盛因为沈云卿"不公平"的处罚正在房中生闷气，此时见她如此体贴，顿时消了气："还是算了吧，我吃了，你就没的吃了。"

沈云卿笑了笑，将鸡蛋塞进他手中，又拉过他的手臂，从兜里掏出一卷纱布，替他包扎了和程新天打架时的伤处。

齐继盛见状，也变得大度起来："程……程新天也受伤了，你也给他送些纱布吧。"

沈云卿又笑了："我从卫生队取了纱布，先给他送去了。"齐继盛闻言，顿时又变得小气起来："为什么先给他送？"

沈云卿道："因为作为八路军的指挥员，必须要对手下的战士们一视同仁。"

"那你对我就没有一点儿……"

"一点儿什么？"

"没什么。"齐继盛将头扭向一旁，不再看沈云卿。

沈云卿盯着他，看了半天，终于伸手揉了揉他的头。她的动作虽温柔，语调却异常坚定："我想告诉你，我们是共产党领导的人民军队，不同于过去任何一支队伍，革命就是为了让老百姓过上好日子。这就是为什么我们八路军在如此艰苦的条件下，仍能拥有强大战斗力的原因！今日之事，我不希望，也不允许再次发生。如果你想成为一名优秀的八路军指挥员，必须牢记我今天说的这些话。"

叁拾
·金花银凤

1940年8月至1941年1月,八路军在敌后发动了一次大规模进攻和反"扫荡"的战役,重击了日伪军的反动气焰,极大地振奋了全国的抗战信心。

齐继盛没想到自己参军仅一个多月便参与了一次大规模对日作战。清西独立团联合江洲军分区第一团,动员组织民众,采用搬迁、爆破、火烧、水淹等方法,破坏清江铁路、车站及其附属设施。日军迅速调集兵力,在飞机轰炸扫射的支援下,进行反扑。独立团和江洲一团坚守阵地,打退敌军多次进攻。

战壕内,第一次面对枪林弹雨的程新天勇敢地坚守在自己的机枪位上。他努力咬紧牙关,不让旁人发觉他一直颤抖。"我要顶住,不能害怕,我要做顶天立地的大英雄!"程新天不断地激励自己。

一颗流弹呼啸而过,射穿了机枪手的头颅。作为副射手的程新天彻底被吓呆了,然而敌军的炮火仍在继续。日军飞机开始连续低空扫射，程新天眼见飞机上机枪疯狂地朝自己扫射，却怎么也动弹不得。

忽然，他被一人扑倒，耳边传来了熟悉的叱骂声："你傻啊，等着让子弹打？"程新天发现，居然是齐继盛救了自己。他感到左肩膀处一片湿热，以为是自己受伤了，但并没有感到疼痛。他低头一看，不由得惊呼："齐副连长，你受伤了？！"

程新天手足无措地想要帮齐继盛处理伤口，却听得沈云卿大声喝道："程新天！回到你的机枪位置上去！"她又命令一名战士补上射手位置，之后一边指挥战斗，一边迅速替齐继盛止血，直至卫生员赶到。

独立团被敌军火力压制，阵地几近失守，幸得江洲一团一营及时火力增援，才给了独立团以喘息之机。借此机会，骆百川指挥一营，钳制日军主力，其余部队诱敌深入，四方包抄，各个击破。

全团坚守了三个昼夜，歼敌二百余人后，接到命令，撤出阵地，主力转移。此次战斗基本切断了清门与江洲之间的交通线，取得了阶段性胜利。

严峻的形势并不允许八路军指战员有丝毫懈怠，虽取得了战斗胜利，却无暇庆功。两团指挥员趁机短暂会晤。骆百川对江洲一团一营营长许焱说道："这次多谢你们及时支援。"他见许焱不过二十五六的年纪，又道："年轻有为，后生可畏啊。"许焱笑着说道："骆政委谬赞了，贵团的那位女连长真厉害。"骆百川闻言，朝远处的沈云卿招了招手。骆百川对赶过来的沈云卿说道："小沈，这位是许营长，他刚才夸你呢。"

许焱道："实事求是地讲，女同志能在一线作战很不容易，古有花木兰，今有沈连长。"沈云卿见他说话十分文雅，料想他是个知识分子，对他多了几分佩服，忙道："不敢当，国家兴亡，匹夫有责。我们都是八路军战士。"

且说程新天自从在战场得到齐继盛相救，心中大受触动。齐继盛养伤期间，他时常前去照顾。

幸而徐军医说，齐继盛未伤及筋骨，处理又及时，几日即可康复。战斗结束后，沈云卿第一时间前去卫生队看望齐继盛，却见莫雅晴正坐在他床边，用汤匙将刚熬好的米粥喂入他口中。照说莫雅晴是卫生员，照顾伤员本是分内之事。但不知为何，沈云卿看到莫雅晴照顾齐继盛，心里有些不舒服。

莫雅晴站起身来，迎上前去："沈校……不，沈姐，你来啦?"

"我……"沈云卿临时改口道，"我代表陈指导员来看看齐副连长，希望你好好养伤，嗯……早日回到连队。"沈云卿说完后，一刻也未多待。齐继盛望着她离开的背影，不由得皱了皱眉。

自从亲眼见到朝夕相处的战友战死在自己身旁后，程新天突然明白，想保护自己，保护自己的战友，唯有勇敢战斗。他每天给自己加练，直至手掌鲜血横流。在之后的几次小规模战斗中，程新天作战英勇，因此被擢升为一班班长。

齐继盛回到连队后，沈云卿考虑到他伤口初愈，行动不便，便依旧准备利用休息日替他洗涤军装。她正朝齐继盛营房走去，却见莫雅晴也朝同样的方向走去，怀中抱着的正是洗净的齐继盛的军装。

沈云卿一愣，不由得停住了脚步，目送莫雅晴走进齐继盛房中。

齐继盛一见莫雅晴抱着自己的衣服，不由得一惊。他本以为是沈云卿将自己的衣服拿去洗了，没想到竟是莫雅晴。

齐继盛道："这太麻烦你了，你可莫要再替我洗衣服了。"莫雅晴道："徐大夫说，你现在还在恢复期，不宜过度运动。"

齐继盛不能和她直说，他只想让沈云卿给他洗衣服，便说道："真的不用麻烦你了，我让连队里的兄弟帮我洗就行。"

莫雅晴盯着齐继盛看了半天，看得齐继盛极不自在。莫雅晴终于道："齐大哥，你……真的没有认出我来？"她从发间取下了一只银质凤尾发夹，递给齐继盛："还记得它吗？"

齐继盛一愣："你是……青青？"莫雅晴笑笑："其实当时我说我叫'晴晴'，只是因为我是外省人，有口音，所以你才误认为是青青。"莫雅晴顿了一顿，又道："齐大哥，你救了我两回，就算……就算是为了感谢你，我帮你洗衣服也是应该。"

对此，齐继盛竟不知该说什么好。

程新天又采了一束野花。如今在连里，他的各项军事技能都算得上是一流，因此，他相信这次莫雅晴不会再拒绝他。

程新天前去卫生队的路上碰见了沈云卿。沈云卿知道，他肯定是去找莫雅晴的，为了不让他失望，故意拦住了他："这花真漂亮，是送给我的？"程新天闻言，不由得尴尬地笑了："连长……你要是喜欢，我下次再给你摘，可这次……"

沈云卿却不由分说地抢过了花："何必下次，这次先送给我吧！"程新天面带尴尬之情，说道："连长，我知道你喜欢我，可我对你……没有那种感觉。"

沈云卿闻言，先是一惊，随后无奈地说道："我做了什么事情，让你产生这种误会？"

程新天却在自言自语："小雅是我这辈子认定的人，不管别人说什么，都拦不住我喜欢她。"沈云卿闻言，她回想起，白小英也曾说过类似的话。这种在感情上敢爱敢恨、一往无前的勇气，是沈云卿从没拥有过的。

沈云卿将花还给了程新天，对他笑了笑，转身离开。

是夜，沈云卿从床头取出了那只白铜如意云纹桃形首饰匣，那是母亲留给她的，里面仅存的首饰都被她典当，用以支持革命，只留下了这只匣子作为纪念。如今，她身上唯一还能称得上首饰的，唯有颈间的那只玉葫芦和这枚木兰花发夹。因为她过去从事地下工作，需要留长发，作为掩护，这枚发夹一直戴在发间。这次回来带兵，沈云卿剪了短发，便将发夹收入了首饰匣中。她从匣中取出了发夹，对着窗户射进来的月光，细细观摩，镶在花瓣上的珍珠如朝露一般，晶莹透亮，仿佛在提醒着沈云卿，世间一切美好皆如朝露一般，稍纵即逝，唯有那朵纯粹的心花，常年绽放在心间。

沈云卿看了一阵，终于满足地笑了，将发夹又仔细地放入匣中，盖好盖子，而后将其藏在了床下墙角处。

叁拾壹

误会重重

　　齐继盛本以为，自己冒死救了程新天，沈云卿对他的态度会大有改观，没想到却适得其反。那次战斗结束后，沈云卿对他越发冷淡。沈云卿态度的微妙变化，外人很难察觉，但齐继盛深陷其中，自然敏感。

　　这天，沈云卿在路上被齐继盛拦下。

　　"找我有事？"沈云卿语气很温和，却透着公事公办的口吻。

　　"我想问你，为什么不理我了？"

　　沈云卿故作不解："谁不理你了，我不是正在和你说话吗？"

　　"不是，我是说……"齐继盛挠挠头，却不知该如何进一步"质问"她。

　　沈云卿见状，说道："你要是没别的事，我就先走了，怀冰……指导员还等着我开会呢。"

　　沈云卿转身要走，齐继盛却忽然冲着她的背影道："你是不是喜欢他?"沈云卿闻言,转过身来道:"你说什么?"

"我是说……你是不是喜欢陈怀冰?"

沈云卿感到很委屈,她不是第一次被人这般误会。自从她加入八路军,不少同志都认为,她和陈怀冰是恋人关系,包括和她情同姐妹的黄真。身为革命战士,她倒并不在乎所谓的"名节"。沈云卿只是觉得,他人的这个看法,玷污了她与白小英之间的纯洁感情。

沈云卿不想和他解释,只皱了皱眉,一语不发地离开了。

陈怀冰一见到沈云卿,不由得关切地问道:"你脸色怎么这么难看?"沈云卿却不说话,只是埋头浇起地来。陈怀冰又道:"你是不是身体不舒服?回去休息吧。"沈云卿依旧没吭声,陈怀冰忽然笑了:"谁惹你生气了?"

陈怀冰将沈云卿拉到一旁,说道:"你莫生气了,我告诉你一个好消息。"

"什么好消息?"

陈怀冰一脸神秘:"你猜。"沈云卿哭笑不得:"我怎么猜得出?"陈怀冰说道:"你一直以来的凤愿是什么?"沈云卿惊喜地道:"是小英!她要来根据地工作了?""不是来,准确地说,是回根据地。这里本来就是她的家。"陈怀冰纠正道。

程新天自从那天和沈云卿说了那些话后,觉得有些过分。他见到沈云卿双手分别拎着一个装满了水的水桶,赶忙走上前去,从她手中接过了一个水桶:"连长,拎这么多水做什么?"

沈云卿脸上堆满了笑意,说道:"有位同志要回到根据地了,但她刚回来,没地方住,先让她和我住一屋。"

"和你住一屋?"

"对啊，她是我最好的朋友，我们好久没见面了。"沈云卿不自觉地吐露了心声。

程新天帮沈云卿将水桶拎到她房中后，飞奔到齐继盛跟前，将他拉至一旁，神秘地说道："齐副连长，我有一个重要情报。"齐继盛皱了皱眉，问道："重要情报，你应该先报告给连长和指导员……"程新天道："关于沈连长的，她的意中人要来根据地了。"

"什么？"齐继盛大惊失色。

"是她亲口和我说的。她还说，他们俩要住在一个房间，看来他们的关系已经……"

程新天早已看出齐继盛对沈云卿有意，他今天故意这么说，为了让齐继盛多花些心思在沈云卿身上，好让莫雅晴彻底对他死心。

齐继盛听后，脑袋嗡嗡作响。他最初参加革命，为了能和沈云卿在一起，如今虽已爱上了这支队伍，却也没忘却自己的初心。没想到，先是陈怀冰与程新天，如今又不知从何处冒出了一个意中人。齐继盛忽然想到，沈云卿许久没见的意中人，会不会是……封敏雄？

这一悬念迅速被揭开了。没过几天，陈怀冰带着一位剪着齐耳短发、容貌姣好的女子来到连队。陈怀冰道："给大家介绍一下，这位是白小英同志。她这次回到根据地，担任清门地区妇女抗日救国会会长，领导咱们当地的妇女工作。同时，她还有另外一个身份……"陈怀冰转过头与白小英对望了一眼，继续道："她也是我的人。"

战士们爆发出了一阵欢呼，纷纷上前叫白小英"嫂子"。沈云卿在一旁站着，激动地笑了，听到最后一句时，忽然僵在了那里。

白小英笑着与战士们一一握手。她五官长得并不算十分精致，但白小英的一双美目清澈明亮，不含一丝杂质，如同一束强光，能照见人心底；又如一道阳光，能驱散人心中的重重阴霾。

白小英看着沈云卿转身离开，便与陈怀冰低语了一句，随即追了上去。

白小英走进沈云卿房中，冲她俏皮地笑了笑："你生气啦？""没有。"沈云卿虽这样说，却没看她，"你和怀冰修成正果，我为你高兴还来不及，怎么会生气？"

白小英笑嘻嘻地说道："你是不是恼我，没有第一时间告诉你我结婚的事？"沈云卿转过头来问她："你们俩结婚多久了？"

"将近一年了。"

沈云卿更加恼了："这么说，咱们上次在女校见面的时候，你就已经结婚了，可你都没告诉我！"

白小英笑着拉住沈云卿的手，并说道："我俩的情况你应该也清楚，我们之前都是从事地下工作，是秘密结婚，我们结婚两天便分开了。这一年来，我们在一起的时间不超过五天。说真的，那个时候我自己都不确定，还能不能再和他见面，还能不能活着与他共度余生。我没在女校告诉你，是因为我想……如果我牺牲了，你可以代替我照顾他。我太了解你了，你如果知道他是我的丈夫，你绝对不会再和他结婚的。"

沈云卿皱了皱眉，问道："小英，你怎么会想让我和怀冰结婚？"白小英道："杏儿，你莫生气。你和他都是我最在乎、最放心不下的人，我只是希望你们都能幸福。"

沈云卿道："那你这次……不走了吧？""嗯，"白小英道，"组织上照顾我和怀冰，把我调回了根据地工作。杏儿，我终于能和你一起工作了。"

沈云卿笑了。在之后的二十年中，她们始终一同工作、生活，情同姐妹、不分彼此。

沈云卿赶紧说道："说真的，我真心替你高兴，怀冰人那么好，你能和他结婚，真是好福气。"

白小英故意撇撇嘴道："他人好，我就不好吗？""当然不是。"沈云卿道，"在我心中，你是这个世界上最好的人。"

白小英笑着道："好了，不说我们了，你……还没有意中人？"沈云卿迟疑了片刻，随即摇了摇头："我和你说过，我坚持独身主义。"沈云卿又道："如今你和怀冰结了婚，不会嫌我碍事吧？"

"怎么会，我和怀冰都把你当成最好的朋友，你和我们的亲人没有分别。我只是怕……怕你有了真心相爱的人，却因为你的性子而错过。当初你和你的大师兄，你们明明互相喜欢，却谁也不肯开口，现在落得个音信全无。"

沈云卿脱口而出："我没有喜欢他，他……也没有喜欢我。"

白小英道："你这么着急否认，莫非你如今真的有了心仪的对象？"

沈云卿不好意思起来："小英，你怎么如长舌妇，总爱打听这个！走，我陪你在根据地转转。"

叁拾贰

沈白相聚

1941 年 7 月，中国共产党迎来了自己二十岁的生日。

一天，陈怀冰将全连战士召集到一起，说道："我们党刚过完自己二十岁的生日。今天，是大家的'生日'。全连现有九十五人，除了我和沈连长，每个人都向我提交了入党申请书。今天，我在此向大家宣布，组织已经批准了你们的入党申请。"

战士们爆发出了一阵欢呼声。陈怀冰等欢呼声稍小些，又说道："我和沈连长是你们的入党介绍人。现在，请和我们一起对着党旗宣誓。"

沈云卿和战士们一道，重温了入党誓词。看到战士们因激动而涌出的泪水，沈云卿更加确定，自己选择这条道路，非常正确。

宣誓过后，战士们很兴奋，提出要简单庆祝一下。因此，陈怀冰在晚上组织了餐会。

陈怀冰口才极佳，战士们平时最喜听他演讲。陈怀冰此刻盘腿坐在地上，开口说道："同志们，你们如今都是党员了，你们讲一讲，你们当初为什么决定加入八路军？"

程新天环顾四周，见大家都不好意思开口，便举手道："我先说，当初指导员救了我，我觉得他特别厉害，我想成为像他那样的大英雄。他说，八路军都是像他那样的大英雄，所以我也要加入八路军。"

众人一听，气氛顿时活跃了。有人说："我参加八路军，是为了吃饱饭，因为八路军能让穷人吃饱饭。"有人说："过去在老家，地主总是欺负我们穷人，听说共产党能替我们穷人做主。"还有人说："我爹娘都被日本鬼子杀了，我跟着八路军打鬼子，替我爹娘报仇。"已是一排排长的古生开口说道："我大哥……就是齐副连长，救过我的命。我发誓，要一辈子跟着他。他来参加八路军，我就跟他来了。八路军是真的好。"众人纷纷点头附和。

大家七嘴八舌地说着，齐继盛却始终一言不发。陈怀冰开口道："大家加入八路军的原因各有不同，但归根结底，就是希望过上好日子。我们共产党人的奋斗目标，就是让老百姓都过上好日子。既然大家都加入了共产党，成为党员，要时刻以党员的标准要求自己，坚定对党的信心，立志终身为党工作。云卿，为大家唱首歌，活跃活跃气氛。"

沈云卿笑道："我就唱一首'工农兵学商，一起来救亡'吧。"

"工农兵学商，一起来救亡，拿起我们的武器刀枪，走出工厂、田庄、课堂，到前线去吧，走上民族解放的战场……"

战士们与沈云卿合唱，听到这里的歌声，许多其他连队的战士也凑过来，一起加入合唱。

一曲唱毕，沈云卿又道："咱们再唱一首《大刀进行曲》吧。"

"大刀向鬼子们的头砍去。全国武装的弟兄们，抗战的一天来到了……"

歌曲唱罢，陈怀冰笑着道："同志们，你们知道吗，你们这位沈连长可厉害了。当初她勇敢与封建包办婚姻做斗争，毅然地参加了革命……"沈云卿笑着说道："我那些事有什么好讲，你和小英的爱情故事才叫传奇。"

战士们一阵哄笑，要求陈怀冰讲述和白小英的恋爱经过。陈怀冰只得笑着道："好，那我就讲讲。我和小英从小就认识，我们两家相隔不到半里。她出生的时候，我娘领着我去她家。当时我就想，这小娃儿眼睛长得咋这么大……"陈怀冰的讲述令战士们笑声连连。

全团连以上干部会议上，骆百川表扬了陈怀冰和沈云卿的出色工作。会后，骆百川让沈云卿单独留下，对她说道："小沈，最近生活上还好吧？没遇到什么困难吧？"沈云卿摇摇头道："没有，我很好，谢谢政委关心。"

骆百川道："女同志在一线作战很不容易，你的精神值得我们所有人学习。"沈云卿不好意思地笑了。

骆百川又道："对于你的个人问题，你有什么想法吗？"沈云卿一愣，随即低下头，说道："如今抗日形势严峻，我暂时没有考虑。"

骆百川笑笑："小沈，咱们都是革命战士，没必要不好意思。男大当婚，女大当嫁，你有没有考虑过你的婚姻问题？"沈云卿抬起头，目光坚定地道："政委，我……我要为革命工作奋斗终生。"

骆百川道："哎，结婚也不影响你干革命工作。你看，小英和怀冰，夫妻同心，一起干革命工作。白小英同志如今把咱们根据地的妇女工作搞得是风生水起。更何况，革命也需要接班人嘛。"

沈云卿道:"可我……没有合适的结婚对象。"骆百川笑意更浓:"我要和你说的就是这个。你还记得上次支援咱们的那个江洲军分区的许焱许营长吗?当初,如果不是他带兵及时赶到,咱们损失会更大。前一阵子我听说,许焱已经升任团参谋长。许焱同志年轻有为,无论是军事能力还是政治素养都是一流,是八路军非常有前途的干部,也符合结婚标准了。当然,我相信,他一定会是一位好伴侣。小沈,你之前和他见过面,对他印象如何?"

听后,沈云卿默然不语。她对许焱没有恶感,但没有什么特别的印象。骆百川将沈云卿的沉默当作了默许:"那好,过几日我安排人送你去江洲。你们再见个面,将来我还要讨杯喜酒喝。"

沈云卿要去江洲结婚的消息很快传遍了根据地。齐继盛听到这个消息后,找沈云卿。他下定决心,只要沈云卿同意嫁他,便与沈云卿私奔。但当他见到埋头擦拭桌台的沈云卿时,却不知从何说起。

两人沉默了半天,沈云卿才抬起头,问道:"找我有事?"齐继盛咽了一口唾沫,吞吞吐吐地道:"你……真的要走?"沈云卿微微一笑,齐继盛看不出那笑容是出自真心,还是出于礼貌。"小雅是个好姑娘,再过几年,你到了团级,小雅也够了结婚年龄,组织上会替你们安排。"

齐继盛的一腔热血慢慢冷却下来。他想笑着恭贺她,却发出了一声似笑非笑的鼻音。

齐继盛走后,沈云卿心想,若说她还有什么放不下的人,那便是白小英了。两人去年好不容易聚在一处,没想到,不到一年,又要分开。这一分开,又不知何时才能重聚。沈云卿决定去和白小英道个别,却不料陈怀冰告诉她,白小英今天外出,几天后才能回来。

这一年，白小英在根据地大显身手，在她的领导下，根据地周围的妇女群众都被组织起来，为八路军战士们准备军鞋、军粮等物资，照顾伤员，开展各项爱国活动。

不仅如此，白小英还在根据地开办了妇女识字班，学习新知识。沈云卿时常利用休息时间兼任识字班的教员。白小英还组织妇女们开展唱歌、演话剧等文化活动。在妇救会组织的演讲上，白小英凭借出色的口才，使"天下兴亡，匹夫有责"的思想深入人心。

沈云卿猜想白小英有可能前去沦陷区领导妇女的地下工作，考虑到保密原则，她也没多问，抱憾离开。陈怀冰却叫住了她："听说你要去江洲了？"

沈云卿点点头。陈怀冰原以为沈云卿与齐继盛两情相悦，见沈云卿对这门亲事并无异议，也不好多说。

叁拾叁

·

遭遇扫荡

是夜，沈云卿躺在床上，她什么也没有想，也不知该想些什么。

她忽然想到了什么，立即从床上坐起来，走下床，蹲下身去，从床下最内侧掏出了那个白铜首饰匣。她打开首饰匣，取出了那枚木兰花发夹。

沈云卿正在看那枚发夹时，突然从窗外传来一阵急促的军号声，还夹杂着一阵锣声。"日军来扫荡了！"沈云卿"噌"地站起身来，迅速武装好自己。她的脑海中忽然闪现出一个念头：这次紧急军情也许是上天给她的一个机会，给她的一个以身殉国的机会。她其实不想和一个不熟悉的人结婚。她牺牲后，百姓们会赞扬她，战友们会缅怀她。

日军为了报复独立团之前一系列破坏交通线的行动，对根据地发动了突然袭击。独立团反应及时，迅速集结，组织反击，然而日军火力很猛，一时间被日军压制。

"必须端掉那个机枪手，程新天！""到！""火力掩护我！"程新天见沈云卿取了两颗手榴弹，并准备爬出战壕，一时间愣住了。幸得陈怀冰反应及时，一把扯住沈云卿："你疯啦？你现在出去，就是送死！"

"我不上去，战死的人会更多！"沈云卿话音刚落，又是一阵急促的机枪扫射，陈怀冰把沈云卿按在地上。然而，日军扫射刚一结束，沈云卿甩开了陈怀冰的手，冲向了日军的机枪手。

日军的榴弹炮破空而来，沈云卿被甩进了战壕，之后便失去了意识。在失去意识之前，她恍惚记得，有人将自己扑进了战壕，之后伏在自己身上，替自己挡住了飞来的弹片。

沈云卿醒来的时候，卫生队的小林正在身旁，周围一片宁静。沈云卿开口问道："把日军打跑了？"小林说道："是啊，幸亏江洲的同志们及时前来支援，要不然真顶不住。"

"江洲……"沈云卿心想，"不会又是许焱吧？"他两次带兵救了自己的队伍，看来自己真的要嫁给他了。

小林第一时间把沈云卿苏醒的消息告知了陈怀冰。小林对陈怀冰道："徐大夫说，沈连长受的都是些皮外伤，没什么大碍，休息几天便好。"沈云卿问陈怀冰："连里……损失大吗？"

陈怀冰神色一黯："牺牲了四名同志，负伤三十五人，好在都是轻伤，唯有……"

"唯有什么？"

陈怀冰却道："没什么，你先好好养伤。"

三天后，沈云卿便回到了连队。陈怀冰责备她不爱惜自己，沈云卿却道："近些天，日军总会突然扫荡，我还能继续战斗。"她看了一眼陈怀冰，问道："怎么是你在带兵训练？齐……副连长呢?"

陈怀冰让古生替自己训练战士们，自己则把沈云卿拉到一旁，说道:"之前因你尚在养伤，没有和你说，其实……那天齐继盛同志为了救你，自己身负重伤。"

沈云卿未等陈怀冰说完话，便飞奔去卫生队，然而她远远瞧见莫雅晴正在一旁替齐继盛更换纱布，便止住了脚步，随即快步回了连队，找到陈怀冰。

"怀冰，你能不能……陪我一道去看看他?"

陈怀冰感到不解:"为何非要我陪?"

"小雅一个人在照顾他，我一个人去的话……怕她误会。你陪我一道，我们代表连里前去探望，小雅就不会误会了。"

陈怀冰闻言皱了皱眉，说道:"好吧，等中午训练结束后，我陪你去，你先回房休息一会儿。"

沈云卿等了许久，陈怀冰终于来找她。沈云卿道:"我们现在去吧!"陈怀冰却摆摆手道:"不必去了。"

"怎么了?"

陈怀冰道:"我刚去过了，徐军医和我说……"

沈云卿急道:"说什么?"

陈怀冰叹了口气道:"我不知该如何和你说。他的伤口之前化脓感染，咱们根据地缺少消炎药，他已高烧三天了。徐军医说，他怕是……挺不过这几天了。我觉得，我欠他太多了，当初若不是我说服他加入八路军，他怎会……"

沈云卿闻言，愣了半天，努力忍着泪水，拼命地克制:"怀冰，你没必要自责，你说服他参加八路军是为了他好，不然他还会在山上当土匪……"

"可他当土匪，也是因为救了八路军！"

"你说……什么？"沈云卿一愣。

"你就没想过，他放着好端端的富家子弟不当，为何要上山当土匪？不就是因为送你出城，得罪了日本人。日本人逼齐老爷子交人，他爹为了保他性命，给他拿了一大笔钱，让他上山躲避。他便拿着那笔钱招了一批弟兄。他当初结婚，也是为了你。当初他爹要挟他，要将你女扮男装之事告发，他才不得已和韩如玉结了婚。"

沈云卿彻底愣住了："这些事……为何他从未和我说起？"

"你要他怎么和你说？他有多喜欢你，这些年了，难道你还看不出来？"

"可小雅……"

"莫雅晴的确是喜欢他，但是他心里只有你。听说骆老大要将你嫁给许焱，他差点和骆老大拍桌子……"

陈怀冰又叹了口气，说道："可惜，现在说这些也没用了。徐军医说，他……"陈怀冰话还没说完，沈云卿已消失不见。

莫雅晴依旧在床边照顾齐继盛，但是这次沈云卿没有退缩，她径直走上前去，但终究觉得有些尴尬，不知该如何向莫雅晴启齿。幸得程新天及时出现，对莫雅晴说道："你出来一下，我有话和你说。"他不由分说把莫雅晴扯走了。

齐继盛看上去很虚弱，一见沈云卿前来，先是有些惊喜，后神色渐趋黯淡。沈云卿开口道："盛儿，我……我其实很喜欢你，我一直很喜欢你，从……很多年前，我还在清门城里的时候，我就喜欢你。我此生……只爱你一个人。我已发誓，无论……你是生，还是死，我绝不再嫁旁人！"

齐继盛几乎不相信自己的耳朵，他一把抓住沈云卿的双手，高兴地问道："真的？！"

沈云卿忽然一愣，抽出了自己的双手，伸手去摸齐继盛的额头，惊喜地道："你的烧退了？"齐继盛一头雾水："什么……烧？"

沈云卿道："徐军医说，你连续高烧，已烧了三天。"看着齐继盛一脸茫然的表情，沈云卿似乎明白了什么。正巧此时陈怀冰步入，沈云卿不由得怒道："陈怀冰，你骗我！"

陈怀冰一脸讪笑，却理直气壮地说道："我若是不骗你，这些真心话不知还要藏多久！"

此时白小英也赶来，说道："杏儿，我早说过，你这性子，怕是要耽误自家。怀冰这么做，也是为了你好。"

沈云卿却道："这样做，小雅定会伤心……"陈怀冰道："所以你为了不让小雅伤心，宁愿让老齐伤心？"

齐继盛却忽然想起了一件事："可我……还不够结婚标准……"沈云卿坚定地道："我会一直等着你。"

叁拾肆
·
情深义重

　　自从那天沈云卿坦露心迹后，便天天守在齐继盛床边照料他。齐继盛如今如愿以偿，身体恢复得也快。

　　只是沈云卿尚有一桩心事未了，她趁齐继盛休息时找到陈怀冰，说道："上次江洲军分区前来支援，是不是……许焱带的队？"

　　陈怀冰故意问道："怎么，为报答他的相救之恩，你打算以身相许？"

　　"骆政委之前与他说好，我却又出尔反尔，不知该如何向他解释。"

　　"骆老大那儿，我已替你解释过了。你们有情人终成眷属，他也为你们高兴。至于许焱……你有没有想过，他们的援兵为何赶到得那么及时？"

　　沈云卿皱皱眉道："莫非其中另有隐情？"

　　陈怀冰道："这事，小英不让我告诉你。那天你来找小英，她不在，便是去了江洲。她主动接了前去江洲的任务，是想趁机找许焱。她知道你这性子，宁愿委屈自己，也不知主动争取。她想说服许焱主动拒绝这门婚事。若他坚决不肯，至少也能替你摸清他的性格人品。谁料，许焱与她一拍即合。原来许焱上学时有位情投意合的同窗，后来也参加了革命，只是两人未在一起，许焱一心一意等她成婚。小英离开江洲时探知日军要来突袭咱们根据地。她回来传信已来不及，便去江洲军分区请求支援。"

沈云卿听完后半天没有作声，唯有大滴的眼泪不停地掉落在地上。沈云卿自从参加革命后，鲜有哭泣。这一次，因她知晓了一件她早该知晓的事，这世间最好的知己唯有白小英。

陈怀冰见她落泪，赶忙说道："你先别急着感动，我这里还有一桩事。按说老齐还要等几年，才到结婚标准，但是组织上考虑到你们情况特殊，一是你们两人青梅竹马，算不上组织介绍；二是他为咱们八路军带来了一支百十来人的队伍，壮大了咱们的力量，所以我特向骆政委请示，待老齐伤愈后，你们便可结婚^①。"

常言道，大恩不言谢，何况沈云卿与白小英的关系，她更不知该如何向白小英说"谢谢"。她一去找白小英，白小英似乎已猜到了，笑着将话题岔开："其实我一直不明白，你为何那般在意小雅？感情之事讲究你情我愿，怎么小雅一说喜欢他，你便立刻放弃了？"

沈云卿扭捏了片刻，终于说道："当初在平民女学校，我虽与她只有一面之缘，但至少也有师生之分。她既叫我一声沈校长，当校长的与学生抢男人，实在不成体统。"

白小英不由得"扑哧"笑出了声："枉你还是新时代女性，思想竟如此迂腐。不说小雅，你与老齐相识那许多年，谁都能看出

---

① 当时，各根据地规定虽不同，但基本都严格执行了团级以下干部不得结婚的标准，鲜有例外。此处为文学创作需要。

他对你有意，你真感觉不到？"

沈云卿道："我如何不知他心意？只是他家世那么好，人又长得好，性子还良善，我……如何配得上他？"白小英不禁又笑了："原来大名鼎鼎的沈连长也会这么不自信。"白小英顿了一顿，又说道："男女之间，只有爱与不爱，何谈配与不配？"

如今沈云卿每天衣不解带地照料齐继盛，莫雅晴倍感失落。程新天从旁安慰道："小雅，你不必难过，他们二人本该在一起。"莫雅晴道："我也为沈姐和齐大哥高兴，只是他两番救我，特别是当初，我年纪尚幼，他救我和母亲于危难之中，从那一刻起，我便立誓要嫁一个如他一般的大英雄。"

程新天道："说起当初的事，我倒是听小英嫂子提过一句。当初，齐副连长和另外一个人一道援助了你和你娘，那另外一人，便是沈连长。"

莫雅晴恍然道："这么说，沈姐也是我的救命恩人。"程新天道："是啊，他们两人少时便相识，难得的是，他们志同道合，相互支持。其实我觉得，你要嫁的人，也应该是理解你、支持你，和你志趣相投的人。"

齐继盛和沈云卿帮助她们母女时，莫雅晴尚年幼，且沈云卿较少出面，因此莫雅晴印象不深。而沈云卿见莫雅晴没有认出自己也就一直没有提这事。直到这一刻，莫雅晴才知道沈云卿是谁。

莫雅晴盯着程新天。程新天有些不好意思："当然，我知道，我……配不上你，我没读过书。但是组织上已经推荐我去抗大分校学习，等我学成回来，我会努力让自己配得上你的。"

莫雅晴说她喜欢大英雄，程新天便苦练军事素质。莫雅晴读过书，上过学堂，程新天便苦学文化课，甚至说话时他都在有意无意地模仿莫雅晴的口气。虽说这样时常会显得有些可笑，但程新天为她所做的一切，莫雅晴都看在眼里。莫雅晴盯着他看了许久，之后低下头，不再言语。

众人以为，齐继盛伤愈后，齐沈二人便会完婚，不料沈云卿竟起了悔意。这天，沈云卿端了一碗粥进来，扶齐继盛坐起。她用唇边试过温度后，用汤匙一匙一匙舀了喂齐继盛。齐继盛借机将头靠在沈云卿肩上。沈云卿早从徐军医处得知，齐继盛身体已基本恢复。

齐继盛边喝粥边笑道："我真服了你，粥都能熬得这般好喝。你要是不干革命工作，一定是个一等一的好厨子。"

沈云卿笑笑，并不答话，齐继盛又得意道："如今只能做个巧媳妇，便宜我一个人。"

沈云卿见粥碗已空，便将其放在桌上，说道："盛儿，我……有话想和你说。"齐继盛见她神情严肃，顿生一种不祥的预感："你……不会想悔婚吧？"

沈云卿希望自己的话可以让齐继盛更容易接受："我立志献身革命，终身不婚，也不想生育子女。"

"可……可你说过你喜欢我，难道你是在骗我？"

"没有。我说的是真心话，可我立志献身革命……"

"和我结婚，也不会影响你干革命啊！"

"可我不想生孩子。"沈云卿又说道。

齐继盛愣了半天，终于挤出一丝无所谓的笑意："那我们就不要孩子。原本我也担心，将来有了孩子，你该去照顾孩子，没有时间理我了。"

沈云卿无奈地摇了摇头："可你爹不会同意的。"

沈云卿知齐隆昇素来保守，齐继盛却道："我爹才懒得管我。前一阵子我听进过城的同志说，我嫂子刚给我爹生了个孙子，我爹正在家摆酒庆祝呢。传宗接代的事，有我哥和我嫂子就够了。"

　　沈云卿依旧道："一生没有子女，你到老了，会后悔的。"齐继盛突然抓住沈云卿的手，说道："老了后不后悔，我不知道，但我知道，如果我不能娶你，我现在就会后悔。"

　　沈云卿盯着他，也哽咽起来："我对你来说，有那么重要吗？"齐继盛点点头："比我自己的生命还要重要！"回想起他数次舍命救自己，沈云卿明白，齐继盛此言非虚。

　　沈云卿伸手抱住齐继盛，轻抚他的背，柔声地说道："你这个傻瓜。"

叁拾伍 · 终成眷属

听闻组织上批准两人结婚，齐继盛便迫不及待，当即决定翌日举行婚礼。

沈云卿与齐继盛成婚当日，根据地的同志皆来庆贺，一时间热闹非凡。作为主婚人的陈怀冰说道："今天是齐继盛同志与沈云卿同志结为革命伴侣的大喜日子，这是他们两人的喜事，同样也是咱们根据地的一桩大喜事。"众人一阵欢呼。

陈怀冰又道："下面，有请骆政委为咱们讲几句。"骆百川站起身来道："齐继盛同志和沈云卿同志都是咱们革命队伍中的好同志。你们的婚礼，是革命的婚礼，也是红色的婚礼。祝你们在结婚后，为革命作出更大的贡献。作为政委我再批你们三天假。另外，今日破例，除了岗哨值班人员外，其他人可以喝酒，不过不能喝多。"众人又是一阵欢呼。

骆百川的妻子万陆华在文工团工作，两人一直两地分居，沈云卿不由得感叹前辈们为革命作出的贡献。

莫雅晴将沈云卿拉至一旁，递给了她一只红色布包："沈姐，这个送你，其实……这本就该是你的。"沈云卿拆开一看，是那对银质凤尾发夹。沈云卿笑了笑，没再推辞。莫雅晴又道："程……新天同志去抗大学习了，没能赶上你们的婚礼，他让我代他向你们祝贺。"

沈云卿盯着莫雅晴，说道："小雅，你……不会生我的气吧?"莫雅晴被她看得有些不好意思："沈姐，你……说什么呢，你是我见过最善良的人，我家中没有姐妹，我一直把你当亲姐姐看待。"沈云卿笑道："既然如此，以后你莫要叫我沈姐了，叫我云姐吧。"

此时，白小英走了过来："你们两人说什么呢? 这么开心。"莫雅晴道："我如今有两个亲姐姐了，云姐和英姐。"

齐继盛的弟兄如今趁机"报复"他，齐继盛逢喜事醺醺然，加之众人连番劝酒，不久便已醉意十足。

陈怀冰见众人欢闹已尽兴，便开口道："好了，大家伙今天放新郎官一马，让他赶紧入洞房吧。"齐继盛方才如蒙大赦。

翌日清晨，齐继盛醒来，已是上午 10 点。他赶忙从床上起身，却见沈云卿端着一盆水进来。齐继盛用手揉了揉眼，紧张地问道："几点了? 我是不是迟到了?"沈云卿"扑哧"一笑："你忘啦? 昨天骆政委给咱们批了三天假。"

"咱们两人都休假，连里怎么办?"

"还有怀冰呢，而且刚才我去连里转了一圈。"

沈云卿说着，从盆里拿了一条毛巾，拧了拧，上前替齐继盛擦拭了脸颊，关切地问道："头还晕吗?"

齐继盛这才反应过来，问道："我昨夜……可是睡了一宿?"沈云卿笑道："昨夜还是古生他们将你扶进房中的，他们一走，你便昏睡过去，直到现在。”

此时，齐继盛腹中发出了一阵响声，打破了这美好的宁静。齐继盛不免脸一红，沈云卿却自责道："都怪我，你应该先吃饭。我去给你端来。"沈云卿说着便起身，却被齐继盛一把扯住，又拉回了自己怀中："别走。"

"做什么？"

齐继盛道："我现在还如同做梦一般，不敢相信我们真的已经结婚了。我……不是在做梦吧？"沈云卿嫣然一笑："不是，不过咱们两人能在一处，比梦境还美好。"

齐继盛忽然将沈云卿搂得更紧了："杏儿，答应我，永远别离开我，好吗？"沈云卿知道，他仍在"记恨"自己当初在清门城不告而别的事，便郑重地说道："我不会再离开你了，无论任何人都不会将我们分开。"

到第三天晚上，两人正准备就寝，忽然听到一阵敲门声。沈云卿起身前去开门，是陈怀冰。

陈怀冰一进门，便说道："我也不想打扰你们。不过，革命工作也不能耽误。老齐，我今天来是想告诉你，组织对咱们连进行了调整，我和云卿调离六连。"

齐继盛不由得一惊："什么！你们俩人都要走？"沈云卿似乎早已料到："怀冰本来就是低职高配，当初担任指导员，为了帮助和配合你做好政治工作。"

"帮助我？"

沈云卿道："我是女同志，自然也不能长期留在一线作战。"

陈怀冰道："我调回团政治部，担任政治部副主任。"沈云卿笑道："恭喜你啊，怀冰，又升官了。"陈怀冰道："也该恭喜你。

组织决定让你和小英共同负责清门地区的妇女工作，你也总算是夙愿得偿了。"沈云卿欣喜地笑笑。

陈怀冰转向齐继盛："齐继盛同志。"齐继盛下意识地答了声："到！"陈怀冰道："组织升任你为六连连长，同时兼任指导员。军政一把抓，你的担子不轻啊。明天一早，你去团部，骆政委会正式宣布对你的任命，同时和你谈话。"

齐继盛显然感觉有些突然，他求助般看向沈云卿。沈云卿却对陈怀冰使了个眼色，示意他放心。陈怀冰见状，点点头，说道："老齐啊，组织对你很器重，你要继续努力啊。"事实上，陈怀冰提前来找齐继盛，就是担心他会对任命感到突然，希望沈云卿能提前做好他的思想工作。

陈怀冰走后，齐继盛对沈云卿道："杏儿，你说，我能行吗？"沈云卿道："还记得你刚来根据地时对我说过的话吗？你说，你一定能成为比我更优秀的军人。"

"我那时是在跟你赌气。"

"从那时起，我就相信，你一定能做到。"

齐继盛拉住沈云卿的手，说道："可是没你在我身边，我心里总觉得慌。"沈云卿明白，她少时是齐继盛的师父，加入八路军后又是他的连长，多年来，齐继盛早已习惯了听从她的教导，齐继盛对沈云卿早已从简单的服从演变为一种依赖。

沈云卿伸手，刮了下他的鼻尖，柔声说道："傻瓜，我虽说不是你连长了，但我是你的妻子啊，遇事我还是会给你建议。更何况，怀冰也会帮助你的。"

齐继盛伸手揽住沈云卿的腰，将头靠在她肩上："有你在我身边，真好。"

第三部分

无名英雄

叄拾陆·雨过天晴

　　1942 年，程新天从抗大回根据地的途中，见一妇人失足落水，便跳下河去搭救。程新天将妇人救起后，询问妇人去处，妇人称自己要去清门，两人便结伴而行。

　　程新天将妇人护送至清门城外，却见其神情闪烁，程新天不由得起了疑心。正当此时，两人正巧碰见了正在执行接应任务的莫雅晴。莫雅晴这时也已入党，白小英和沈云卿是她的入党介绍人，莫雅晴在两人的带领下时常执行相关外围任务。

　　莫雅晴一见那妇人大惊失色，张口唤道："妈。"程新天惊讶之色不亚于莫雅晴："妈？她是……你妈？"莫雅晴却没理会他，继续问道："妈，你怎么来了？"

　　原来，那妇人正是莫雅晴的母亲莫香寒。莫香寒当初来清门是为了寻找丈夫，后来得知丈夫已另娶他人，顿觉心灰意冷。莫雅晴恼恨父亲抛妻弃女，便索性改名并随了母姓。莫香寒送女儿去了平民女学校，自己觉得再无必要留在清门，便只身回了老家。后来，莫雅晴参加八路军后，曾回老家探望过一次母亲，她希望带母亲一同前去根据地，但莫香寒的妹妹当时身患重病，她的子女都不在家，丈夫已病故，莫香寒便留在家中照料妹妹。如今妹妹病故，她想到根据地寻女儿。莫香寒知道女儿身份特殊，不敢和程新天明言。

程新天夸赞道："婶子，你的警惕性可真高，咱俩走了一路，我都没猜出你女儿是八路军。"莫香寒见程新天与女儿相熟，便问道："你和我女儿认识？"程新天挺了挺胸脯，说道："婶子，我也是八路军，和小雅……同志是战友。"莫香寒看了一眼程新天，又瞅了瞅女儿，见莫雅晴眼神有些闪躲，似乎猜到了什么，笑道："原来是一家人。"莫香寒见两人神情更为羞赧，便对女儿讲起了程新天搭救自己的事。

三人回到根据地后不久，一天，莫雅晴找到程新天，将一块手帕塞到他手里，而后立即准备转身离去。程新天赶忙叫住了她，他展开那块手帕一看，素白的手帕一角绣了一丛花。程新天问道："这是你绣的？是什么花？"

莫雅晴张了张嘴，扭捏了半天，终于道："你不记得这是什么花了？"程新天一脸茫然。莫雅晴语气中有些羞恼："这是当初你送我的那束野花，我看样子好看，便绣在手帕上了。你别误会，我送你手帕，是为了感谢你救了我妈妈。"

程新天赶忙道："你也别误会，我真不知道她是你母亲。我要是知道，我就……"

"你就不救了？"莫雅晴更恼了。

"不是，我是说，我真不是因为她是你母亲，才救的。她要不是你母亲，我更得救。啊，不是……"程新天本想解释，自己救莫香寒并非故意讨好莫雅晴，没想到越抹越黑。

莫雅晴被他的话气笑了："我是想告诉你，我妈妈今晚请你过去吃饭。你别多想，她只是为了感谢你的救命之恩。"

当晚，程新天欣然赴约。莫香寒知晓程新天是孤儿，便在席间提出要认程新天为义子，程新天不好拒绝。莫香寒对莫雅晴道："你二人如今便是兄妹了，小雅，快喊一声哥哥。"

莫雅晴见程新天既尴尬又懊恼的表情，便忍着笑唤了声："哥哥。"吃完饭，莫香寒教女儿留下收拾碗筷，自己亲自送程新天出门。

出了门，莫香寒对程新天道："我知道，你是真心想喊我一声妈，而不是想做我儿子。""啊？"程新天一愣，"婶子，不是，干妈，你为何这么说？"

莫香寒一副了然于心地问道："你喜欢我女儿，对不对？"程新天低下头去："可小雅她……不喜欢我。"

"我只问你喜欢她不？"

程新天点了点头。

"那你会一辈子都爱她，永远不抛弃她？"莫香寒自己曾被丈夫抛弃，生怕女儿重蹈自己覆辙。

程新天抬起头来，郑重地道："干妈，我可以向你保证。我会用我的生命来爱她，只要我活在世上，我会一直照顾她、保护她。"

莫香寒道："向我保证没用，你得向她保证。"

程新天闻言后，冲进屋中，向莫雅晴重复了刚才的话语。莫雅晴先是一愣，只见程新天又有些懊恼地说道："只是……我现在才是连长，不符合组织对结婚的要求。"

莫雅晴道："没关系，我可以等你。"

"真的？"

莫雅晴的确用行动履行了她的承诺，在之后的七年中，无论何人找她谈话，为她介绍结婚对象，她都一口拒绝。莫雅晴虽生得文弱，内心却颇有一股倔劲。

1944年，白小英在与陈怀冰结婚五年后怀孕了。得知白小英怀孕的那天，几乎从不饮酒的陈怀冰居然喝醉了。为了照顾怀有身孕的白小英，沈云卿主动承担了更多工作，特别是可能有危险的工作。

一天晨起后，沈云卿替齐继盛整理好衣领，正准备出门，却被齐继盛一把拉住："你最近忙着工作，早上出门前都忘了……"说着，指了指自己的脸颊。沈云卿脸一红，温柔一笑，凑上前去在他右脸颊上轻轻一吻，之后又吻了他的左脸颊，笑道："那就把昨天的一起补上。"

叁拾柒

雌豹猎鹰

　　陈怀冰找到沈云卿，称组织要交给她一个紧急任务："半年前，军统的一名特工遭到日军抓捕，不久后叛变，被纳入'76号'效力。三个月后被派到江洲，"清剿"当地抗日组织。此人心狠手辣，逮捕了大批抗日志士和无辜群众。三个月来，我党在江洲的地下党组织损失惨重。"

　　沈云卿皱皱眉道："军统叛徒……军统没有除掉他吗？"陈怀冰道："此人虽说心狠手辣，却极为胆小谨慎。军统对他组织了多次刺杀，都以失败告终，并且折损了不少人。"

　　沈云卿道："所以……组织上派我去锄奸？"陈怀冰点了点头。沈云卿道："我不是害怕困难，只是我能完成任务吗？"

　　陈怀冰道："我们的目标毕竟不是大人物，之所以派你去，原因是……你是那人的故人，他不会对你存有戒心。"

　　"故人？"沈云卿一惊，"我怎么会有故人是汉奸？"

"他叫徐生宜。"

沈云卿听后，惊呼一声。

陈怀冰道："云卿，你……愿意接这个任务吗?"沈云卿明白，这并非在征求她的意见，更多的是对她的考验。沈云卿点了点头。

陈怀冰长出了一口气，又道："组织上会给你配一个帮手，同时会安排同志接应你。我现在让小彭把他叫来，我给你们详细介绍下这次任务的相关情况。"

陈怀冰的警卫员小彭很快便带了一人，沈云卿一见到此人，不由得站了起来。

来人竟是齐继盛。他见到沈云卿这般反应，觉得奇怪。陈怀冰示意大家坐下，而后道："老齐，今日喊你来，有一桩特殊任务。老齐，你不是一直跟我说，你特别崇拜从事地下工作的同志吗?"

齐继盛一扬眉，问道："组织决定让我从事情报工作了?"陈怀冰道："你可听说过'雌豹'?"齐继盛兴奋地道："当然。我刚加入八路军时就一直听人讲雌豹的故事，听说她是我党非常优秀的特工，杀过不少汉奸，还为我军传递了许多重要情报，是位传奇人物。"

陈怀冰道："组织决定让你配合雌豹的工作，完成这次任务。"齐继盛眼睛一亮："真的吗? 她在哪儿?"

陈怀冰微微一笑："就在你眼前。"齐继盛激动不已："真的吗? 我家杏儿就是雌豹!"沈云卿面色铁青，将头转向一旁，冷冷地说道："我不同意。"

"你说什么?"

"我说我不同意他和我一同执行此次任务。"

"为什么?"

"因为这次任务非常……复杂，"沈云卿本想说非常危险，但是她怕说出实情后，齐继盛会阻拦她执行此任务，便临时改口，"我不愿意和没有情报工作经验的同志一起执行任务。"

这话惹恼了齐继盛："沈云卿！你说这话是什么意思？你是看不起我？这工作凭什么你能干，我就不行？"

沈云卿料知如此，却依旧对陈怀冰道："我要求组织给我换一名搭档。"

齐继盛气道："你……"但他终不能对沈云卿发火，只得求助般地看向陈怀冰。陈怀冰似乎早料到这样的结果，一直在一旁笑而不语，此时终于开口道："老齐，你先回去，我和云卿单独谈谈。"

齐继盛气哼哼地离开后，陈怀冰对沈云卿道："雌豹同志，组织会尊重你对工作的意见，只是老齐……你打算把他关在襁褓中多久？"

沈云卿闻言长叹了一声："好吧，我去和他谈谈。"

沈云卿回到房中，见齐继盛还在生闷气，一见她进屋，故意背过身去，不理她。沈云卿笑着从背后搂住他，柔声道："生我气了？"

齐继盛转过头来，问道："你可知我为何生你气？"

"你又要撇下我，一个人去以身犯险，对不对？"

沈云卿辩解道："我有经验，算不上十分危险。可你若同去，我还要照顾你，保护你……"

"我不需要你照顾！我要保护你。"

沈云卿害怕的便是这个，不由得皱了皱眉。

齐继盛恳求道："过去，你执行那些危险任务，我不知情，便也罢了。此次，我不仅知晓，组织还派我同去。你若不让我去，我一个人留在这边，也不放心。你若真的……你知道的，我若没了你，便活不下去。杏儿，求你了。"齐继盛说到最后，语气已接近哀求。

沈云卿闻言心中一疼，她知道齐继盛离不开自己，然而齐继盛若有意外，她又如何能够独活？沈云卿将齐继盛搂得更紧了，一声叹息后，终于道："你若要和我同去，须答应我一个条件。"

"此次任务我是你的上级，你必须无条件听从我的命令，不得有任何异议。无论任何时候，收到命令后你必须立即执行，特别是……撤退的命令。"

齐继盛自然明白沈云卿的意思，真遇到紧急情况，她必然会让他先撤离，而自己留下来善后。见他踌躇不语，沈云卿道："你若是做不到，我不会让你去。"齐继盛只得答道："好吧，我……答应你。"

沈云卿轻抚齐继盛的耳垂，柔声道："你还生我气？"齐继盛道："我知道，你是为了保护我，怎么可能真生你气？"又兴奋地道："不过，我真没有想到，你竟是大名鼎鼎的雌豹。"

沈云卿不好意思地笑道："我做的那些事情没什么稀奇，都是怀冰为了振奋根据地的人心，大力宣扬。不少事情便被夸大，传到最后，我都不知道无所不能的女侠雌豹究竟是何许人了。我只是一个普通女子，哪有那么大本领？"

齐继盛笑嘻嘻地说道："我老婆就是无所不能嘛。"沈云卿刮了下他的鼻子，娇嗔道："莫要乱说，在我心中，真正的英雄，是猎鹰。"

齐继盛道："这个猎鹰我也听说过，听说他深入虎穴，给我党传递了许多至关重要的情报。最关键的是，他还特别神秘，从来没有人知道他的真实身份。"

　　沈云卿点点头道:"他是老地下党,但是至今我都不知他究竟是何许人也。对了,怀冰和我说,这次我们刺杀目标的行动轨迹等相关情报,也是猎鹰传递来的。哎,要是有生之年能见他一面,我也没有遗憾了。"

叁拾捌 · 生合时宜

　　徐生宜坐在轿车后排，街上的百姓见到这辆轿车，纷纷避让。徐生宜透过车窗，看到人们脸上的畏惧之色，还隐隐带着一丝嫌恶，但这令徐生宜升起无限快感："你们恨我又如何，还不是怕我的车轮碾过。"

　　徐生宜的父亲少时饱读诗书，本想靠科举入仕，不料到他能应考的时候，科举却遭废除。他又跟着人学做生意，却因太迂腐，很快赔光了本钱。他之所以给徐生宜取这个名字，是希望儿子能够生逢其时，莫像自己，活了一把年纪，只落得个满腹不合时宜。

　　父亲对他期望极高，然而徐生宜生下来体弱多病。为了强健体质，父母听人建议，送他去了武馆习武。

　　他习武不到一年，自己身体尚未强健，父亲却染了重病，不久撒手人寰。母亲改嫁了一位小商人，那商人要去外省做生意，他不愿跟着同去。他并非舍不得清门，而是对母亲怀恨在心。他母亲改嫁是为生计所迫，希望能替他寻个好出路。他父亲走时两手空空，未留下任何家产。母亲若不改嫁，孤儿寡母，无依无靠，怕是要饿死街头。然而徐生宜不理解母亲的一番苦心，怨恨母亲不肯为父亲守节。他犯起倔来，母亲也无法。好在沈荣志怜他身世，不仅免了他今后的束脩，更将他养在家中，如亲儿子一般。

江洲街头有人摆摊卖杏子，那叫卖声传入徐生宜耳中，徐生宜微微一怔，忙喊司机停车。他迟疑了半天，确认那小贩并非刺杀自己的刺客，方才让随从下车买了几颗杏子。随从接过杏子却不付钱，小贩与他争吵起来，随从掏出枪来，小贩方才作罢。

随从上车后将杏递给徐生宜，他让随从先尝一颗。随从被酸得皱了皱眉，他反而放下心来，自己拿一颗放在口中，只嚼了一口，便吐了出来："呸！真酸！"

最初习武不过是为了强健身体，他并未十分上心，直至父亲去世、母亲离开清门，他彻底寄住在沈家。他明白，习武是他唯一的出路，他只能拼命练习。

徐生宜并非天赋异禀，却也绝非生性愚钝。他每天勤勉练习，不到三年，沈荣志的大部分徒弟已不是他的对手，唯有一人，他始终难以超越。

封敏雄拜入沈荣志门下的时间早徐生宜一年，却练成了一身好武功。封敏雄并非沈荣志的第一个徒弟，但他为人谦和，沈家人都甚是喜欢他。师父沈荣志不在时，他便主动照顾众人，久而久之，众师弟便尊称他为大师兄。事实上，徐生宜也并不厌恶他。

封敏雄也并非样样都强过徐生宜。徐生宜家学渊源，书读得比众师兄弟都要多。可惜，沈荣志一介武夫，并不看重。师弟们还为他取了个"徐书生"的绰号，常取笑他。

后来，沈荣志开始给人走镖，徐生宜终于找到了自己的用武之地。替人走镖不仅是体力活，也是一门生意。徐父虽在商场一败涂地，徐生宜却天生懂得生意经。徐生宜长大后，明白了一个道理，人生活得好与坏，关键看你是否懂得经营。

然而，徐生宜刚燃起的自信被沈荣志浇灭。一次，一位老客户托徐生宜南下走镖时替他捎几匹正绢，为家中女眷裁制衣裳。不料，路上碰到一位绢商家中遭难，急着发售手中的货物。徐生宜便用那老客户的银钱买了数十匹正绢，而后在沿途售卖。回到清门后，他将老客户的正绢交给他后，又将这一路挣得的银钱交给师父。谁料，沈荣志并没如他预想大加褒扬，在接过钱后，只说了句："贪小利，必吃大亏。"

后来又有一次，一家大烟馆托尚武堂押镖，出的价钱远远高于旁人。这单生意是徐生宜谈成的，他喜滋滋地回来向师父报告，却被沈荣志劈头盖脸骂了一顿，说再穷也不能赚黑心钱。徐生宜争辩了几句，说他们只是帮人运送货物。沈荣志大怒，要用家法打他，最终还是师娘陈氏出来劝阻，方才作罢。

那晚他心灰意冷，独自坐在院中发愣，忽然有人道："徐师兄，你莫难过了，吃颗杏子。"他转过头，看到沈杏儿那春葱般的手指捏着一颗黄杏。沈杏儿的声音如同银铃一般，再次响起："我难过的时候便会吃杏，吃一口便不难过了。"

徐生宜接过沈杏儿手中的黄杏，只吃了一口，不由得皱了皱眉道："好……好酸。"沈杏儿尴尬地笑道："真有那么酸？我觉得很甜呀。"

徐生宜记不得，他是何时喜欢上沈杏儿的。起初，他并不喜欢这位小师妹，甚至觉得她整天和男人们混在一起，是不守妇道。

但是他终日在尚武堂中，与师兄弟们一起练武，所见唯有沈杏儿一名年轻女子。沈荣志的徒弟们，几乎没有人不喜欢沈杏儿，他时常听师兄弟们聚到一块，偷偷议论沈杏儿，久而久之，他也喜欢上了沈杏儿。

一次，他出门走镖，惨遭劫镖。他记不清劫匪的模样，只记得其中一人长了双斗鸡眼。丢了镖，沈荣志不得不赔偿雇主钱财。沈家原本便不富裕，这一下便赔去了几年的收入。师父虽未责罚他，但不悦之色跃然脸上，这令他备感折磨，觉得还不如被师父痛打一顿。一连几天，徐生宜闷闷不乐，他不和师兄弟们言语，甚至也不吃饭，独自一人躲在角落中。一天晚上，沈杏儿端着一碟点心，蹲坐到他身旁。他虽不想理会沈杏儿，却被那点心的香气吸引，忍不住转过头看。那是几块巴掌大的梯形空心脆饼，表面撒有芝麻，脆饼绿莹莹的，上面有一只蛤蟆的图案，那蛤蟆却长着一双斗鸡眼，他看了，不免想起那劫匪。

沈杏儿柔声道："徐师兄，你莫难过了。我爹说了，丢了镖算不得什么，只要你人没事就好。那劫匪是癞蛤蟆一样的人，将来自有人惩戒他们。你若还气，便将这蛤蟆酥当作劫匪，吃了它们，解解气。"徐生宜早已饥肠辘辘，此时再也忍不住，抓起一个塞进嘴里，觉得那蛤蟆酥清甜酥脆，是他此生从未吃过的美味。

徐生宜问道："这是你做的？"

"嗯。上次我爹出去走镖时给我带回了一盒。我觉得好吃又有趣，便自己学着做。做得不好，师兄莫笑我。"

"好，好极了。杏儿，谁能娶到你，真是好福气。"

他时常幻想，沈杏儿是自己的妻子，自己在外经商，沈杏儿则在家中为他料理家务，生育儿女。他无论多晚回家，沈杏儿都会为他端上一碗热汤。

然而，沈荣志经常炫耀自家与韩家结亲一事。徐生宜便在背后和师兄弟们议论说："那大户人家的贵公子哥儿，有几个不是三妻四妾？就算只有一位妻子，也免不得到处拈花惹草。师妹嫁过去，表面上看着风光，背后不知要吃多少苦。不如嫁个普通人家的男子，虽无钱财，起码能踏实过日子。"

有师弟故意打趣道："你说的那男子，便是指你自己吧？"众人一阵哄笑。最终还是封敏雄出来解围道："师父家的事，咱们做徒弟的莫要乱议论。咱们只需做好自己的事便是。"

徐生宜知道，封敏雄喜欢沈杏儿远胜过自己。

徐生宜知道自己再怎么惦记沈杏儿，终是水中月镜中花，便逐渐断了念想。然而沈家独子沈旺炎的离世让他重新燃起了希望。师娘多病，不能再生育，除非沈荣志续娶，否则沈家若不想绝户，必得招赘。即使沈荣志续娶，再生个儿子，养到成人尚需多年。这期间沈家需要壮年男子支撑门户。

徐生宜看得出，沈杏儿对封敏雄，和对其他师兄弟的态度大不相同，她似乎也喜欢封敏雄。沈荣志更不必说，他素来欣赏封敏雄，对他视如亲子，就算招赘，沈家的首选自然也是封敏雄。

但是封敏雄志不在此，他曾向师父提出从军的要求，被拒绝后，却依旧没有放弃。沈家败落，沈荣志遣散众徒弟时，封敏雄主动询问他是否要和自己一道从军。他当时不免有些奇怪，封敏雄素来重情义，更视沈荣志如父亲，沈家败落，封敏雄却恨不得立刻逃离沈家，一刻都不想多留，这与他往日行事风格不相符。当时形势容不得徐生宜多想，他必须为自己谋一条生路。他本想从商，奈何没有本钱，只能随封敏雄去，想凭自己这一身武艺，挣个前程。

不料，这一步歪打正着，该他发迹。他因应变机敏，又有一身好武艺，被选入了军统。军统对特工的训练极为残酷，他却能挨下来。因擅逢迎，他屡得升迁，很快便升至中校。

抗战初期，徐生宜随军统刺杀了数名汉奸，也为国军传递了不少情报。不料，在一次行动中，徐生宜被日军逮捕。他随身带有自杀的毒药，却在最后关头没能狠下心来。徐生宜被带进审讯室的那一刻，他悔恨自己没能自杀。在那间地狱一般囚笼中，生，远比死要痛苦万倍。

不到半天，徐生宜便熬不住，连连求饶。日军停了手，让他招供。他长吸了一口气，抛开气节不谈，这些年被他刺杀的汉奸的情形历历在目，他不禁打了个寒战。

最终，他供述了一部分军统内部情况，却没有全说，因为他深知兔死狗烹的道理。"76号"的人见他颇"上道"，便问他可否愿意留下。他既已叛变，军统早无他的容身之地，因此，一口应下。

为使他乐不思蜀，"76号"带他在上海滩阅尽世间繁华。离开清门城前，徐生宜一直以为沈杏儿是这世上最美的女子，到上海滩后，他才发现，这世间美艳胜过沈杏儿者多如牛毛。他在赌场中尽兴豪赌，在舞场中左拥右抱，他时常想，既然只能活一世，醉生梦死、夜夜笙歌，才算是没有白活。

徐生宜明白，"76号"不会白养他，更何况上海滩各方势力盘根错节，远非他所能周旋。正巧当时江洲地区抗日力量壮大，他便主动申请外调，前来江洲。徐生宜在军统效力时正值第二次国共合作初期，因此他也了解不少共产党的情况。他来到江洲，江洲人人自危。

徐生宜在江洲位高权重，不少投机者前来攀附。这倒让他有些悔恨，可惜当初未能去清门。毕竟富贵不还乡，如衣锦夜行。他很想让九泉之下的父亲看看，自己完成了父亲未能完成的出仕理想。

江洲虽比不上上海滩，徐生宜身边却没断了女人。在风月场中待久了，他却时常想起沈杏儿。若说那些艳丽逼人的女子是美酒，那沈杏儿便是清泉。可惜她早早许了人，让他没了念想。"不知她在韩家过得如何？"

徐生宜正想着，轿车已在源氏饭店门口停下。源氏饭店原名叫宝源饭庄，是江洲最大的饭庄。后来江洲沦陷，掌柜为了迎合日本人，将其改为了现在的名字，专做日式料理，饭店内部也改装成了日式。久而久之，这里便成了日伪官员宴客之地。徐生宜来江洲后，时常在此会客，更令这里添了一个新用途。源氏饭店建筑较高，顶楼可以监看到江洲半数街巷的情况。徐生宜派人常年在顶楼监看，发现情况，随时报告。同时，饭店里半数侍应生都是他手下的特务，他们监听在此宴请的达官贵人，一旦有人在言语中吐露抗日，那么他走出源氏饭店后，会被关入监牢。

由于徐生宜几乎每日都要来源氏饭店，为确保绝对安全，每名进入饭店的人都会被搜身，任何武器都不能带进饭店，哪怕是一把小小的餐刀。店内提供的餐刀是毫无杀伤力。

徐生宜步入饭店后，按照习惯环视了一圈，他一眼瞧见顾客中竟有两名生客。那是一对夫妇，男的身着一件浆得笔挺的尖领衬衫，外搭一套毛呢马甲西装，手握一只白玉烟嘴，相貌甚是俊秀，眉目间却透出一股玩世不恭的纨绔之色，一看便是久待风月场的富家子弟。女的则身着一件对鸟绫百蝶折枝纹旗袍，淡黄色的真丝衬裙蕾丝边自裙角曳出，在那双被小羊皮鞋包裹的纤足旁微微摇摆。那女子颈间、耳畔、腕上、指尖，皆珠光宝气，一见便是富贵人家的少奶奶。只是那女子秀美的面庞中竟饱含幽怨之色，徐生宜走近一看，竟是沈杏儿！

叁拾玖·豪门怨妇

徐生宜突然看见沈云卿，不由得微微一怔。沈云卿在此时瞧见了他，也是一惊。徐生宜见状，便走上前去，说道："师妹。"沈云卿见状，怯生生站起身来，说道："师兄。"沈云卿又对身旁的男子介绍道："这是我徐师兄，他原来是我父亲的徒弟。"那男子轻哼了一声，当作打招呼。徐生宜见状有些不悦，微微冷笑。

沈云卿见状更为羞涩，赶紧对徐生宜道："徐师兄，这是我的丈夫，齐继盛。"徐生宜微微一惊："齐家的二少爷？"齐继盛过去在清门城名气很大，徐生宜也曾见过他几次，此时他虽比当初脱了几分稚气，面貌却无太大改变。

徐生宜道："在下徐生宜，现在在江洲行政公署效力。"徐生宜此话一出，齐继盛倨傲之情果然略减，站起身来道："既然如此，那就请徐长官多多关照。"齐继盛这般前倨后恭，令徐生宜大为得意。

徐生宜道："不知贤伉俪来江洲，有何贵干？"齐继盛道："我爹非让我来江洲，看看有什么生意可做。"齐继盛边说，边打了个响指，唤来了女侍人："今日在此碰到徐长官，也是有缘，不如一起吃个便饭，我来买单。"

徐生宜自然不会给他这个面子："不必了，我约了朋友。"齐继盛笑容微微一僵，立即唤女侍者前来点菜。点菜时，他手虽指着菜单，眼神却不停地看女侍者。沈云卿注意到他的举动，愁怨的脸上，增添了一份忧色。

齐继盛点完菜，女侍者抱着菜单，转身朝后厨走去。源氏饭店的女侍者都身着和服，脚踩木屐，做日式打扮，背影看上去很袅娜。齐继盛微微咽了口唾沫，起身道："我去方便一下。"

齐继盛离开后，徐生宜问沈云卿："师父不是把你许给了韩家，你为何又嫁给了他？"沈云卿按照早已备好的说辞，说道："弟弟死后，没法和韩家换亲，便和韩家退了婚。那时他与一名江湖女骗子纠缠，我公爹便急着给他寻亲，我爹说齐家给的聘礼多，就……"

徐生宜闻言，忍不住哼了一声，又立即收敛："这么说，师父总算是如愿以偿了。"

"这话怎么说？"

"你不知道？我后来出去走镖的时候，碰见了当初给你看相的算命先生，他说是你爹……师父为了把你嫁到大户人家，特地给了他一笔银钱，让他说你是旺夫金面，而后故意让媒人传到齐家去。为了让你嫁入齐家，他还让那算命先生去齐家，说齐家二少爷将来能做四品官，只是要有贤妻辅佐。即便如此，当初也没能打动齐老爷子。不知他后来怎么改了主意。"

沈云卿闻言大惊失色，她虽一直认为所谓旺夫之相不过是无稽之谈，却从没想到那是父亲编织的。她终于明白自己要和韩家退婚时，父亲为何那般失望，那是一腔心血付诸东流的失落。她又想到齐继盛，原来公爹竟如此嫌弃自己，想到此事，又是一阵痛苦。

徐生宜见沈云卿脸上青一阵白一阵，将其视为正常反应，说道："他对你可好？他当年可是咱们清门城有名的纨绔子弟，想必结婚后收了心性。"

"你也都看见了。"沈云卿幽幽地道，"此番来江洲，说是做生意，哪有什么生意好做？无非是来寻花问柳。我求了他许久，他才答应带我来。我认为，我来了便能看住他，可……"

这更引发了徐生宜的好奇心："你与他可有孩子？"

"还没有。他一月在家待不了几天。为这事，公爹也怨我，师兄，我……"沈云卿说着，见齐继盛正从洗手间里走出来，忙收了眼泪，说道，"师兄，我刚才和你说的，你可千万莫要……"

"我明白。"徐生宜善解人意地点点头。他见齐继盛回来了，便装作若无其事的模样问道："你们来江洲打算住多久？现在住在哪里？"

沈云卿道："我们在城东赁了间院子，至于住多久……"她看向齐继盛，齐继盛说道："还没定，看情况，若这里没意思，我们便回去。"

徐生宜道："我约的朋友来了，你们慢用，我先走了。"

徐生宜起身迎向一位刚进入源氏饭店的男子。他领着那人进了一间包厢。因有人监听的缘故，来源氏饭店用餐的人，大多沉默寡言，因此饭店内分外安静。包厢内，来人提醒徐生宜道："近日，江洲并不太平。不仅你的老东家军统有动作,共产党的动作也颇多。听说共产党有个女杀手,代号雌豹,很难对付。"

徐生宜与那人聊了不多时,便送那人出门。徐生宜一路送他,一路道:"兄台大可放心,我安排得周全妥当,莫说普通杀手,便是那雌豹来了,我也定会剖了她的豹心,拔了她的豹爪!"

齐继盛闻言大为不悦,身子微微一颤,沈云卿赶忙在桌下轻按了下他的大腿,示意他莫要被人看出端倪来。沈云卿明白,徐生宜预感到共产党要派人对付他,或是听到了风声,所以故意公开放出话来。可以想到,此番行动恐怕不易,沈云卿不由得在心中长叹了一口气。

是夜,沈云卿夫妇回到他们在江洲赁的房中。沈云卿替齐继盛脱去西装外套时忍不住道:"我的盛儿穿上西装可真俊。"齐继盛脸一红,说道:"别扭死我了,还是穿军装舒坦。"他用眼打量着沈云卿:"你穿旗袍太美了……"他又补了一句:"当然,你还是穿军装好看。你穿什么都好看。"

沈云卿微微一笑,说道:"没想到,你进入状态那么快,你演风流富家子演得还挺像的嘛,不会是本性如此吧?"

"才不是!"齐继盛红着脸否认道,"我眼里只有你一个女子,当初我爹带我去妓馆,我都没有……"

"什么?你还去过妓馆!"

齐继盛自知失言,赶忙向沈云卿解释道:"我爹为逼我娶韩如玉,才带我去那种地方,但我立刻逃出来了。"

谁想这话触动了沈云卿另一桩心事,她忽然问齐继盛:"对了,当初你我成婚后,你派人给你爹捎信,你爹怎么说?"

齐继盛微微一愣,随即微扬了下嘴角:"我不是和你说过吗?

他高兴得很。"

"真的？"

"你为何突然问起这个？"

沈云卿不再答话，只轻叹了一口气，说道："睡吧。"

齐继盛以为她是为这次任务而叹气，凝视了她许久，终于开口道："你能不能答应我一件事。"

"什么事？"

"这次任务无论结果如何，你都要让自己平安回到根据地。"

沈云卿沉默半天，点了点头。

平日在根据地，由于训练、作战任务繁重，齐继盛每天回到房中都是倒头便睡，今天却辗转反侧。沈云卿知他第一次出来执行任务，情绪紧张，便轻抚他的后背，柔声道："盛儿乖，莫乱想了，安心睡吧。"沈云卿哼起了《渔光曲》，看着自己怀中的齐继盛呼吸渐趋均匀，她却无法入眠。她在脑海中反复推演之前的作战方案，预测所有可能出现的意外。

之后的数日，齐继盛经常去源氏饭店，他多数是独自一人去，偶尔带着沈云卿。他每次去源氏饭店，都会约一名当地商界人士，称自己要在江洲投资开店。商人看他阔气十足，都争相攀附他，期望从他身上捞得些油水。当然，齐继盛每次去源氏饭店，都不忘和那女侍者调情。源氏饭店的侍应是徐生宜安插在此处的亲信，她只想从齐继盛身上揩些油水，而齐继盛从她言语间探知了徐生宜的日常习性。

这天，徐生宜来到源氏饭店，见沈云卿独自一人坐在店中，面前放着一个食盒。她身着一件淡绿色缠枝纹旗袍，发髻间，那对珍珠木兰花发夹熠熠生辉，衬得她非常美艳。

徐生宜走上前去，问道："今日怎么只有你一个人？齐二少呢？"沈云卿连忙站起身来，含愁带怨地说道："他说是去与人谈生意，实则不知又去了何地。"沈云卿忽然换了一副热切的神情："师兄，我今天是专门来找你的。"

徐生宜见她这副模样，犹豫了片刻，终于引她进了一间包房。拉上障子门后，沈云卿再抑制不住，"呜呜"地哭了起来。徐生宜一愣，随即为她递上了一块手帕。哭了半天，沈云卿方才抽泣着说道："师兄，我也是实在没办法，才来找你。你不知道我这些年过的究竟是什么日子……"话还没说完，沈云卿又哭了起来。

徐生宜被她哭得心烦，便开口道："师妹，你莫难过。这女人家出嫁从夫，嫁鸡随鸡、嫁狗随狗，更何况，不知还有多少人羡慕你，嫁入了这等豪富人家。"

"我宁愿我爹把我许给一个平民小户，起码丈夫能够天天回家。"

沈云卿的话让徐生宜再次想起他当初的言语，不免有些得意地道："我当初说过，那些大户人家的公子哥儿，难免浪荡些。不过，这也是人之常情，你也莫着急。待他年纪大了，玩不动了，自然便会回家守着你过日子。"

沈云卿哭得更厉害了："他若不回家还好，一回家便会带着那些女人。你别看他白天人模人样，实则晚间……他……他根本就不是人……"

徐生宜听后，刚要开口，却听沈云卿道："那天，我与师兄在此偶遇，他却起了疑心，说我与你有……"

徐生宜听后不由得皱了皱眉："你可与他解释了？"

"他何曾听我解释，今天我来找你，其实也是他让我来的。"

"哦?"

"他在江洲做生意,想找个靠山,他闻知你在行政公署,便让我求你帮忙。不过,师兄,我的确有一事求你。"

"什么事?"

"无论如何也莫要帮他!"

徐生宜笑了笑,其实无论沈云卿说与不说,他都不会帮齐继盛。

沈云卿见徐生宜与自己说话时,右手始终放在口袋里,应是一直握着枪柄。见徐生宜戒心如此强,沈云卿不由得暗暗皱眉,又开口道:"怪我,光顾着说话,竟忘了这个。"

她打开面前的食盒,内里是一碟小菜和几只包子。"这是你小时候最爱吃的干菜包子,还有,我记得你最爱吃豆腐,便做了这烫干丝。"

徐生宜看着那食盒,皱眉迟疑,沈云卿知道他害怕菜里有毒,说道:"我知道,师兄如今做了大官,什么珍馐没尝过,自然看不上这等乡野土菜。只是你我此番重逢,实为不易,他乡遇故知,这也是小妹的一番心意。"沈云卿边说,边举箸夹了几根烫干丝塞入口中,又特地将一个干菜包子掰了一半放入口中。沈云卿吃完后笑道:"还好,这些年手艺总算没有退步。"

半天后,徐生宜举箸,搛了几根豆腐丝,又拈起沈云卿掰了一半的干菜包子放入口中,而后由衷赞叹道:"师妹真的好手艺,谁娶了你,真是好福气。"

"那也未必。"沈云卿苦笑道,"他一个月才回家一次,吃不了几顿。"

徐生宜吃着沈云卿带来的小菜,心想,若将她养在外头,也不错。沈杏儿过去在他们师兄弟间如同仙女一般,无人敢亵渎。

若能让她做自己的情妇，只是想想，便让徐生宜颇有扬眉吐气之感。

徐生宜对沈云卿道："如今不比过去，你既过得这般苦，为何不和他离婚？"沈云卿一愣："离婚？我一介女子，离了婚，该如何生存？"

徐生宜闻言不由得在心中不屑地笑了，心想："终究还是舍不得荣华富贵，那又何必抱怨？"

肆拾·红色伉俪

一天，徐生宜在自己办公室内，忽然有人来报，说外面有位姓沈的女子求见。徐生宜一愣，立即让她进来。

徐生宜略有些不快地道："这是办公场所，你如何找到这里来了？你若有事找我，在源氏饭店等我便是。"

沈云卿却道："我不能去源氏饭店找你。他时常去那里，我怕被他撞见。"

"哦，这次不是他让你来找我的？"徐生宜嘲笑道。

沈云卿不理会他的嘲讽："那天，你问我为何不离婚，我回去后想了许久。我不离婚无非是担心离婚后生计无着落。现在，我想到办法了。其实，他这次来江洲，是因为在家中和他哥哥争夺家产。他哥哥如今打理着家中的买卖，他插不进手，又担心大哥借此机会吞没家产，便想以来江洲做生意为名，从家中弄一大笔钱财。我们若能借此机会将他那笔钱财骗走，哪怕只是骗走一部分，我的后半生便能衣食无忧，我就可以与他离婚了。"

徐生宜皱皱眉道："我们?"

"师兄，此事你若不帮我，我一个弱女子如何能够完成?"沈云卿说着又要哭。徐生宜忙止住了她："你要我怎么帮你?"

"这段时间他接触的那些人，多半都没安好心。师兄是政府的人，若出面为他介绍一位经纪人，他定然信服。"

徐生宜盯着沈云卿，说道："此事还得从长计议。"此时，他心中却想："若真能做成此事，便是财色双收，快哉。"

沈云卿这次又为他带了几样自制的小菜。沈云卿走了之后，徐生宜让随从尝过后，自己方才吃。

徐生宜表面上虽未答应沈云卿，却在暗中派了一名经纪人前去与齐继盛接触。徐生宜自以为做得天衣无缝，却不知已然中计。

此后，沈云卿时常托人给他送菜，并且在食盒中夹着字条，报告齐继盛最近的行动。

雌豹虽一直蓄势待发，没有露出她的爪牙，然而她心中始终有些焦急。沈云卿对齐继盛道："我最终选择了这套行动方案，是因为这样做风险最小，可以尽量确保一击必中的同时，最大程度保障我方人员安全。只是，行动周期拉得太长，虽说可以使目标放松戒备，我却恐怕夜长梦多，无法按期完成任务。最关键的是，我们的经费也不多了。"

齐继盛道："我知道你是怕耽搁时间太久，怀冰责怪。咱们走之前，怀冰单独找到我，对我说，雌豹同志是我党的重要财富，一定要不惜一切代价确保她的安全。"齐继盛为了让沈云卿紧张的心情放松下来，故意学着陈怀冰的语气，想逗笑她。沈云卿闻言微微一笑，说道："每一名革命战士都是党的财富。明日收网，你和小天都要记得，你们最重要的任务，就是确保自身安全。"程新天从抗大学成归来后，时常承担重要行动的外围任务，因此，此次行动组织派他配合沈云卿。

翌日清早，徐生宜没有收到沈云卿的食盒，却收到了她的字条。那张字条不同以往，字迹有些歪斜，显然是书写时情绪激动所致。沈云卿约他当日傍晚前去她家，有要事相商，称齐继盛当晚约了人外出。

徐生宜自然知道沈云卿所言的要事是什么。这些天，他派去的那名经纪人虽不曾透露自己与他的关系，却不断向齐继盛炫耀自己的官方背景，一来二去，齐继盛已被他"骗入彀中"，两人约定翌日签订合约，到时齐继盛从父亲那里索得的家财便要落入徐生宜口袋中。徐生宜认为，沈云卿并不知道那经纪人与自己的关系，所以焦急万分。

徐生宜思忖片刻，最终决定赴约。他深知女人脆弱之时定是六神无主，自己借机揭开真相，她定会视自己为恩人，便可就势做了她的入幕之宾。

徐生宜进门前嘱咐自己的司机和随从，若自己两小时后仍未出来，便立即冲进院中采取行动。他又转头望了一眼街上，江洲城大街小巷遍布他的暗哨。徐生宜料想一切妥当无虞，方才步入院中。

徐生宜一进门，沈云卿便急匆匆迎上前去："师兄，你可算来了，他……他明日便要与人订立合约，到时他便要留在江洲。过去有公爹在，他还收敛些，可将来……我的日子是没法过了。"沈云卿说着，又哭了起来。徐生宜摆摆手道："你莫哭，那经纪人是我找来的，到时钱一到手，你就可以和他离婚了。"

沈云卿闻言，止住了哭："当真?"

"我何曾骗过你？"

沈云卿却又犹疑道："只是那钱……"徐生宜知沈云卿担心自己将钱独吞，便拿话安慰她："你大可放心，我派那人前去，无非是为了帮你尽快脱离苦海。"

沈云卿这才笑逐颜开，说道："都怪我，光顾着说话，师兄饿了吧？我特意给你做了点心。"沈云卿赶紧去厨房端了一盘点心。徐生宜看见时不免一愣，沈云卿今日所做的，正是当初那蛤蟆酥，连那蛤蟆的斗鸡眼都与当初一般无二。

徐生宜不自觉拿起一块放在手中，过往情景历历在目。沈云卿在他身旁坐下，自己掰了一半放入口中，而后将另一半递到徐生宜手中。徐生宜也没有怀疑，便将其放入口中。谁料他只嚼了两口，便咳起来。沈云卿赶忙斟了一杯茶递给他，徐生宜喝了茶后说道："你这蛤蟆酥做得也太腻了吧。"沈云卿连忙致歉，又斟了一杯茶递给他，说道："怨我，也许是我近日喜甜，所以糖放多了。"徐生宜喝过茶后感觉喉咙依旧干痒，便又饮了几口茶，说道："也罢，你这几日等我消息，待那经纪人将钱弄到手，我便通知你。"

徐生宜说罢，起身要走，沈云卿却拉住了他："我一介弱女子，离了婚，将来也总要找个依靠。我听闻师兄尚未娶妻，不知……"

沈云卿见徐生宜不答话，便又低头，做娇羞状："我知道，我终是嫁过一次的人。其实，对名分一事，我也不在意。只要能留在师兄身边，照料师兄，便是杏儿莫大的福分了。"

徐生宜没想到她竟主动提及此事，沉默了半天，见沈云卿逐渐凑了过来，他不好推拒，便松开握枪的手，准备去搂她。说时迟那时快，沈云卿飞速上前擒住他的手腕向后一掰，徐生宜身经百战，虽遭偷袭，却反应极快，推开了沈云卿。他刚要反击，脑后却遭重击，倒了下去。

徐生宜的司机和随从坐在轿车中等候徐生宜，此时已近晚餐时分，两人已饥肠辘辘。此时有个小贩在街边吆喝，叫卖华容团子。司机是湘人，不由得被那叫卖声诱出了口涎，赶忙叫来那小贩问道："你也是湘人？"

"我不是，我丈母娘是。是她老人家教我做的华容团子。我听大哥口音是湘人，买点尝尝？"

司机道："你做的口味正吗？"

"大哥要是不信，先尝一个，不好吃，不要钱。"小贩说着递给了司机一个。他接过来咬了一口，感觉口味很正宗。小贩又拿了一个，递给坐在司机身旁的随从："这位大哥也尝尝？"

司机问小贩道："你这怎么卖的？"小贩报出了价格，司机也未还价，只是道："给我们包十个。"小贩包了十个递给他们。两人接过后狼吞虎咽，司机见小贩仍守在车旁，便道："你怎么还不走？"

小贩赔着笑，说道："大哥还没给钱呢。"

"我呸！"司机啐道，"睁开你的狗眼看看，这是谁的车？还敢要钱，赶紧滚！"司机刚要下车去撵那小贩，忽觉腹中一阵疼痛："不行，我得赶紧去趟茅房。"

司机一路朝巷里奔去，小贩却紧追不舍："不能不给钱啊！"过了一会儿，随从只见那小贩返回来，打开车门，坐到驾驶位上，冲那随从满面堆笑："这位大哥，刚才那位大哥拉肚子，让我替他取些草纸去。"

随从皱了皱眉，不耐烦地道："真是麻烦。"他转过身，低头找草纸，冷不防见一把尖刀胸前透出，他刚要呼喊，已喊不出声。

扮成小贩的程新天把随从身子扶正，使他趴在座上，好似睡着了一样。又回头去茅房，把司机身上的衣服脱下，换到自己身上，扮成司机的模样，坐在驾驶位上等候沈云卿。他在递给司机的华容团子中下了巴豆，递给随从的华容团子则放有安眠药，即便随从未被成功击杀，也会长睡不醒。

再说徐生宜连遭突袭，想要反击，却手脚乏力。他想大声呼救，唤随从前来救他，却只能发出嘶哑低吼声。

齐继盛下手稳准狠，击倒徐生宜后，拿出绳索将他手脚捆住。沈云卿见齐继盛绑徐生宜异常熟练，不由得挑了挑眉。徐生宜的口中被齐继盛塞满了布条，只能"呜呜"作声。沈云卿正准备接过齐继盛递来的手枪，却略一犹豫，凑近徐生宜耳畔道："你不必挣扎了，看在你我师兄妹的分上，你有什么放心不下的人，我可替你照顾。"说罢，摘下了徐生宜口中的布条。沈云卿在给徐生宜倒的茶水中下了药，那药可令人口舌肿胀，呼吸困难。

徐生宜低声呜咽着道："你是谁？军统、中统，还是……共产党？"

沈云卿只是冷笑一声："汉奸，人人得而诛之。"

徐生宜也冷笑起来，不再说话。齐继盛早已备好消音用的棉被，他迟疑了片刻，对沈云卿道："还是我来吧？"沈云卿从他手中取过了枪，组织上要求必须由她亲手击毙徐生宜，这不仅是一次任务，更是对她革命意志的考验。

徐生宜却又开口道："他真是……你丈夫？你过得……可好？"沈云卿面无表情地答道："不错，没有人比他更爱我。"

徐生宜不可置信地看向齐继盛："齐二少也加入了……"他又转头质疑地看着沈云卿，沈云卿此时已用棉被将枪口包住，抵在他额头上，俯下身，低声说道："看在你我从小一起长大的分上，我让你死个明白，我便是你要找的……雌豹。"

子弹以45度角射入了徐生宜的额头。

肆拾壹·抗战胜利

江洲街头的岗哨看到"徐生宜"搂着一名女子出了院门。当时天色已黑，两人的面孔看得都不很清楚。至于那女子，有人曾见过她去找过徐生宜，想必是其情妇。两人上了车，轿车一路驶向城外。城门的岗哨将车拦下，司机程新天破口大骂："滚，也不看看是谁的车，你们也敢拦徐长官的车？"他又作势捅了捅身旁那名已死的随从："嘿！别睡了。"

哨兵将头探进车内，齐继盛身着徐生宜的西装大衣，正搂着沈云卿调笑。他背对前窗，岗哨看不清他面目。哨兵依旧疑心："这位兄弟，怎么以前没见过你？"

"张哥拉稀了，临时抓了我的差。"程新天早已从那司机的遗物中得知了他的名姓。他随手将通行证甩给哨兵，哨兵查验无误后，才放行。

回到根据地后，齐继盛见沈云卿伏在案上奋笔疾书。他用余光一瞥，不由得惊道："检讨书？你写这个做什么！"

沈云卿道："我违反了组织上的保密纪律，私自将身份透露给了徐生宜。"齐继盛没再说话。他知道，沈云卿即使在独处时，也绝不会做任何违反原则的事。

陈怀冰收到检讨书后，只进行了口头批评，并没有对她进行处分。

白小英怀孕后有些害口，沈云卿时常给她做些开胃小菜。这天，沈云卿将饭菜端至她房中，白小英道："自从那次任务之后，你就一直闷闷不乐。你是否后悔杀了你师兄？"沈云卿沉默了半天，说道："我只是觉得，如果没有这场战争，徐师兄也许就不会……"

"我们每一个人都是这场战争的受害者，"白小英的声音异常冷静与理智，"但是身处这场战争中，每一个人都必须为他的选择负责。"白小英盯着沈云卿："你是不是想起了你那位大师兄？"

沈云卿低下头，说道："徐师兄当初是和封师兄一起加入的军统，封师兄也是国民党的人。我只希望……我们将来不会有兵戎相见的那一天。"

"好了，不说这些了。"白小英道，"杏儿，真是辛苦你了。每天还得为我烧菜。"

"不辛苦。"沈云卿道，"我也是为了我自己。将来你生了孩子，不是认我当干妈嘛。"两人相视一笑。

所幸，在经历了长达十四年艰苦卓绝的斗争，日本终于在1945年8月15日宣布无条件投降。白小英于当年诞下了一名女婴。陈怀冰为了纪念抗日战争胜利，给他们的女儿取名为陈捷。

这天，陈怀冰找到沈云卿："快来，把小雅、小天也叫上。"

"做什么？"

"有个外国记者来咱们根据地采访，我求他给咱们照张合影。"

在根据地的山坡上，沈云卿与齐继盛、莫雅晴与程新天、抱着女儿陈捷的白小英和陈怀冰，目视远方，拍下了他们的第一张合影。

1947 年。齐继盛接到噩耗，其父齐隆昇猝死家中。齐继盛接到消息后愣怔了许久，便伏在沈云卿怀中呜咽了起来，这些年的爱与怨，都在那一瞬间倾泻而出。

翌日，齐继盛携沈云卿回家吊孝，与此同时，他们身上还有更重要的任务。

沈云卿脱去了军装，换了一身白绢纱旗袍，衣着简素却不失礼。站在门口迎客的齐得福一见齐继盛，先是一愣，一副难以置信的神情，而后顿时老泪纵横："二少爷，您终于回来了。这位是……二少奶奶？"齐继盛点了点头。两人尚未进门，就听得院内一阵吵闹声，似是两名女子在拌嘴。一个说："你有什么资格给爹戴孝？爹根本就没许你进门！"另一个道："谁说爹没许？再说，爹就是被你气死的，我要是你，就没脸给爹戴孝。"

两人走进院中，见两女一男，皆披麻戴孝。男的自然是齐继盛的兄长齐继昌，其中一位女子是李淑贤，右手拉着一名四五岁的孩童，是她的儿子齐世满。另外一位女子则十分面生。那陌生女子眉目俊俏、体态妖娆，虽身着孝衣，依旧难掩艳丽之色。

齐继昌见到齐继盛，冷冷一笑道："你还有脸回来！"沈云卿在一旁轻扯了下齐继盛的衣袖，齐继盛未与他争执，走上前去，同沈云卿一道，准备向父亲的灵位行礼。齐继昌却猛然拦住了他们："哎，干什么啊！你忘了爹在信里是怎么跟你说的？"齐继昌右手一指沈云卿："爹不会认这个儿媳妇，你要是带她回来，也休想进这个家门。"

这个结果并非沈云卿意料之外，然而亲耳听到齐继昌说这番话，心中还是不免难受。按照齐继盛的脾气，他会强行磕过头后，拂袖而去。然而此番任务在身，他不得不忍气吞声。

谁料，齐继昌步步紧逼："这些年也没见你在爹跟前尽孝，爹一没，你回来得倒快，无非是想回来分家产。"

齐继盛再也按捺不住，勃然大怒："谁稀罕分家产？！"

齐继昌心中一喜，故意不动声色："哦，这么说，你一分也不想要了？"

齐继盛转头问沈云卿："杏儿，你……同意吗？"沈云卿嫣然一笑："全凭夫君做主。"

李淑贤闻言，上前一扯齐继昌衣袖，说道："口说无凭，还需找个人作证才好。"

正巧，一人从门外走进来，沈云卿一看，竟是宋时先。宋时先一见到沈云卿，先是一惊，而后强抑住喜色，问道："杏儿，是你，这些年，你可好？"

沈云卿点点头："宋叔，我……很好。"想到宋时先一直如父亲般照顾自己，沈云卿眼眶中不由得涌出泪水。

齐继昌见状，说道："这不是现成的证人吗？"他提出，让宋时先作保，证明齐继盛放弃家产。宋时先闻言拉下脸来，对齐继昌道："先把后事办妥，有什么事，过了头七再说。"齐继昌这才作罢，齐继盛领着沈云卿换了孝衣，向父亲行了礼。

齐继盛和沈云卿送宋时先出门时，见一名男子急匆匆进来，是掌柜吴俊生。吴俊生慌忙揩去额头上的汗水，替了齐得福的班。即便如此，院内还是传出齐继昌的阴阳怪气："我爹都没了，还要去照看什么生意，不知道是替谁照看生意呢？为了生意，耽误了给我爹守灵。爹呀，我看你是看错人喽。"

头七过后，齐继盛便与沈云卿提了礼物去拜访宋时先。一进门，见一名八九岁的女童正站在宋时先身旁，眉目清秀、眼神灵动，这是宋时先的女儿宋希宁。当初宋希宁出生时正逢战乱，宋时先祈求天下太平，便为她取了这个名字。宋希宁一见沈、齐二人，便主动行礼道："哥哥好、姐姐好。"

齐继盛笑道："这姑娘真聪明，宋叔，你女儿将来一定有大出息。"宋时先摆摆手道："我不图她有什么大作为，这些年膝下唯有这一个女儿，顶不得门户，图个膝下不寂寞。将来她要招婿也好，嫁人也好，都随她。"

齐继盛紧张地瞥了沈云卿一眼。他知道沈云卿最厌烦听到这样的话语，为防止她发作，他赶忙道："宋叔，你说这话可就不对了，现在时代不同了，男女平等，女子同样能有大作为。"

宋时先看了一眼沈云卿，说道："杏儿，我听传言说，你是……"宋时先用手指比了个"八"的手势。沈云卿微微一笑道："现在时局这么乱，宋叔还是做个局外人比较好。"宋时先何等精明，一听这话，再不多言。

宋时先见两人携带礼物价值不菲，齐继盛又特地给宋希宁包了红包，便道："我与你们父亲都是多年的故交，你二人何必如此客气？"

齐继盛道："宋叔是我们的媒人，仅此一事，继盛一生感激不尽，无论如何报偿都不为过。"宋时先笑道："我这也是无心插柳。你二人举案齐眉，相敬如宾，便是对我最好的报偿了。"

沈云卿道："宋叔是杏儿的恩人。宋叔尽管放心，我与盛儿，定当不离不弃，白首相依。"

宋时先又道："你们真的想好，彻底放弃齐家的家产了？"齐继盛点了点头。

宋时先叹气道："也罢，那我便替你们做这个证人。"

这些天，他们已知晓齐家那陌生女子，名叫陆其美，是齐继昌新娶的侧室。守孝期间，她时常与李淑贤互相指责对方气死了公爹。齐继盛心中好奇，忍不住问道："宋叔，我爹他……到底是怎么病的？"

宋时先长叹一口气："此等家事，我一个外人怎好多言。"

肆拾贰·外滩艳遇

　　抗战胜利后，百废待兴。齐家的生意逐渐恢复了往日的繁盛，掌柜吴俊生期望大展身手，令生意更上一层楼。他提出要去上海滩进些时髦的货品，回来售卖，此举得到了齐隆昇的支持。谁想李淑贤得知此事后，偷偷撺掇齐继昌同去："他一个人出去，不知道要搞什么，你和他同去，一是看着他，莫教他乱花咱们家的钱，二是你也多学学如何经营生意。"

　　齐继昌本不想去，他素来懒散，且极不好动，然而彼时李淑贤又有了身孕，他拗不过妻子，便与吴俊生同去。

　　谁想到了上海滩，满目所见，尽是繁华，齐继昌顿时目眩神迷，觉得自己之前好似白活了。

　　来到上海，去歌舞厅，虽说一切费用都由吴俊生支付，但那些娱乐场所的高昂消费令齐继昌咋舌。齐继昌只想图个新鲜，诸般场所去过一次后，便不再涉足。因此，吴俊生虽然心疼，却仍然由他。可是，吴俊生很快便听到传闻，齐家大少爷被一位舞女勾去了魂。

齐继昌至死也不会忘却他第一次见陆其美的情形。那天，陆其美身着一件淡金色缎面蕾丝洋装连衣裙，双耳戴一对珍珠耳环，颈间系一串珍珠项链，细嫩的颈部肌肤比珍珠还要光滑白皙。连衣裙的领口开得很低，引人无限遐想。她在水晶灯下翩然起舞，那一刻，齐继昌只觉身边一片寂静，唯余自己与陆其美两人。

一曲舞毕，陆其美注意到了齐继昌。他因打扮不入时，来到上海滩后，时常遭到嘲笑。因此，见陆其美径直朝自己走来，齐继昌不免有些畏怯。陆其美邀他共舞，他如木偶般同陆其美跳了一曲。陆其美见齐继昌这副神魂颠倒的模样，便将自己的住址留给了他。

那晚，齐继昌回到住处，辗转反侧，始终无法忘记陆其美的一颦一笑。他将自己的手掌放在鼻尖，陆其美身上的余香仍在。

之后几天，齐继昌随着吴俊生四处采购，心思却没在生意上。吴俊生见他这副失魂落魄的模样，主动拿了些钱给他，让他出去玩耍。

齐继昌在上海滩吃过西餐，逛过歌舞厅，唯独赌场没去过。有一天，他便带着钱，去了赌场，没想到，玩了几局便将带的钱输了个精光。他不好意思再去找吴俊生讨钱，情绪低落，又不愿回到住处。已近夜半，齐继昌忽觉饥肠辘辘，他想买些夜宵吃，在自己身上一摸，摸到了一张纸片，上面正是陆其美留给他的地址。他忍不住按照地址找去，陆其美竟热情招待了他，还给他准备了一份丰盛的夜宵。

翌日，齐继昌向吴俊生讨了钱，给陆其美买了几份贵重礼物。一来二去，两人亲近了起来。

起初，陆其美不过是看齐继昌财力雄厚，想从他身上揩些油罢了。然而，陆其美一位同为舞女的好友嫁了人，她时常向陆其美吹嘘结婚的好处。陆其美早也厌倦了舞女的生活，也动了嫁人的念头。她身边虽有不少追求者，但齐继昌终究与上海滩那些浪荡公子不同，多少还是朴实一点。他家中虽有一房妻室，却是包办婚姻，料无感情可言。

　　一日，陆其美向齐继昌暗示说，自己孤独无依，期望有个归宿。谁料，齐继昌闻言，大惊失色，竟落荒而逃。陆其美心灰意冷，当晚大醉了一场，从此再不想联系齐继昌。

　　事实上，齐继昌并非不想娶陆其美。自从认识了陆其美，齐继昌便觉得，与李淑贤的婚姻简直味同嚼蜡。然而李淑贤素来泼辣，肯定不会允许自己娶侧室。即使自己没有妻子，父亲也不会允许自己娶一位舞女。当初弟弟擅自在外成婚时，父亲大发雷霆，齐继昌是言犹在耳。一想起父亲的怒容，齐继昌忍不住直冒冷汗。

　　那天之后，齐继昌不好意思再去找陆其美，他也知陆其美不愿再见自己。他整日待在房子浑噩度日。所幸，吴俊生已将货品采购齐全，准备启程归家。

　　临行前一天，齐继昌认为，自己此生恐怕再没有机会来上海滩，更不会再有机会见到陆其美。今天，自己若不去向她辞行，怕要抱憾终身。

　　他敲响陆其美的房门后，说自己翌日即将离开，陆其美倒并没有将他拒之门外，只是冷淡地说道："恭喜你了，你总算能回去过你的安宁日子了。"陆其美请他进屋，为他沏了杯明前龙井。

　　两人对坐无言。之前，陆其美是最为活泼的，总能找出话题来。今天，陆其美也异常沉默。齐继昌看到陆其美柜上摆的照片，忽生出一个念头来："咱们去拍张照片吧!"

陆其美一愣。齐继昌又道："我来到上海滩，还没有拍过照片，权当你陪我。"陆其美道："可你明天就要走了，拍了，也来不及取。"

"这有何妨？我将地址留给你，你寄给我便是。"

陆其美拗不过他，便与他同去照相馆。陆其美特地换上了一件豆绿色筒子领织金缎旗袍，齐继昌则身着烟灰色西装，手挂一根文明棍。拍照时，摄影师指挥道："先生再往左边点，太太再往右边点，两人靠近些，笑一笑，看我，非常好。"两人听到"先生、太太"的称谓，都不由得有些尴尬，却又相视一笑。

虽说早有准备，闪光灯亮起的那一刻，齐继昌还是不免被吓了一跳。他陡然间恍惚起来，感觉人生一世，也不过如这闪光灯一般，一闪即逝。他又盯着照相机，小小一个盒子，竟能装下许多人。齐继昌忽然觉得，自己也不过是被装在盒子里的人。从小到大，他的一切都被父亲安排好了。他不需要付出任何努力，却也没有任何选择的权利。他忽然有些羡慕弟弟，和他的循规蹈矩相比，齐继盛素来是任性而为，虽说因此受了不少责罚，却最终总能遂愿。连妻子，齐继盛都是自己挑选的。齐继昌一念至此，心中涌出一股火来："都是一个娘生的，凭什么他可以想做什么就做什么，我为什么不能？"

齐继昌当晚去首饰店买了一只红宝石戒指，学着时髦人士的模样，在陆其美工作的舞厅，当众单膝跪地向她求婚。陆其美被吓了一跳，不免感动。众人一阵起哄，陆其美自然答应了求婚。

得知齐继昌向陆其美求婚的消息后，吴俊生吓得魂飞魄散。他明白，齐隆昇得知此事后，定要责骂自己对齐继昌监管不力。齐继昌毕竟是少东家，吴俊生只得好言规劝。然而，齐继昌非但不听，还对他大加斥骂。吴俊生万般无奈，只得推迟了行期，待陆其美收拾好行装后，带她一同回到清门。

陆其美的到来，如同一道炸雷，发作的不仅是齐隆昇，还有李淑贤。齐继昌虽让吴俊生隐瞒陆其美的舞女身份，齐隆昇却从她的做派中，一眼看出端倪，大怒道："你这个不孝的东西！败坏我齐家的门庭，滚！"齐继昌在路上早想到了说辞，此时壮着胆子道："爹，您既不承认老二的婚事，他那一房总得有人来继承。再说，多个人替咱们齐家开枝散叶，有什么不好？"

　　齐继昌的话提醒了齐隆昇，他已与次子决裂，若再将长子赶出家门，自己恐怕身后无依。更何况，不看僧面看佛面，齐继昌毕竟为自己生了长孙齐世满。想到这里，齐隆昇怒气渐消，冷哼一声："你们两个兔崽子没一个好东西。"

　　可李淑贤没那么容易被打发。齐继昌想用丈夫的威严镇住李淑贤，他板起脸来道："男人三妻四妾本是正常，你只要谨守妇道，我自不会休了你。"

　　李淑贤并非等闲之辈，岂会被他吓住？她一语不发，径直去厨房取了把菜刀，一手拉着儿子齐世满，说道："我用不着你休，你若不把她赶出门去，我便死在你面前。我死前，自会带上儿子。"

　　齐世满被吓得直哭。齐继昌何尝见过这阵仗，不免慌了神。陆其美袅袅走入，劝道："姐姐莫要动怒，其美今后侍奉夫君的同时也会侍奉姐姐，姐姐不必这般为难自己。"

　　李淑贤一见陆其美的妖娆模样，怒气更大："我不活了，你也别想活！"说罢，挥舞着菜刀要去砍陆其美。齐继昌赶忙阻拦，三人扭打成一团。李淑贤忽然高声呼痛，齐继昌与陆其美松开手，见李淑贤捂着肚子跪倒在地，痛苦不堪。

　　到大夫来时，李淑贤已小产。齐隆昇闻知，一口浓痰涌上喉间，顿时不省人事。没过几天，齐隆昇便撒手人寰。

肆拾叁 · 卷入宅斗

　　齐继盛请宋时先作为证人，与哥哥签订了契约，放弃一切财产的继承权。陆其美前夜偷偷对齐继昌道："留你弟弟、弟媳住在家里吧。"齐继昌皱了皱眉，问道："留他们做什么？"陆其美道："你不知外面的人都说什么。齐家做这么大生意，靠的都是口碑。虽说是你弟弟自愿放弃家产，可是坊间都说你……总之，你要是留他们住下，演一出兄弟和睦戏，又显得你宽宏大量，外人再也说不出什么来了。"

　　齐继昌与陆其美新婚燕尔，难免耳根有些软，更何况她言之在理。他对齐继盛道："你们今后还是住在家里吧，爹虽说不认你，但我这个做哥哥的不能不认你这个弟弟。"

　　沈云卿闻言，大喜过望，她正在愁住处，这可以省一笔赁宅子的费用。齐继盛却不由得皱眉。他想与沈云卿前去沈家旧宅中居住，那宅院他早已买下，一直委托宋时先帮忙打理。他没有提前告诉沈云卿，是想给她一个惊喜，没想到沈云卿却笑着对齐继昌道："多谢哥哥了。"她说完，一扯齐继盛衣袖，齐继盛强挤出一丝笑意。

沈云卿又赶紧取了事先备好的礼物，送给齐继昌。她和齐继盛谎称这些年在外做生意，不仅送了齐继昌一只好烟斗，而且也送给李淑贤和陆其美时新布料与首饰，还送给齐世满一把长命锁。

李淑贤虽不喜欢齐继盛夫妇，更不知道留他们住下的是陆其美，又看见那些礼物，答应两人继续留在齐家。

正如陆其美所说，作为清门第一大户，齐家的家事是清门百姓最大的谈资。契约订立后不久，街头巷尾便已传开，说当初的纨绔公子齐二少如今竟为了一个女人舍弃了偌大家业。

沈云卿和齐继盛也听到了流言。沈云卿一边替齐继盛脱去外套，一边道："为了我，这么大的家业都不要了，值吗？"

"值！"齐继盛笑了笑，"怎么，你后悔了？舍不得这些钱财？"

"自从我参加革命，钱财对我来说，早已是身外之物。我只是觉得，如果你当初没和我一起参加革命，你的生活也许……"

"也许和我哥哥一样，浑浑噩噩，再娶个三妻四妾？"

"你真的没后悔过？"

"我这辈子的确做过不少后悔的事。"齐继盛言道，"但唯独两件事我从没后悔过，也永远不会后悔。第一件事是参加革命。你还记得我曾和你说过的，我年少时的梦想吗？是党组织让我实现了这一理想。这第二件事是……"齐继盛低头凝视沈云卿："娶了你。"

沈云卿有些不好意思："我……真有那么好吗？"

齐继盛故意道："当然了，起码……你比我们家里那些丫鬟服侍得好多了。"沈云卿轻打了他一下，嗔道："讨厌！"而后转身准备出门，齐继盛一把抓住了她的手："你做什么去？"

"我给二少爷打洗脚水去呀。"

沈云卿端着水盆回房途中，在廊下遇见陆其美。陆其美道："二奶奶怎么还亲自做这种事，让家中佣人打水便是。"

沈云卿道："不必了，盛儿被我服侍惯了。"陆其美轻轻一笑道："你知道吗？其实我真的很羡慕你。"

"这话从何说起？"

"二弟为了娶你进门，连家产都不要了。这样的勇气和担当，他若是能有半分，也不枉我跟了他这一场。"

沈云卿知道，陆其美口中的"他"指的是齐继昌。他们二人的事，沈云卿自然不好多言，只得道："如今时代不同了，女子也应当自立自强，不必总靠旁人。"

陆其美又是一声轻笑："你果然与众不同，和我见过的女子都不同。"沈云卿生怕身份暴露，正思忖该如何敷衍她，陆其美却主动说道："二弟该等急了，你赶紧回房吧，我就不打扰你了。"

沈云卿心想，陆其美主动向自己示好，想借助自己的力量对付李淑贤。

翌日晚上，众人一起用饭，陆其美亲自为沈云卿盛了一碗羹汤。这顿时引起了李淑贤的不快。她将碗向身旁伺候的佣人重重一摔："做什么呢？一点眼力见儿没有，盛汤这种事是下人做的。"可惜她摔碗时用力过猛，竟将指尖的翡翠戒指甩进了汤盆中。

陆其美见状，不由得掩口轻笑。齐继昌也皱了皱眉，说道："你这小月子刚出，又是在家里，身上带那么多首饰干什么。"原来，李淑贤不满陆其美整日花枝招展，故意戴了满身的首饰，企图艳压陆其美。但她刚小产不久，身子略有些瘦，以前的戒指戴在手上松动了不少，所以才会不慎甩出。

李淑贤不满地对齐继昌道："我这是为你挣面子。这女人的首饰是男人的脸面。"她忽又转向沈云卿："我原以为，二弟是个会疼人的，可弟妹身上也太素净了。这些年二弟在外面的生意不景气，回家哭穷了？"

齐继盛皱了皱眉，刚要说话，沈云卿却轻按了下他的手臂，开口道："多劳嫂嫂挂心。如今契约已定，无论我们的生意能不能赚到钱，都不会再要齐家的家产。"

李淑贤觉得，沈云卿话中有刺，更添恼怒："哦，不是钱的缘故，那便是人的缘故了。二弟的钱不会是花在了别的女人身上吧？"李淑贤说着，眼睛不住瞥向陆其美。齐继昌觉得，李淑贤说得太过，轻声斥道："吃你的饭，管那么多闲事做什么。"

齐继盛闻言面色大变，刚要发作，又被沈云卿按住。沈云卿面上依旧挂着笑，不卑不亢地说道："杏儿在嫂嫂面前怎敢造次？嫂嫂如今是齐家主母，自当打扮得庄重些。杏儿若打扮得太过分，岂非在嫂嫂面前失了规矩？"

沈云卿一番话说得有礼有节，令李淑贤一时语塞。陆其美见状，面上难掩得意之色。

李淑贤在沈云卿面前吃了瘪，自然又将气撒到了陆其美身上，当晚，两人又发生了口角，吵得难舍难分。齐继昌起初还上前劝解几句，但他愈劝，两人吵得愈凶。齐继昌万般无奈，干脆远远避开，躲个清静。

齐继昌躲在僻静处自斟自饮，见齐继盛路过，赶忙唤住了他：

"过来，陪我喝点。"齐继盛在哥哥对面坐下，后院吵闹声传入耳中，齐继盛道："哥，你不去劝劝？"

"劝什么？天天如此，我早习惯了。自打我娶了阿美进门，没消停过。"

齐继盛只得道："家里热闹点也好。"

齐继昌冷笑一声："你就别损我了。"他又叹了口气："老二，有时候我是真羡慕你。"

"羡慕我？"

"羡慕你自由自在，没有这些烦恼。还有你那媳妇，虽说爹不喜欢她，但她真贤惠，可以说是百依百顺。"

齐继盛笑道："我心中只有杏儿一人，我一心一意对她，她自然也全心全意待我。"齐继昌不满道："你是站着说话不嫌腰疼。我要是也像你，把爹给娶的媳妇丢在家里不管不顾，爹早就被气死了。"

齐继盛这些年南征北战，自觉无愧于国家，但忠孝不能两全，他总觉得，亏欠家中父兄良多，因此一听齐继昌这话，顿时不再言语，低头独自饮了一杯。

翌日清早，齐继盛起床后急匆匆准备出门，以至于衣扣都系错了。沈云卿一把拉住他，一边替他整理衣衫，一边道："你出门去做什么？"齐继盛却用少见的语气对她说道："你莫管。"

沈云卿也板起脸来道："我们现在是在执行任务，按照纪律，你的一切行动都要向上级，也就是向我报告。"

齐继盛无奈，只得道："我……我去给你买些首饰。"

沈云卿哑然失笑道："是因为昨天你嫂子说的那些话？"她走到梳妆台前拉开妆匣："组织不是给我配了这些首饰吗？你要是介

意，我今日便在家中戴上。"那些首饰是组织用公费购买，女同志执行地下任务时可以轮流佩戴，当初他们去江洲刺杀徐生宜时，沈云卿戴的便是那些首饰。

齐继盛道："那都是组织的。我……结婚这么多年，还没给你买过首饰。"

"谁说没有？"沈云卿笑了，指着发间的那对木兰花发夹，"这个不就是你送我的？"

齐继盛脸一红："那个不算，又不值钱，而且，那是做徒弟孝敬师父的，不是丈夫送给妻子的。"

沈云卿拉住齐继盛的手说道："我早说过，钱财是身外之物，更何况我们都是受党教育多年的干部，不应在意那些虚荣。"

齐继盛低着头道："我只是觉得，这些年你为我付出了许多，我却没为你做过什么。"

"谁说你没为我做过什么。当初我刺杀韩建业，你冒死送我出城，从那一刻起我就知道，我这一生都不可能忘了你。还有，当初你误以为我牺牲，单枪匹马去找日军拼命，你那憨憨的样子真让人心疼。"

齐继盛闻言非但不感动，反倒撇撇嘴道："那你当初还那么狠心，把我撇下了。"

在沈云卿眼中，齐继盛什么都好，就是爱翻旧账。每次齐继盛翻旧账，沈云卿唯有温言哄劝："我知道错啦，往后余生定然好好陪着你，照顾你。"

齐继盛道："知道错了就好，那你可要说话算话，不许再离开我。"

沈云卿凝视着他："我怎么会舍得再离开你。你不仅屡次舍命救我，还为了娶我，不惜违逆父命……"

自从齐继昌说出真相，齐继盛害怕沈云卿怪罪，一直没敢在她面前提及此事。沈云卿故意主动提起此事，齐继盛果然低着头道："你……不怪我骗了你？"

"当然怪。"沈云卿双手捧起他的脸颊，说道："我怪你什么事都自己扛着，不和我说。"

"我……只是不想让你不开心。"

沈云卿抓住他的手，说道："你我是夫妻，理应同甘共苦。更何况，如今你爹不在了，我是这个世界上最爱你的人。你记住，你在我面前，永远不必长大。"

肆拾肆·新任站长

一辆人力车停在了瑞永商号的后门。一名身着紫色拷花丝绒长袖旗袍的少妇从车上慢慢走下，向门口的伙计通报了自己的姓名。

不久，掌柜吴俊生出门迎接，并且说道："不知道二奶奶大驾光临，有失远迎。快请进。"吴俊生将沈云卿请进了会客厅，又沏了上等的西湖龙井，而后问道："不知二奶奶前来，有何贵干？"

沈云卿嫣然一笑："我有一笔钱，数额不小，不过，取出来有些麻烦，转到别处更是困难。求吴掌柜帮忙，帮我把钱取出来。你放心，我不会让你白做。这笔钱取出来，我可以给你一成。记住，是给你，而不是给瑞永商号。"

吴俊生一听便明白了沈云卿的意思。吴俊生道："二奶奶，这不是钱的事。现在管得严，这种事被抓住了，是要坐牢的。"

沈云卿依旧笑着："吴掌柜在城西新置的宅子委实阔气，家眷可都接来了?"原来，清门地下党组织有一笔资金被冻结，沈云卿希望利用瑞永商号将钱取出。齐继昌一直怀疑吴俊生贪他家的钱财，吴俊生在清门买了宅子，并将家眷接来，自然不敢让齐继昌知晓。然而，这自然瞒不过沈云卿他们。

沈云卿道:"吴掌柜尽管放心，宅子的事我自然不会和哥哥说。"

吴俊生为难道:"二奶奶，您这……"沈云卿道:"不急，吴掌柜慢慢考虑，明日一早我再来等您的答复。"

翌日，吴俊生终于同意帮助沈云卿取钱，只是要求沈云卿要保密。沈云卿道:"你放心，若有人问起来，吴掌柜只说不知情便是。"

沈云卿与齐继盛在清门城中，广泛结交城中各界人士，特别是支持共产党的民主人士，为解放清门城争取最广泛的支持和拥护。

然而，好景不长，沈云卿很快得知，保密局①向清门新派了一名站长，据说此人十分年轻，却心狠手辣，赴任前夕，更立下了军令状。

吴俊生要会同清门城内的商界名流，为这位新任站长接风。因陆其美年轻貌美，又长于场面之事，齐继昌准备携陆其美同往。然而此事被李淑贤得知后，大闹了一场，说他尊卑不分，竟要带侧室赴宴。齐继昌没办法，只得改了主意，准备携李淑贤同往。不料，陆其美却因此而生病。齐继昌一怒之下，决定不去赴宴，让齐继盛代自己前去。

此事正合沈云卿之意，她对齐继盛道:"知己知彼，百战不殆，咱们去会会他。"

吴俊生在天兴楼最豪华的包厢天字号设宴，沈云卿身着浅青

---

① 原军统。

灰缠枝纹湖绫双襟旗袍，与在座商界名流谈笑风生。

宋时先道："听说这位新任站长也是清门人，但愿他能顾念同乡之谊，莫影响咱们的生意。"

有人接口道："其实只要不影响咱们做生意，谁当政，都是一样。"

吴俊生赶忙道："李掌柜，这话莫要乱说。"

说话间，忽听门外有伙计说新站长到了，众人赶紧起立迎接。只见来人，仪表堂堂，星目剑眉，腰背挺得笔直，行走间英气逼人。沈云卿一见那人，身子竟颤了两颤，齐继盛赶忙伸手扶住了她。那人走进包厢，朝众人点头示意后，径直走向了沈云卿，并伸出手去，说道："沈师妹，好久不见。"

沈云卿缓缓伸出手："好久不见，封师兄。"齐继盛闻言一惊，那封藏在床缝中的书信顿时浮现在他的脑海中。

封敏雄转头看向齐继盛，问沈云卿道："这位是……"沈云卿定了定神，面上恢复了笑容："这是我的丈夫，齐继盛。"封敏雄向齐继盛伸出手："齐家二少爷，久闻大名。"这语气中似有戏谑之意，齐继盛心中虽不悦，却不好发作。

席间，众人纷纷向封敏雄敬酒，沈云卿也只得端起酒盏，与齐继盛一道走到封敏雄面前。

沈云卿嫣然一笑："封师兄，不，该叫封站长，这第一杯恭喜师兄高升，恭祝封站长今后青云直上，大展宏图。"

封敏雄一饮而尽后，笑道："今后是青云直上，还是被打入冷宫，全看这清门城中的共产党了。师妹，你说是不是啊？"

沈云卿浅笑道："有师兄在，这清门城里哪还能有共产党？"封敏雄大笑。沈云卿再次举杯："这第二杯，还请封站长今后多多照顾齐家的生意。"

封敏雄道："我听说，贤伉俪已经放弃齐家的家产了，师妹又何必操这个闲心呢？"沈云卿心想，他的消息果然灵通。沈云卿道："一笔写不出两个齐字，砸断骨头还连着筋呢。"

封敏雄举杯道："这第三杯我敬你们夫妻。祝你们百年好合、白头偕老。哦，对了，齐公子，听说你这些年一直在外省，不知做的是什么生意？"

齐继盛按照之前商定好的说辞答复了封敏雄。封敏雄微微一笑："无论做什么生意，莫和共产党沾边。"

晚上，沈云卿与齐继盛回到齐家。沈云卿关上房门后，忽然紧紧抱住齐继盛："盛儿，我好怕。"齐继盛从未从沈云卿口中听到过"怕"字，更何况沈云卿说话时，身体一直不停地颤抖。

齐继盛赶紧搂住沈云卿："杏儿莫怕，咱们应该没有暴露。"沈云卿摇了摇头："封师兄……他能看穿我的心。我在他面前，藏不住任何秘密。小时候，爹不许我习武，我便白天偷偷在一旁观看，晚上等爹娘和师兄们都睡了，偷偷练习，竟将关公像前盛放供品的瓷碗打碎了。爹见状大为恼火，责问是谁干的。我当时吓坏了，不敢承认。封师兄站出来说，是他不慎打碎的。因此，爹打了封师兄一顿板子。后来，封师兄偷偷找到我，说我自己偷练是练不成的，还是要让爹教我才好。那时，我才知道，其实他早就知道是我做的。"

齐继盛道："你那时不过是个幼童，所以他自然能看透你。如今你已是身经百战的战士，他不会那么轻易看穿你的。"

沈云卿却摇了摇头："我会被抓的，他们会严刑拷打我，如果他们知道我是雌豹的话……"沈云卿忆起黄真牺牲时的惨状，更是一阵战栗，将头深深埋进齐继盛怀中。

齐继盛轻抚沈云卿的长发，说道："杏儿，你答应我一件事，从今往后，你都莫要单独行动。"齐继盛在心中暗下决定，如果沈云卿真的被捕，自己便是死，也要护她周全。如若不能，便和她死在一处。

　　沈云卿自然明白他的心意，抬起头来，说道："不行！我如果真的暴露了，你一定要想尽办法活下去，然后向怀冰报告。"

肆拾伍
· 鹰击长空

过了几天，沈云卿见齐继盛情绪低沉，问道："怎么了，盛儿？你答应过我，有事不瞒着我的。"

齐继盛叹了口气，说道："我向怀冰请示能否将你调离清门，他没有同意。"齐继盛又说道："我知道，我这么做，违反了纪律，我回去以后会主动写检查的。"

沈云卿温柔地揉了揉他的头："我知道你是担心我，只是我们身为共产党员，必须无条件服从组织安排。"

沈云卿不愿留在清门，并非都是出自恐惧。这段时间，徐生宜的死状时常浮现在她的脑海中。与徐生宜相比，她更不愿和封敏雄兵戎相见。封敏雄在她心中，终究不同于旁人。沈云卿八岁那年，父亲安排她与封敏雄对练。那是沈云卿第一次与人对练，沈云卿非常兴奋。

沈云卿招招进攻，封敏雄连连躲闪。众师兄弟都站在一旁观看，不停地叫好。母亲陈氏刚煮了一锅热面条，准备端到堂屋中，见院中如此热闹，也凑上前去观看。

沈云卿与封敏雄过招时心无旁骛，陈氏看得入迷，一个不小心，沈云卿撞洒了母亲手中的面盆，热汤顿时泼了出来。幸亏封敏雄眼疾手快，伸出手臂一拦，替沈云卿挡住了热汤，自己的手臂却被热汤烫伤，虽及时上了药，手臂上却留下了一道疤痕。

沈云卿心想，早知今日是以这种身份重逢，还不如永不相见。

沈云卿和齐继盛很快接到了新任务，教他们与"猎鹰"接头，作为他在清门的联系人。这令他们两人既紧张又激动，暂时忘却了封敏雄给他们带来的恐惧。

接头地点定在天兴楼"人"字号包间，为防人冒充，陈怀冰向他们透露了一个消息，"猎鹰"左臂上有一个弹孔，疤痕形如鹰眼。

沈齐二人坐在包房内等候，沈云卿无意间从窗口向外一瞥，不由得大惊失色："封师兄……封敏雄在楼下，我们可能暴露了。"

齐继盛道："你先回家，我留在这里等猎鹰。你放心，我会相机行事的。以我们齐家在清门的地位，他不会把我怎么样的。"

沈云卿道："不行，你先撤，我留下。我拒不招认，封敏雄说不定念着旧情，会对我网开一面。"

两人正在争执，包房却响起了敲门声。齐继盛与沈云卿对望一眼，齐继盛下意识地将沈云卿挡在身后。

先敲了三下，每一下间隔时间较长，而后又是三下快速的敲击声。约定的接头时间是下午三点零三分。沈云卿看着齐继盛手中的怀表，分针刚好走到三分的位置，便响起了敲门声。沈云卿心想，如此准时，果然不愧是猎鹰。

齐继盛起身去开门，一见来人，不由得惊呆了。那人说道：

"我定的那批丝绸是否到货了？"齐继盛愣了半晌，才说道："还没，路上耽搁了几日，下月初三才能到。"

那人点了点头，在他们夫妻对面坐下："可否讨杯茶喝？"齐继盛道："龙井，还是铁观音？"

"还是黄山毛峰吧。"

齐继盛刚要开口说话，却被沈云卿拦住。沈云卿皱了皱眉，直视那人，并说道："江洲风景可好？"

"不好，出了汉奸。"

"哪里风景好？"

"西北，宝塔山下。"

"你去过那里？何时？"

"只去过一次，1936 年，11 月。"这正是猎鹰的入党时间。

那人缓缓抬起左臂，衣袖逐渐滑落，左臂上赫然有子弹落下的枪伤。之前沈云卿一直想不明白，伤疤为何会像鹰眼，如今她终于明白，子弹穿过那片烫伤的疤痕，正如一只眼珠烙在臂上。沈云卿缓缓伸出颤抖的右手："欢迎你回清门，猎鹰同志。"她对面的封敏雄伸出右手："很高兴见到你，雌豹同志。"

齐继盛见两人握手，久久不松开，醋意上涌，赶紧伸手接过封敏雄的手，说道："终于见到大名鼎鼎的猎鹰了，我在根据地的时候一直听你的传说。"

后来，清门档案馆中陈列着这样一块展板："封敏雄，代号猎鹰，中共地下党员，1935 年参加革命，1936 年 11 月加入中国共产党，受命潜入军统，曾任保密局清门站站长。"那照片摄于 1936 年 11 月的延安，也是封敏雄的唯一一张照片。

沈云卿盯着封敏雄问道："你何时知道我是雌豹的？"

封敏雄道:"今天上午,我收到消息,说与我接头之人是雌豹,其实我早该想到,除了你,还能是谁呢?杏儿,我真为你感到高兴,你终于实现了你的理想,成了一代女杰。"

诸般往事顿时涌上沈云卿心头,她将头扭向一旁,不让任何人看到她眼角的泪水。封敏雄问道:"杀老徐的时候,你也不好受吧?"沈云卿默然不语。

封敏雄见状,又问道:"杏儿,你现在该正式向我介绍你的丈夫。"沈云卿这才说道:"我军副团长齐继盛同志。"

封敏雄道:"很高兴认识你,齐继盛同志。年轻有为,果然不愧是大家之子。"齐继盛道:"与猎鹰相比,我实属微不足道。"

封敏雄道:"不能这样讲。情报工作再重要,没有战士们冲锋陷阵,革命也不可能成功。"他看着齐继盛,忽然笑了笑,问道:"你……参加革命是为了杏儿吧?"齐继盛脸一红,心想,沈云卿所言非虚,封敏雄果然能看透人的内心。封敏雄又对沈云卿道:"你自己是优秀的共产党员,又为党培养了这样一位优秀的指挥员。杏儿,我真为你感到骄傲。"

封敏雄又转向齐继盛:"杏儿是世间难寻的好女子,你一定要好好珍惜。"

沈云卿忽然问道:"师兄……可成家了?"封敏雄点点头:"作为共产党员,我无愧于心,无愧于人民,唯有……对不住他们母子。朝不保夕,枕戈待旦,他们本不应过这样的生活。"

"吾扪心自问,尝对妹有白头之愿,然而吾身已许家国,今日一别,不知阳世还能否再见?吾实不愿妹年少孀居。"齐继盛回想起封敏雄书信上的这段话,终于理解了其中含义。封敏雄自知凶险万分,不愿连累沈云卿,所以没有向她表达自己心意。只是他万万没想到，沈云卿最终也选择了和他一样的道路。齐继盛陡然意识到，也许封敏雄才是这个世上最爱沈云卿的人。

回到家后，齐继盛数次想向沈云卿坦白那封书信的事，却始终未能鼓起勇气，此事从此深埋于他心底。

肆拾陆 · 继续潜伏

1948 年秋，猎鹰回到清门后，清门地下党组织在猎鹰的庇护下得以不断发展壮大。国民党军节节败退，清门国民党驻军最高长官祝师长有投诚之意，却始终犹豫不决。

这天，沈云卿与齐继盛一同来到瑞永商号，齐继盛对吴俊生道："我有个生意上的朋友想进城，我想让他搭瑞永商号进货的车。"

吴俊生一听此言，便明白齐继盛口中的这个朋友并非常人，他之所以要搭瑞永商号的车，是为了躲避城门口守军的查验。

吴俊生道："现在上面查得严，这只怕……只怕……"

沈云卿微微一笑，说道："我是共产党，你早就猜出来了，对吧？"

吴俊生震惊不已："二奶奶，我……我可什么都没听见，我什么也不知道。"

沈云卿道："这些年，我时常听你抱怨说生意不好做。你自然也明白生意为何不好做。吴掌柜，我知道你是个生意人，生意人自然懂得趋利避害。吴掌柜若是此次帮了我们这个忙，共产党自然会感谢你。如若不然，吴掌柜也可将我交给国民党，换一笔赏钱。"

齐继盛见吴俊生心思活动，赶紧说道："你放心，若是出了事，我们绝不会连累你。"

最终，吴俊生在押送进城货物时按照约定，接了一名男子。那男子正是奉命前来与祝师长谈判的陈怀冰。进城后，陈怀冰扮作瑞永商号的伙计，藏在瑞永商号后院的一间库房内。为了保密起见，此事唯一的知情者——吴俊生也被留在了库房里。持枪站在门口的沈云卿对吴俊生道："吴掌柜，暂时委屈你一下。"吴俊生盯着沈云卿，又惊又怕。

到傍晚，出去望风的齐继盛推门进来，说道："车来了。"陈怀冰正要起身，齐继盛却拦住了他，迟疑了会儿，才说道："你一定要保重。"原来齐继盛一直担心祝师长出尔反尔，名曰谈判，实则诱捕陈怀冰。陈怀冰沉着地说道："放心吧。万一出了意外，你们二人要按计划行事，不得违抗命令。"按照计划，陈怀冰一旦被捕，清门地下党组织暂由沈云卿领导，她将组织迅速撤退。沈云卿点点头道："你也放心吧。"

1948 年 12 月，祝师长率部投诚。清门城和平解放。

清门和平解放前夕，沈云卿受命向猎鹰传达撤退的命令，两人约在城西清远书店会面。不料，封敏雄对她说道："杏儿，我是来和你道别的。我请示组织，请求继续留在保密局潜伏，获得了组织的批准。我即将和保密局清门站残存人员南下。"

"为什么？我们已经胜利了啊！"

"革命还远没有胜利。"封敏雄笑着说："我的身份没有暴露，还要继续潜伏。"

"嫂子和公子呢?"沈云卿见过封敏雄的夫人和儿子,他的夫人性格温善,却十分干练,是封敏雄最坚强的后盾。

封敏雄道:"他们随我一同南下。"

"那……你什么时候回来?"沈云卿语带哽咽。

"等全国都解放了的时候。"封敏雄盯着沈云卿,"你和老齐要好好的,你们是从战场上共生死的夫妻,要好好珍惜对方,莫要吵架。"

沈云卿听出,这话已有诀别之意。她忍着泪,故意说道:"不可能,我们经常吵架,他若是欺负我,还要师兄替我出头。"

封敏雄笑笑,说道:"我还记得那日我与你们夫妻接头,当时你们还以为我是军统的人。当时他看我的表情,我要碰你一根寒毛,他便要和我搏命。他把你看得比自己的生命还重,又怎么会欺负你?"

封敏雄伸手轻轻在沈云卿面颊上一拭,沈云卿这才惊觉,自己早已泪流满面。"傻丫头,莫哭,你是革命战士,又是党的干部,要坚强。"

沈云卿用手背擦干泪水,点了点头。

沈云卿目送封敏雄离开,望着封敏雄渐渐远去的背影,喃喃地说道:"师兄,杏儿等你回来。"

第四部分

红旗飘飘

肆拾柒 · 生死之交

　　清门和平解放后，陈怀冰主持清门军管会的工作，齐继盛则跟随部队继续参与解放其他地区的战斗。

　　1949 年 3 月，沈云卿和白小英北上，参加了中国妇女界的盛会——中国妇女第一次全国代表大会。解放战争期间，白小英率领清门地区的妇女积极参加土改，因为清门地区的妇女发动得充分，清门地区的土改完成得非常彻底。同时，白小英还发动妇女支前，不仅救护伤病员，还为前线供应面粉、小米，作出了巨大贡献。在白小英的带领下，清门附近乡村的村长有近半数都由妇女担任。

　　出席妇女代表大会的有模范女工、民兵英雄、"白衣天使"、知识分子和来自各行各业的杰出女性。沈云卿握着白小英的手激动地说道："咱们小时候的梦想终于实现了，妇女再也不是男性的附庸了。"白小英笑着说道："你等着，将来妇女一定还有大作为。”

1949 年 8 月，齐继盛得胜归来，与沈云卿团聚。此前，考虑到军管会的同志们没有地方住，齐继盛便将他个人名下的沈家宅院捐了出来。卖宅院的所得由沈云卿捐给组织，她此时才知道当初买她宅院的人是齐继盛，心中不由得感慨万千。陈怀冰夫妇和沈云卿夫妇、程新天夫妇以及其他几位干部暂时居住在沈家宅院中。

为庆祝解放军凯旋，沈云卿亲自下厨，在院中招待齐继盛的战友们。古生连连称赞沈云卿的厨艺：“嫂子真是好手艺，哥太有福气了。”齐继盛得意道：“那是自然。”楚小连道：“哥，当初在战壕里，你可是答应过三哥，说胜利后就给他找个媳妇。”古生闻言，不好意思了，摆摆手。齐继盛赶紧说道：“我记着这事呢，回头让你嫂子给你介绍一个。”

众人一阵哄笑后，又聊起了战场上的旧事。战场上，空中有数十架飞机组成若干个攻击队，向地面俯冲投弹，地面上的房舍被炸成了碎片，一片村庄瞬间被炸平。陆地上，数十辆坦克朝解放军的阵地碾压过来。

解放军开始组织反冲锋，尽管古生被炸弹扬起的尘土覆盖了面颊，但他带领着解放军战士朝敌军扫射，人群一片片倒下，他身上也中了弹，却浑似不觉。

那场战斗结束后，古生被抬进野战医院手术室，每块弹片被丢进金属盘子发出的叮当声，让站在手术室外的齐继盛为之一震。

齐继盛当初为躲避日军追捕而逃到城外，遇到一名男子正被众人殴打。那男子虽身材健硕，但殴打他的人太多，那男子被那群人打得毫无还手之力，面上鲜血直流。齐继盛看不下去，便出面制止。为首一名护院让他莫管闲事，称此人欠了他家主人的佃租，他还不上，主人便要他妹妹嫁过来抵债，谁知他竟偷偷将妹妹嫁给了旁人。齐继盛闻言，便将父亲给自己的路费取了一部分，交给了那护院，让他莫再欺侮人。

被打男子正是古生。古生给齐继盛连连磕头，并询问他姓名。齐继盛是被日军通缉之人，自然没说实话，又拿了些钱给古生，让他回去好好生活。

谁知，他的义举却为自己招来了祸患。原来，齐继盛替古生还债时露了财，没走多远便被人劫住，让他交出剩余的钱财。齐继盛看劫道的人，手中虽拿着刀，却不停地颤抖。齐继盛见状，微微一笑，走上前，在他手腕上轻轻一拧，劫道之人大声呼痛，刀也随之掉落在地上。

劫道之人连连讨饶，称自己名叫楚小连，父母本想让他做个读书人，但自家仅有的几亩薄田被日军烧毁，父母无力再供他读书。他自己体弱，做长工也无人收，万般无奈之下，做起了这无本的买卖，第一次出手便碰上了齐继盛。

齐继盛闻言，叹了口气，心想自己又何尝不是这世道的受害者？沈杏儿不辞而别，自己有家不能回。他摆摆手，让楚小连离开，楚小连却不肯走，求收留他。

齐继盛正在为难，后面又冲出来一人，正是古生。原来，古生也想让齐继盛收留他，只是不好意思开口，便一直跟着他。见到他被劫，正要冲出来相救，却见齐继盛已制服了对方，不由得钦佩万分。

古生将齐继盛之前给他的钱拿了出来，说道："恩公有勇有谋，又有一身好功夫，还有这么多钱，自己做点啥不行？不管你干啥，我都跟着你，让我做啥都行。"

齐继盛原本也在思考自己今后的去处，听他一说不由得踌躇起来。楚小连却道："不如咱们上山吧。这世道哪有老实人的活路，不如做个土匪自在。"

齐继盛斥道："你胡说些什么？再说，这山上已经有一伙土匪了，听说他们奸淫掠夺、无恶不作，我可不愿跟他们为伍。"楚小连道："咱们把他们赶走，正好替天行道。"

齐继盛道："凭咱们三个？"古生沉思片刻，说道："我有几个弟兄，这两年都交不上佃租，被逼得活不下去。我把他们喊来，咱们一起上山。"

楚小连点点头道："我也有几个兄弟，我去问问他们。"古生和楚小连各自拉来了一些人，齐继盛又去买了些枪支弹药。他们躲在山下，待山上的土匪下山抢劫时，瞅准机会，将首领击毙，剩余之人则被齐继盛收入麾下。

从被救下那刻起，古生就下定决心，这辈子无论上刀山下火海，都要跟着齐继盛。后来，他们一起加入八路军。有一次，他们执行炸毁日军交通线的任务，古生忽见对面炮楼上寒光一闪，猛地上前将齐继盛扑倒在地，令他躲过了狙击手的子弹，那子弹却擦破了古生后颈。

这些年，齐继盛领兵南征北战，战友们皆是生死弟兄，但若说最为过命的，还是古生。

众人聊这段故事时，一名住在沈家的女干部冯淑慧也在一旁。她一直帮着沈云卿给众人端菜倒酒，听到古生一人歼敌数十人，她不觉"呀"了一声，又听到他换药时不肯呼痛，又"呀"了一声。

楚小连看出端倪，不由得望着冯淑慧笑了笑。他这一笑让冯淑慧顿时双颊飞红。沈云卿见状，忙对楚小连道："你笑什么？怎么，看不起我们女干部！"

"没有，我哪敢呢。"

沈云卿道："你可别小瞧我们妇女干部。就拿小冯来说，抗战时期，她就是妇救会骨干，做了不少工作。"

沈云卿又转向冯淑慧："小冯，你不是一直崇拜战斗英雄吗？古营长可是不折不扣的战斗英雄，你向他敬一杯酒吧。"

冯淑慧虽有些不好意思，还是端起了酒杯。古生也有些羞怯，端起酒杯一饮而尽，却不敢多看冯淑慧一眼。

冯淑慧今年十九岁，说起她的经历，倒与白小英和沈云卿有几分相似。她出生在一个贫农家庭，十三岁那年，父母为了贪图彩礼钱，要将她嫁给邻村一个富农的儿子。那人有些痴症，性子还有些暴躁。冯淑慧不愿嫁，趁夜从家中逃走。她独自一人，身无分文，眼看就要冻死在野地里，幸亏被路过的几名八路军卫生员救了，领头的那人便是莫雅晴。

解放战争期间，冯淑慧因在土改工作中表现出色，被调至清门工作。沈云卿知她深受封建包办婚姻之苦，所以从未和她提起过介绍对象之事。今天，见她似有心动，却依旧审慎。沈云卿找她谈了几次话，确认她愿意和古生结婚后，方才为两人牵了红线。两人于 1950 年初经组织批准成婚。

肆拾捌

崭新天地

1949年9月，清门市人民政府成立。陈怀冰担任市委副书记，常务副市长。

同年11月，清门市妇女组织正式成立，沈云卿任书记。沈云卿接到自己的任命时有些讶异："小英不参加妇女工作了？"

陈怀冰点点头："新中国得有自己的高等学府，组织委派她着手组织成立咱们自己的大学。"

当月，清门市第一次妇女代表大会召开，沈云卿当选为主任。次年7月，在清门市建起了第一所大学——清门大学，白小英任校长兼书记。

莫雅晴进入清门市政协工作，程新天则脱掉军装，进入轻工业局工作。

齐继盛仍留在部队，担任团长。1950年初，军区大院建成，沈云卿随齐继盛搬入大院，沈家宅院则由市政府另做他用。其实，按照沈云卿的级别，也能分到住房。沈云卿为了照顾齐继盛，主动放弃了，自己每天早起半小时走路上班。

搬家前，齐继盛有些恋恋不舍。这段时间暂住在这里，让他回忆起了当初他和沈云卿在此共度的时光。

沈云卿收拾两人衣物的时候，齐继盛望着院中的石桌说道："当初，我可没少在这儿挨你的打。"沈云卿看了他一眼，嗔道："这么记仇啊？"

齐继盛道："不是记仇，是记情。说真的，杏儿，如果没有你，我肯定不会成为今天的我。小时候，算命先生给我算命，说我能当四品官，但是前提要有贤妻辅佐。当时谁都不信他的话，我自己也不信。没想到，还真让算命先生说准了。"

沈云卿顿时想起，徐生宜曾说过，这一切都是父亲沈荣志设计，不由得尴尬地道："莫要乱说，作为一名共产党员，你怎么还相信封建迷信。"

齐继盛走到沈云卿身后，搂住她的腰，将下颌抵在她左肩上，说道："我知道那是封建迷信，我不信命，但我信你。"

沈云卿轻揉了下他的手背，柔声道："好啦，我还要收拾东西呢。"齐继盛松开了抱她的双手，又道："住了这么久的家，就要离开了，还真有点舍不得。"

沈云卿放下手中的箱子，转过身去，轻抚齐继盛的脸颊："傻瓜，有我在，哪里都是家。"

《婚姻法》颁布实施后，不少男子因小妾年轻貌美，便选择与原配离婚。李淑贤自然害怕这种事发生在自己身上，便使出哭闹的绝技。齐继昌忙着安抚李淑贤，却不料陆其美离家出走。他原以为，陆其美此举也和李淑贤一样，不过是使性子。一连数天，也不见陆其美的消息，齐继昌慌了神，赶紧四处去找，依旧找不到。

齐继盛道："哥，你放心，我们都帮你去找。"

齐继盛将哥哥安抚回家，自己回家后，将此事告知沈云卿。沈云卿翌日安排干部四处找。谁料，找了一个月，却一无所获。陆其美怀着身孕，行动不便。那时，也没有太多交通工具，清门市也不算大，齐继盛沮丧道："她一个女同志，还怀着孩子，能藏到哪儿去呢？"

沈云卿道："她虽看着柔弱，却很倔强，和那些旧社会的舞女大不相同。她定是想与其等着哥哥与她离婚，还不如自己离开。"沈云卿回想起自己与陆其美在齐家时的对话，沈云卿想，她内心肯定是对齐继昌失望至极，方才出走。只是这话，她不便对齐继盛说。

齐继盛见她沉吟半天，以为她心绪低落，安慰地说道："别想那么多，好好工作。"

沈云卿道："你不必安慰我，我自然明白，我的工作是极有意义的。"

在之后的许多年里，齐继盛夫妇一直在努力寻找陆其美，程新天夫妇等人也帮着找，可惜直至齐继盛夫妇撒手人寰，也未能找到陆其美。陆其美这一离开，便是七十年。

肆拾玖 · 英雄长存

1950 年 8 月一个夏夜，沈云卿像往常一样下班回到家中，却见陈怀冰和白小英、程新天和莫雅晴都在她家中。沈云卿笑了笑，说道："今天不过节，怎么都来我家了？我可来不及做饭招待你们。尤其是陈书记，还有空过来串门？"但是，她随后发现众人表情凝重，且透着几分悲凉。

最终，陈怀冰说道："云卿，有件事……猎鹰……牺牲了。"

沈云卿身体晃了晃，齐继盛赶忙上前扶住她。陈怀冰道："党和人民不会忘记他的。"

齐继盛见沈云卿一动不动、一言不发，便对众人道："你们先回吧。"莫雅晴道："哥，你一个人能行吗？"齐继盛点点头。白小英道："那好，你照顾好杏儿。"她心疼地看了一眼沈云卿，方才离开。

"封师兄志在四方，他就像是天上翱翔的雄鹰。总有一天，他还是会离开尚武堂的。"沈云卿回想起她曾和白小英说过的话。如

264

今鹰殒长空，沈云卿意识到，她再也等不到封敏雄归来了。

齐继盛劝道："难过就哭出来吧。"沈云卿却道："你饿了吧？我去给你做饭。"沈云卿慢慢地起身，前去厨房，齐继盛跟了过去，见她蹲在地上，埋头失声痛哭。

得知封敏雄牺牲消息后一月有余，沈云卿发觉齐继盛总是对自己欲言又止。终有一日，齐继盛对沈云卿道："我有一事，瞒了你许多年……"

"哦，什么事？"

齐继盛长吸了一口气，终于将当初封敏雄藏信的事说了出来："我……我怕你看后会一直等他，想要和他结婚，我把那信毁了。他不愿向你表露心意，是因为他不愿连累你。他……也许才是这个世上最爱你的人。"

沈云卿闻言愣怔半天。齐继盛道："杏儿，你……是不是很恨我？"见沈云卿不言，齐继盛又道："如果没有我，也许他就不会牺牲了。"

沈云卿缓慢地道："他是天上翱翔的雄鹰，自有雄鹰的宿命。在我心中，他始终如兄长。我心中所爱，自始至终只有一人，便是你。"

沈云卿说着，两行泪还是忍不住落了下来。她想也奇怪，自己明明不爱他，可她此生的泪却几乎都是为他而流。

"雄赳赳，气昂昂，跨过鸭绿江。保和平，卫祖国，就是保家乡……"

1950年10月，随着第一批部队入朝作战，这首《中国人民志愿军战歌》也在全国传唱开来。

齐继盛所在部队于1951年初奉命入朝。得知消息的沈云卿并不意外，却不免忧心忡忡。毕竟志愿军面对的是当时全世界军事实力最强大的国家及其仆从。沈云卿在给齐继盛收拾衣物时，忍不住落下泪。齐继盛见状，赶紧安慰道："你别担心，最多三个月，我们肯定就把侵略者赶出朝鲜。"

沈云卿点点头道："我相信，咱们一定能胜利。"她却又抱住齐继盛，在他耳边道："答应我，一定要活着回来，好吗?"齐继盛抿住嘴，点了点头。

沈云卿虽不能亲自上前线作战，却一直在后方组织清门市广大妇女积极支援前线，为前线部队提供物质保障。

齐继盛刚离开时，沈云卿尚不习惯，每日下班后急忙回家做饭，却发觉房内空无一人。餐桌上还有早晨未看完的报纸，沈云卿盯着报上关于前线的新闻，担心齐继盛。

所幸，齐继盛寄来了家书，令沈云卿暂解相思之苦的同时，也能了解些前线的情况。

"杏儿吾妻，见信如晤。我们已进入朝鲜，这里天气很冷，比我想象的还要冷。不过，你不必担心，我所带衣物尚够，只是战士们大多衣服单薄。可否将家中我的棉衣寄来，以解急需。

"另外天气虽冷，朝鲜人民却十分热情。我们来这里不久便参加了一次他们的联欢会，我们学会了他们的两首歌，都是用朝鲜语唱的，等回去后我唱给你听。

"总之我在这里一切都好，勿忧勿念。"

事实上，齐继盛早将自己带来的棉衣分给了部下官兵。他怕沈云卿担心，并未在信中提及此事。沈云卿收到信后，便将家中冬衣全部捐出，还号召全体妇女干部捐棉衣。

齐继盛在前线作战期间，白小英借口自己和陈怀冰工作忙，时常让沈云卿帮自己照顾女儿陈捷。事实上，每次沈云卿去白小英家，她几乎都在家。沈云卿明白，白小英让自己照顾女儿是假，帮助自己排遣愁烦、打消忧虑是真。

陈捷时常夸赞沈云卿的厨艺："干妈做饭就是好吃，妈，你也好好学学。"白小英笑道："这可是你干妈的绝技，我可学不会。你那么喜欢吃你干妈做的饭，干脆直接让你干妈当你妈吧。"陈捷也笑道："干妈就是我妈嘛。"

白小英也会和沈云卿讲些学校里的趣闻："这两年不少知识分子回到国内，给我们高校建设贡献了不少力量。他们对新中国充满希望，在学校里工作也很努力。不过，有时候，他们也会闹笑话。有一次，学校里的锅炉坏了，正在维修，教职工只能自己烧水喝。结果有位文学系的教授一上午都没烧开一壶水。"

沈云卿也笑了："小英，我真羡慕你，每天在学校里能和那些知识分子，还有年轻的学生在一起。"

"是啊，我看着那些年轻的学生，会时常想起咱们过去在学校读书的日子。"

"杏儿，我们的战斗取得了阶段性胜利，在志愿军的打击下，'联合国军'的气焰不再嚣张，他们被我们牢牢遏制在'三八线'附近。

"马上要到春节了，我来到朝鲜也一年多了。记得刚入朝的时候，古生说，他只带了半支牙膏，我们应该很快就能把美帝国主义赶回老家去。但是现在看来，我们恐怕要做好持久战的准备。杏儿，我真的好想你，我来朝鲜的每一天，其实都在想你，但是不知为何，今日格外想你。愿你在国内一切安好。"

沈云卿收到这封信后半年有余，她再也没有收到齐继盛的来信。她意识到，肯定是出了大事。有一天，她在单位听说，冯淑慧收到了阵亡通知书。

古生入朝作战前，冯淑慧已怀有身孕。得知消息的沈云卿前去冯淑慧家中，她正喂刚满一岁的儿子吃米糊。沈云卿从包中掏出一只牛皮纸信封，递给冯淑慧："这是我和同志们的一点心意。"她又看向冯淑慧的儿子古援朝："我没有子女，今后你的儿子便是我的儿子，你生活上有任何困难，我都会尽力帮你解决。"

"谢谢沈主任，我没事，明天可以正常上班。你放心，我会好好把孩子养大。等孩子大了，我也会告诉他，他爹是个大英雄。"冯淑慧看着沈云卿，似乎想哭，却终究没有落泪。直到半年后，冯淑慧收到了部队为古生追记一等功的证书，在为古生补办的追悼会上，冯淑慧抱着证书，痛哭失声。

　　"杏儿，好久没给你写信了。你已知晓古生牺牲的事了吧？不给你写信，是因为我不想再回忆他牺牲时的情形。那天，我们被美军主力包围，四辆坦克朝我们的阵地开来。炸坦克小组用反坦克手雷把最前面的一辆坦克炸坏，击退了美军第一波进攻。战士们在美军大炮炸开的土坑中修筑工事。美军发动了第二次进攻，我们阵地前留下的十五具美军尸体，是用二十余名战士的生命换来的。

　　"到了第三次进攻，美军调动了十几架飞机轮番轰炸，炸弹倾泻而下，我们的阵地被烧成了火海。古生和他们营里许多战士身上的衣服都被点燃了。古生大喊着，让他们撕掉衣服。火被扑灭了，可是他们都身着单薄衣裤，为了不被冻僵，只能不停跑动取暖。冷不防敌机回转，却有战士冻得只顾跑动取暖，未及时卧倒。古生见状喊着让其他人卧倒，自己扑了上去，护住了那名战士，一枚机枪子弹却穿过了他的喉咙。

"杏儿，替我转告小冯，我没能保护好古生，是我对不住她。"

从此，沈云卿又很久未收到齐继盛的信。两年来，她几乎天天都在担惊受怕中度过，如今却反倒生出一种听天由命之感，直到她接到消息，齐继盛在战斗中负伤，即将归国治疗。

沈云卿并不知道齐继盛伤势如何，只得做好最坏的打算。虽说齐继盛下火车后会被直接送往军医院，不在车站停留，沈云卿却一早便去火车站等候，只为见他一面。可惜火车站人头攒动，来了不少接站的志愿军家属，沈云卿远远望见齐继盛的身影，未及与他说上话。见他尚能自己行走，沈云卿放心了，赶快去了军医院。

齐继盛早已在战地医院做过手术，回到后方进行后续治疗。沈云卿虽早有心理准备，一见齐继盛头上的伤疤，还是忍不住落下泪了。见那弹片嵌入额头留下的伤疤，若是再差半分，齐继盛便性命不保。

沈云卿顾不得旁人在场，上前拥住齐继盛，在他耳畔轻声道："盛儿，我……好想你，每时每刻都在想你。"齐继盛道："杏儿，我们不会再分开了，永远不会。"

本着拥军优属的原则，市领导特批了沈云卿一个月的假，让她在医院照顾齐继盛。除悉心护理，沈云卿在身边，更能在精神上慰藉齐继盛。事实上，这次回国，齐继盛在精神上更受打击。他时常说："因为古生牺牲的那场战斗，组织给我们师记了集体一等功，给我个人也记了二等功。可我总觉得，那军功章是用他的命换来的，我拿着烫手。"

沈云卿劝慰他道："你莫想那么多。小冯把孩子照顾得很好，我也时常去给她打下手，她们母子生活很好，古生在天堂，也可放心了。"自从得知古生牺牲，沈云卿几乎每个周末都会去冯淑慧家，帮她洗衣做饭、看护孩子。冯淑慧为此过意不去："沈主任，你这么大的领导，咋成了保姆？"沈云卿却道："出了单位，你我没有上下级之分。你就当我是你家的大姐，来给你帮帮忙。"

齐继盛出院后，对沈云卿说道："首长找我谈话，说我的身体不适合再留在一线部队，给了我两个选择，要么脱掉军装到地方，去政府部门工作；要么留在清门军分区，担任军分区司令，你说我……"

沈云卿闻言，有些难受。她知道，这两者皆非齐继盛所愿，他戎马半生，如今忽然不让他带兵，他肯定不适应。沈云卿道："无论你如何选择，我都无条件支持你。"

齐继盛道："我还是想留在部队，我的性格，怕是不适合政府工作。"沈云卿点点头道："我也是这么想。"又宽慰他道："当军分区司令也挺好，不必在一线带兵，我正好可以好好照顾你。"

沈云卿并不知道，组织其实还给了齐继盛第三个选择，那便是留在一线部队，继续担任师长。只是那需要随部队离开清门。齐继盛知道，自己若离开清门，沈云卿定会追随他。但沈云卿级别更高，并非普通的随军家属，到了新驻地，很难会有部门一把手的岗位留给沈云卿。他若选择留在一线部队，就等于要求沈云卿放弃自己的事业。

1953年4月，中国妇女第二次全国代表大会召开。沈云卿参会回来后，向妇女干部传达了会议精神："大力发动和组织广大妇女群众参加工农业生产和祖国各方面建设，是今后妇女运动的中心任务。要在妇女群众中普遍开展教育学习运动，逐步扫除文盲，提高文化，学会生产和服务社会的本领。"

这次会议是全体会议，负责后勤的吴倩也参加了这次会议。她听着沈云卿的发言，不停地撇嘴。

1953年7月，朝鲜停战协定在板门店正式签字，抗美援朝战争正式宣告结束。沈云卿难掩胜利的喜悦，因此，停战消息传来的那天，沈云卿下班后特地去市场上买了些肉和白菜，准备回家包饺子。

林平一见沈云卿拎着菜和肉进门，赶紧上前接了过来，说道："嫂……不，沈主任，你怎么还亲自买菜？你需要啥菜，跟我说声就行了。"

林平是负责照顾齐继盛起居的公务员，帮助首长处理杂务。林平的哥哥林立在朝鲜战争期间担任齐继盛的警卫员，负伤回国，复员回家，弟弟林平又入了伍。

沈云卿笑着说道："家里哪有什么主任。你要是不嫌弃，把我当成你大姐，唤我沈姐吧。""嗯。"林平笑着点了点头。

在林平眼中，沈云卿和蔼可亲。他听人说，沈云卿在单位雷厉风行，但林平所见，不过是一位温柔的军嫂。林平觉得，这位大姐自有过人之处。齐继盛刚离开一线作战部队，难免有些不适应，但无论齐继盛发再大的火，沈云卿只要轻声劝几句，齐继盛便没了脾气。最关键的是，沈云卿工作虽忙，却将丈夫的生活照料得很好。齐继盛每天早晨醒来，早餐已在锅中；每天晚上回到家，自有热饭；齐继盛身上的军装从没有一道褶痕、一丝污迹。齐继盛在家中招待战友时，沈云卿作为主妇，不仅将客人照顾得十分周全，又从不抢丈夫的风头。

不久，中国人民解放军开始实行军衔制，齐继盛被授予大校军衔。后来，干部定级时，组织要给沈云卿定 11 级，但沈云卿说，怀冰才定了 10 级，自己定 11 级不合适，因此主动降了一级。当时 11 级与 12 级工资相差 23 元。

一天，沈云卿在楼道中听到一阵哭泣声，她循声走了过去，见一名妇女正坐在办公室里哭泣，负责接待她的干部张琳一见沈云卿来了，赶紧站起身来，并介绍道："这是我们沈主任。"那妇女见状，一把拉住沈云卿的手，说道："沈主任，你可得为我做主啊。"

沈云卿问道："怎么回事？"张琳说道："她叫陈惠莲，她的丈夫叫吴泰，是咱们市钢铁厂的副厂长。他们之前生了三个女儿，但她丈夫想要个儿子。可她身体不好，有很严重的妇科病，不想再生，但她丈夫一直强迫她……还曾经打过她。她想离婚，可是吴泰说，如果离了婚，他也不管三个女儿。陈惠莲也参加了工作，但她一个人的工资养不了三个女儿，所以来向咱们求助。"

陈惠莲此时止住了哭，抬头对沈云卿道："俺不想生，不仅是因为身体，俺现在参加了工作，去年还评上了技术标兵，俺也想建设社会主义，不想整天待在家里生孩子。"

沈云卿听后一挑眉："这些话是谁教你这么说的？"

"没人教，是俺的真心话。"

陈惠莲是个农村妇女，能有这样的思想，令沈云卿意想不到。

沈云卿点点头道："我了解了。你稍后和小张说一下你的具体情况，我们会帮助你向法院起诉离婚。法院会判决吴泰支付你三个女儿的抚养费，你不必担心。"

陈惠莲正要千恩万谢，张琳却对沈云卿使了个眼色。沈云卿微一皱眉，说道："小张，你跟着我，到我办公室。"

张琳一进门便道："沈主任，那个……"

"你有什么苦衷，直说便是。"

"吴泰是吴倩的堂哥，吴倩之前找我们说了半天，让我们好好劝劝她嫂子，不要离婚。"

吴倩在机关食堂工作，民以食为天，谁也不愿得罪吴倩。

张琳又说道："我听他们厂里的妇女干部说，其实陈惠莲想离婚，不仅是因为生孩子的事。那个吴泰爱喝酒，一喝醉了就会打人，不仅打她，还打她的女儿。陈惠莲实在忍受不了，也是为了保护孩子，才提出离婚。"

沈云卿皱了皱眉，说道："那她刚才为何不告诉我吴泰对她施暴的事？如果有了这一条，起诉离婚时会更容易。"

"她怕吴泰酗酒、打人的毛病传出去，对他影响不好。说白了，她怕吴泰丢了官，更没钱养她三个女儿了。"

沈云卿叹了口气道："我知道了，你叫吴倩过来一趟，我和她谈谈。"

吴倩自然知道沈云卿找她谈话所为何事，她在沈云卿对面坐下，强笑道："沈主任，我知道你是为了我嫂子的事。我嫂子和我三哥是经常吵架，可是哪对夫妻不吵架？最多是家庭内部矛盾。我三哥对我嫂子还是很好的，他如今当了副厂长，没嫌弃我嫂子是个农村妇女，他在外头也没有别人。再说生孩子的问题，做妻子的不就是生儿育女吗？当然，沈主任，我不是说你。"

沈云卿微微一笑："家庭内部矛盾犯不上动手打人吧？何况连孩子也打。"

"他喝多了酒……"吴倩自知失言，赶忙又道，"他一时心急，事后都会和我嫂子道歉。"

沈云卿道："小吴，你既然在咱们这里工作，应该知道，咱们是妇女的娘家，得为妇女提供帮助，替妇女做主。正如你所说，你堂哥是个副厂长，你嫂子只是个农村妇女，离了婚，他能失去什么？"

沈云卿这话说得很通俗，吴倩听了脸上发烫，一句话也说不出来。吴泰因酗酒打人，在厂里口碑很差，离了婚，恐怕没有哪个女人愿意嫁给他，这也是他不愿离婚的原因之一。

沈云卿见状，缓和了语气，说道："你也是女同志，应该能理解你嫂子的苦处。辛苦你回去，好好做做你堂哥的工作。"

沈云卿如此说，吴倩自然不敢再多说。不久，在妇女干部的帮助下，陈惠莲起诉离婚成功，三个女儿归她抚养，并由吴泰定期支付抚养费。

伍拾壹 · 可怜可恨

离了婚的吴泰喝酒喝得更厉害，甚至扬言要杀了陈惠莲。前来宽慰他的吴倩听后，赶紧劝道："三哥，你可别冲动。杀人偿命，你现在是副厂长，前途无量，不值得为这种女人毁了自己的前程。"

吴泰不满地看着吴倩："都怪你，她去你们那儿的时候，你怎么不拦住她？你进了机关，胳膊肘就朝外拐？"

"我拦了呀。"吴倩委屈地道，"可我们一把手发话了，我能怎么办？"

"就是那个姓沈的？"

"嗯。"

"以前，县官都不断家务事，她倒好，管起我的家事了。这娘们儿手伸得也太长了。"

"可不是。"吴倩赶紧说道，"她还给我们开会说，今后只要有妇女提出离婚的，我们要想办法帮助。俗话说得好，宁拆十座庙，不破一门婚，她可倒好！"

吴泰听完后火冒三丈："这娘们儿真是无法无天了！没人管得了她吗？"

吴倩无奈地道："她爱人是军分区司令，她跟陈书记关系又那么好，市里各部门的一把手几乎都是她的老战友，她在清门一手遮天。"

"等着吧，迟早有一天，会翻过来的。"吴泰恨恨地道。

从吴泰家出来后，吴倩一个人走在路上。天空飘起了蒙蒙细雨，吴倩并没有找地方避雨，因为别人不会注意到她脸上滑落的泪水。

这泪水并非因为同情吴泰而流，她同情的是自己。她家中有一个哥哥、一个弟弟，还有一个妹妹。小时候父母偏爱儿子，妹妹年纪尚幼，唯有她，从小承担起所有家务劳动，稍有失误便会迎来母亲的责骂。

吴倩十三岁时便能做出家中二十余口人的饭菜，她前去应聘单位食堂工作岗位，立即被选中。

被录取的那天，是她人生中最开心的一天。她回到家中，将消息告知父母，父母竟破天荒地对她露出了笑容。父亲拍着大腿道："好！咱家总算出了个衙门里的人。"母亲却忽然皱了皱眉，说道："可惜小倩是个女娃，终究要嫁人，成别人家的人。这份工作，如果能让咱家儿子去干，该多好。"

母亲的话点醒了父亲，父亲赶忙道："哎，对了，你抽空问问单位领导，能不能把你哥也招进去？"新中国成立后，讲究公平公正公开，不搞裙带关系，父亲的想法自然是妄想，吴倩也从没和单位领导提起过，但是为了讨父母欢心，吴倩时常利用职务之便给家中带些蔬菜。吴倩的这一举动令生活困窘的家中变得宽裕不少。

好景不长，吴倩到了该嫁人的年龄，母亲又旧话重提，哀叹自家这棵"摇钱树"要长到他人家院中。如今，吴倩因为在单位工作努力，被后勤主任提拔，全权负责食堂工作，这棵"摇钱树"长得更为粗壮了。

此时吴泰已成了副厂长。吴倩进了单位工作后，他对她非常热情。吴泰主动提出，自己厂里有一个电工，名叫刘大利，尚未婚娶，和吴倩年龄也相当。电工在厂里工作强度不大，工资却很高，吴倩嫁过去不会吃亏。吴倩父母听后有些心动，刘大利毕竟在吴泰手下工作，吴倩婚后继续贴补娘家，刘大利也不会反对。没有征询过吴倩的意见，吴倩便嫁给了刘大利。

起初，吴倩也是乐意的，她终于不用再看父母的脸色。公婆虽算不上和善，但看在她是副厂长的妹妹，对她也不敢斥骂。丈夫新婚燕尔，对她百般热情。

然而两人结婚不到一年，刘大利本性毕露。他仗着自己电工的身份，四处勾搭。刘大利在家中对她逐渐冷淡，而公婆因她成婚半年仍不孕，开始对她指桑骂槐。小姑也嫌她总贴补娘家。

"人活着图什么？"只有她独处时，才会思考这个问题。在全体会议上，她看着沈云卿，感觉两人如活在两个世界。她是高高在上的主任，走到哪里都受人尊重。她随便说一句话，可以决定别人的命运。为什么沈云卿活得洒脱？为什么自己一辈子任由他人摆布？

陈惠莲离婚后，沈云卿总想找吴倩好好聊聊。吴倩的家事，她也略知一二。身为女人，她十分同情吴倩，理解她的苦处。

这天，沈云卿特地将中午吃饭时间延后，为了能有机会单独和吴倩谈心。她走到食堂门口，看到吴倩一边打扫卫生，一边和一名食堂工人闲聊："你说都是女人，沈主任的命怎么那么好？听在部队当兵的表哥说，沈主任爱人为了她，连师长都不当了，就怕她随军去外地……"

沈云卿那天没有吃午饭，独自一人回到办公室，双手扶额，将脸埋进了臂弯中。不知过了多久，一阵敲门声响起，她抬起头，见是张琳："沈主任，陈书记来了。"

陈怀冰冲张琳点了点头，张琳便离开了。陈怀冰在沈云卿对面坐下，不由得皱了皱眉："你脸色怎么这么差？哪里不舒服？"

沈云卿只说了句："我没事。"便将话题岔开，说道："陈书记下来视察，怎么不提前打声招呼？"

陈怀冰笑道："你们工作做得这么好，还怕我突击检查吗？好了，不说笑了，我今天利用午休时间，找你说点事，但与妇女工作无关。咱们市里开展公私合营工作，需要咱们市里的主要企业积极参加，发挥骨干带头作用。如今，咱们市里私营商业企业规模最大的，那就是天兴饭庄（原天兴楼）和瑞永商场（原瑞永商号）了……"

沈云卿闻言，尴尬地笑道："不是我不想配合咱们市里的工作，只是这事……我一个外人做不了主。不过，我会让大家去做这些私营工商业主夫人们的工作，发动妇女的力量。"

陈怀冰道："你这个想法非常好，回头我们重点讨论下。但是齐家的事……莫说你是外人，老齐当初没要齐家的财产，也跟齐家划清了界限，但去做一下工作，还是可以的。我上午找老齐说过了，你也要帮帮忙。你们俩毕竟都是党的高级干部，这事办好了，在私营工商业主和群众中，会起到很好的宣传效果。"

沈云卿道："好，我尽力而为。"

相
思
暗
种

　　齐继盛与沈云卿前去说服齐继昌时没有花费太多时间。李淑贤表示担心："老二，你们俩都是大官，当然不用担心，可我们两口子都是老百姓，就指着这两桩生意生活呢。"

　　沈云卿道："嫂子，你放心，公私合营后，企业会发展得越来越好。"公私合营是大势所趋，齐继昌和李淑贤也只好顺应趋势。

　　然而天兴饭庄和瑞永商场实行公私合营后，齐继昌却告诉齐继盛，吴俊生准备回老家种地。沈云卿与齐继盛赶到瑞永商场时，吴俊生已收拾好行李。沈云卿道："吴掌柜……不，吴经理，这瑞永商场还需要你来经营呢。"

　　吴俊生道："二少奶奶，不是，沈主任，当初我当这个掌柜，是老东家对我的信任。我就是个庄稼人，如今回去种地，也算干老本行。"

　　齐继盛道："你这话说得可就不对了。怎么，你能替我爹做这个掌柜的，就不能做这个经理?"

吴俊生赶紧解释道："二少爷，不是，齐司令，您这话可就折煞我了。咱们国家这么多人才，哪轮到我来做这个经理呢。"

沈云卿道："没有人比你更了解商场的情况，你做这个经理再合适不过。市里已经决定，任命你为瑞永商场的经理，你就不要推辞了，留下来吧。"

齐继盛也道："是呀，我们今天来劝你，不是替齐家留你。我们若是劝不住你，可就请陈书记来劝你了。"

吴俊生道："那怎么敢当?"

沈云卿笑着道："当初我们夫妻二人在清门做秘密工作，你帮了我们不少忙。后来清门和平解放，你也是功臣之一。你当初为陈书记提供了栖身之所，陈书记一直念着你的恩情。"

吴俊生一时间不知说什么好，最终含着泪说道："些许小事，何劳陈书记挂念。"吴俊生最终决定留在清门，继续担任瑞永商场的经理。

市政府决定表彰一批在公私合营中表现优秀的私营工商业主，宋时先名列首位。陈怀冰在齐继盛和沈云卿的陪同下前去宋时先家探望。

陈怀冰首先感谢宋时先对市政府工作的支持，他见宋时先有些拘束，便笑道："我听云卿说过，你是他们夫妻二人的媒人，他们二人父母都不在世了，我作为他们的兄长，替他们谢谢你这个媒人。"

宋时先不由得笑了起来。陈怀冰见宋时先不再紧张，又问起了泰和茶庄的情况。说话间，宋希宁回到家中。她见到陈怀冰，不由得一愣。

宋时先赶紧介绍道："这是咱们的陈书记。"宋希宁在报上见过陈怀冰的照片，对他的相貌并不陌生，但此时见到他本人，还是愣了许久。

宋时先见状，赶紧催道："你这孩子愣着做什么，快叫陈书记，再给陈书记添杯茶。"陈怀冰笑道："不必客气，我这杯中还有茶。"陈怀冰的笑容让人感觉很温暖，在战争年代，每当沈云卿感到痛苦时，陈怀冰的笑容总给她莫大的鼓励，令她重新对生活充满勇气。

陈怀冰又道："这位便是令爱吧？"宋时先道："正是小女希宁。她现今在陈夫人的清门大学读书。"宋希宁自幼聪慧过人，新中国成立后，宋希宁考入清门大学。

陈怀冰笑道："首先，清门大学是党和全国人民的，不是她一个人的。其次，她是白校长，不是陈夫人。"听到陈怀冰的话，宋希宁再次凝视着陈怀冰。她在学校见过校长白小英几面，印象中白小英是一位极为聪明、干练的女子。白小英很少在学校提及自己的家庭，以致很多新来的老师都不知道她的丈夫是清门市委领导。此时，她心中突然产生一股羡慕，还掺杂了些许嫉妒，都说没有十全十美的人，但白校长也太过完美了，不仅自己事业有成，还有这样一位丈夫，这样一位支持她、理解她、承认她个人价值的丈夫。

陈怀冰转问宋希宁："你读的是什么专业？"宋希宁逐渐缓过劲来，说道："我读的是生物系。我从小就看我爹选茶品茶，我对那些植物特别感兴趣，所以选择了这个专业。"

宋时先接着解释："一个女孩子，非要学理工，我和她娘劝她，她也不听。"陈怀冰依旧微笑着说道："这可就是您老的不对了，如今咱们新中国建设，最需要学理工科的人才。"他又转向宋希宁，并说道："小宋同志，期待你学业有成，用你所学知识，建设咱们清门。"

陈怀冰一行人离开宋家时，沈云卿看到宋希宁望向陈怀冰的眼神，不由得皱了皱眉。

莫雅晴即将临盆，白小英和沈云卿一同去探望。莫雅晴和程新天成婚后各自忙于工作，直至去年，莫雅晴方才怀孕。夫妻二人对于这个新生命的到来，既期待又喜悦。莫香寒更是乐得合不拢嘴，细致地照料女儿。

白小英给莫雅晴带了自己女儿陈捷小时候的衣物和玩具，又和沈云卿一道给莫雅晴买了鸡蛋和牛奶。白小英看着莫香寒忙前忙后，便道："阿姨，您别忙了，我们也不是外人，坐下歇歇吧。"莫香寒笑道："没事，我不累，你们坐，我给你们洗些水果吃。"

白小英对莫雅晴道："真羡慕你，有这么个好妈妈，将来孩子出生后，你也不用担心没人照料了。"

莫雅晴试探着问道："英姐，你跟家里……缓和些吗？"白小英叹了口气道："我的情况你们也知道。我跟怀冰当初从家里偷跑出来干革命，我爹和他爹都气得不行。后来，我俩结婚，双方父母更是不同意。新中国成立后，他爹主动联系怀冰，希望网开一面，给家里多留点地。这是不可能的事。据说，怀冰他爹当场气晕过去，还在族谱上除了怀冰的名字。怀冰尚且如此，我就更不用说了。"白小英说话的时候，语气很平和，沈云卿却能从中听出她难掩的痛楚。

白小英笑道："不说那些了。这些年多亏了小雅和杏儿的帮衬，帮着我们把小捷拉扯大。我们俩一直没有再要孩子，一方面是怀冰怜惜我的身体，另一方面也是因为没人带孩子。"

三人又闲聊了一会儿，白小英终于说道："孕妇得多休息，我们先回去了。"离开莫雅晴家后，沈云卿发现白小英面色发白，手还时不时按在腹上，问道："小英，你哪里不舒服？我送你去医院吧。"

白小英故作轻松地笑道："不用，我肚子有点疼，可能是着凉了。"白小英和莫雅晴家都住在市政府家属院中，沈云卿陪白小英回到家中，给她倒了杯热水，说道："你定是工作太累了。"

白小英端起水杯，皱了皱眉，说道："这段时间，学校里很多老师都提了不少意见，可我总觉得……"

"觉得什么？"

"我也说不清。不说这个了，杏儿，你也莫说我了，上次我听怀冰说，有次他去找你，见你脸色特别差，问了你们同事，说你午饭也没吃。你自己要注意身体啊。"

伍拾叁 · 月光失色

1957 年 6 月，莫雅晴顺利产下一名女婴，夫妻二人为其取名为程素敏。

白小英的隐忧变为了现实，虽正确预判了形势，却没能正确预测自己的身体状况。1958 年年底，白小英查出患有乙型肝炎。沈云卿劝白小英放下工作，专心接受治疗。白小英却道："你知道的，学校里的工作，我实在是脱不开身。"

由于缺乏营养，加之劳累过度，白小英的病情急剧恶化，1960 年年底，白小英被确诊为肝癌。

看着日渐消瘦的白小英，沈云卿意识到，她和白小英相处的时日，怕是要进入倒计时了。

众人都避讳谈论白小英的病情，特别是在陈怀冰面前。陈怀冰罕见地请了长假，每天只上半天班，以便照顾白小英。

这天，沈云卿前来探病时，白小英盯着沈云卿："你哭了？"

沈云卿这才意识到自己面上的泪痕，解释道："没有，路上风大，吹的。"

白小英道："咱们都是唯物主义者，人的寿命终有尽时，我早已想通。只是小捷这孩子着实可怜。刚出生就跟着部队南征北战，后来好不容易日子安定下来了，我跟怀冰又忙，没什么时间陪她，她今年才十七岁，没了妈，往后的日子不好过。不过，好在她还有个疼她的干妈。"

沈云卿明白，这是托孤之言，这人世间，恐怕再也留不住那一抹皎洁月光。

1963 年 3 月，白小英昏迷，送入重症病房抢救，三天后，溘然长逝。

白小英追悼会结束后，沈云卿如失了牵引绳的木偶，机械地跟在陈怀冰身后。陈怀冰皱了皱眉，说道："你怎么不回家？""回家？"沈云卿茫然道。白小英离世的那天她在医院昏了过去，苏醒后便一直在陈怀冰家，帮他料理白小英的后事。如今，白小英的追悼会已结束，她竟不知自己该做什么。

陈怀冰道："你回家吧。"他见沈云卿依旧怔立在当地，忽然吼道："你怎么还不走？！你还不明白吗？我现在不想见到任何和她有关的人，尤其是你！你在我眼前，就好像……"陈怀冰的喉咙忽然嘶哑了，他蹲下身去，掩面干号起来。

从白小英确诊到离世，陈怀冰虽情绪不免低沉，但在大家前，特别是在白小英面前，他始终尽力保持乐观。白小英离世后，陈怀冰一直没有落泪，反而去安慰沈云卿等人。直至此时，陈怀冰心中的那道闸门终于不堪其重，已然崩塌。

齐继盛见状，赶紧上前扶住沈云卿，说道："杏儿，我们先回家吧，让怀冰一个人静一静。"

三个月后，陈捷即将参加高考，沈云卿到陈怀冰家，照顾陈捷起居。这天，沈云卿进门时见宋希宁从厨房出来。这已经不是她第一次在陈怀冰家见到宋希宁了。宋希宁见到沈云卿，微微笑了笑，说道："云姐，你来啦？我已经做好饭了，我下午还有课，先走了。"宋希宁大学毕业后，留在了清门大学当老师。

陈捷走出书房，盯着宋希宁的背影，直至她关上房门，才对沈云卿道："干妈，你来啦。"沈云卿从包里拿出一样东西，递给陈捷。陈捷低头一看，是沈云卿为她缝的月经带。陈捷将东西放到卧房中，沈云卿见陈捷书桌上的草稿纸上画的是素描的山水风景，沈云卿在陈捷身旁坐了下来："小捷，你打算报考哪个专业？"陈捷看了一眼沈云卿："干妈，你怎么不问我打算报考哪所学校？"

沈云卿一愣："你……不打算去清门大学读书？"陈捷微微一笑，那笑容似有嘲讽之意："我想去外地读书。"

沈云卿知道，自己无权干涉陈捷的选择，便说道："这件事情，和你爸爸商量过了吗？"陈捷点点头："我爸尊重我的选择。"对于这个答案，沈云卿并不意外。陈怀冰革命一生，最厌恶的便是封建家长，因此他不会将自己的意愿强加在女儿身上。

到了发榜的日子，陈捷如愿以偿，考上了外地一所知名大学，攻读机械工程专业。8月30日是陈捷的生日，沈云卿夫妇和程新天夫妇都收到了陈捷的邀请，并一同前去陈怀冰家，为她庆祝十八岁生日。

沈云卿进门后发现，只有陈捷一个人在家，便问道："你爸还没下班吗？"陈捷面无表情地说道："他每天都加班到很晚。"

沈云卿将自己带来的糕点和莫雅晴带来的水果提进厨房，摆好盘后端了出来，说道："你们先吃点，马上就做好饭。"说话间，门口传来一阵钥匙的响声，是陈怀冰到家了。陈捷看到父亲回家，有些惊讶。而陈怀冰看到沈云卿等人，也是微微一愣，随即道："谢谢你们来给小捷庆生。看，这是我专门去合作社买的鱼。"

沈云卿赶紧将鱼接了过来，却见陈捷走上前去，接过父亲手中的公文包，犹疑地问道："今天不用加班？"陈怀冰在她耳畔低声道："你的生日，我怎么会忘？又是十八岁生日，我再忙也得回来给你过生日。"陈捷没再说什么，转身去放公文包。

沈云卿将这一切看在眼里，不由得叹了口气。正如她所料，陈捷庆祝自己的十八岁生日，只通知了他们这些人，根本没有告诉自己父亲。

饭菜刚端上桌，门口又传来钥匙的响声，能听得那钥匙已插入锁眼，却又拔了出来，变作敲门声。沈云卿赶紧起身去开门，原来是宋希宁。

宋希宁见到沈云卿，略有些意外，却不惊讶。她笑了笑，说道："云姐，你们也在啊。"她朝内望了望，见厅中一片寂静，众人都放下筷子看着她，却无一人言语。

宋希宁见状，又笑了笑，说道："今天是小捷的十八岁生日，我特地给她做了这个，祝她生日快乐，学业顺利。"说着，将一包东西塞进沈云卿手中。沈云卿打开包一看，是一件墨绿色春绸棉袄。大学教师的工资虽比普通工人要高，但是这件棉袄也花去了宋希宁一个月的工资。

宋希宁朝着陈捷道："小捷，你一个人去外地上学，要照顾好自己，特别是冬天，不要冻着，女孩子受不得凉。"

沈云卿忽然意识到宋希宁一直站在门口说话，赶紧说道："快进来坐，尝尝我做的鱼。"宋希宁道："不了，学校里还有事，我先回去了。"

宋希宁走后，众人在沉默中吃完了晚饭。程新天道："我们得回去了，小林该饿了。"小林是莫雅晴和程新天的儿子程书林，他们的第二个孩子。莫雅晴尚在哺乳期，所以二人不能久留。沈云卿见状道："那我们也回去了。"她让陈怀冰和陈捷好好谈谈。然而，陈捷对父亲道："我去送送干妈他们。"

出门后不久，陈捷对齐继盛道："干爹，你先回吧，我有话要对干妈说。"齐继盛看了一眼沈云卿，点点头，先离开了。

沈云卿似乎猜到了陈捷要和自己说什么，却无从说起。沉默了一会儿，陈捷主动开口道："干妈，你应该清楚我为什么非要去外地上学吧?"

沈云卿一语未发，陈捷继续说道："为了给他们两个人腾地方。"听后，沈云卿更不知如何回答了。

陈捷忽然冷笑一声："我妈妈在时，说你是她这辈子最好的朋友。她如今尸骨未寒，你就眼睁睁地看着她的丈夫和其他女人在一起吗?"

陈捷的话彻底击溃了沈云卿心理防线，她哽咽道："小捷，不管你信不信，我是这个世界上最爱你妈妈的人。她离世，没有人比我更痛苦。但是你爸爸……他毕竟是一个人，你不能剥夺他追求自己生活的权利。"

陈捷道："干妈，我问一句不该问的话。如果干爹不在了，你会再结婚吗?"沈云卿一愣，随即道："不会。"她之所以脱口而出，是因为这个问题她曾无数次想过，但是每一次她的答案都是一样。她认为，自己不可能，也没有必要和第二个男人步入婚姻。

沈云卿道："你爸爸再婚，并不代表他不爱你妈妈。毕竟……男人和女人不一样。"沈云卿想起，在战争年代，白小英曾说过，如果自己牺牲了，希望沈云卿嫁给陈怀冰，代替自己照顾他。当然，她自然不能和陈捷说这话。

陈捷看着沈云卿，说道："干妈，我真的不相信从你嘴里说出来这话，亏你还是妇联的干部。"陈捷长舒了一口气，继续说道："我知道，我和你说这些没用。我爸的事，谁也管不了。我今天说这些，不过是为了发泄情绪。我马上要去外地上学了，家里的这些事，从今往后与我再没有关系了。"她盯着沈云卿，目光逐渐柔和下来，她从兜里掏出一张纸，递给沈云卿："干妈，送你一样礼物，感谢你这些年对我的照顾。"

沈云卿将纸展开，那是用钢笔画的素描，画上的白小英栩栩如生，正是她年轻时的模样。这幅画像饱含陈捷的思亲之情，也展现了卓越的功底。沈云卿知道，陈捷从小便喜欢绘画，在这方面很有天赋，因此才在她高考前询问她报考的专业。她本以为陈捷会选择学艺术，没想到陈捷最终还是选择了经世致用的工科。

陈捷离开后，沈云卿望着那张白小英的画像，蹲坐在路边，放声痛哭。

伍拾肆·体恤周到

　　每到休息日，沈云卿都会在家中做一次大扫除。沈云卿家是军分区大院中的一座二层小楼，加上门前的小院，打扫一遍，要花不少时间。

　　周日清早，沈云卿和齐继盛刚吃过早饭，便听到电话铃响。齐继盛接起电话，应了几声，挂断后对沈云卿道："是门岗打来的，说……我哥哥、嫂子来了。"

　　沈云卿道："是哥哥、嫂子来了呀，家里还没收拾。"沈云卿边说话，边起身收拾碗筷，擦拭餐桌。

　　不久，齐继昌和李淑贤进门了。李淑贤一进门便道："弟妹就是贤惠，工作那么忙，这家还收拾得这么干净。"沈云卿有些惊讶，从她嫁到齐家至今，这是李淑贤第一次赞扬她。她尚未来得及打扫，家中虽不脏乱，却算不上一尘不染。

　　李淑贤和齐继昌在沙发上坐下，见沈云卿端来了水果和糕点，忙从包里掏出了一把韭菜，说道："弟妹，我买了菜，咱们中午包饺子吃吧。""哦，好啊，我去和面。"沈云卿回到卧室，从床头柜的一只布包中取出五毛钱和半斤肉票，出来后递给公务员小秦，让他去合作社买半斤肉。李淑贤听闻，强掩喜色，对沈云卿道："弟妹，我去厨房帮你。"她说罢，给齐继昌使了个眼色，齐继昌会意，朝她点了点头。

李淑贤边洗韭菜，边说道："弟妹呀，你们最近工作可忙？"沈云卿道："还好，就是老样子。嫂嫂和哥哥身体可好？"

"还好，就是这小满不让人省心。"

"小满怎么了？"

原来随着公私合营进一步深入，齐继昌夫妻没了分红的收入，但他们二人又不愿出去工作，只靠家中积蓄生活。齐继昌夫妻年过半百，不出去工作，尚有情可原，儿子齐世满正当壮年，没有工作，不仅找对象困难，今后的生计也堪忧。然而，齐世满自幼在家养尊处优，并无一技之长，李淑贤便来求齐继盛夫妇，想让他们帮儿子寻份差事。

李淑贤道："我们也不是缺他那份钱，只是现在没份工作，不好娶媳妇。这小满可是老齐家的独苗，他要是娶不上媳妇，老齐家就得绝后。这一笔写不出两个齐字来，弟妹啊，你也是齐家的媳妇，你和老二又都是市里的大官，这事无论如何你也得帮帮你侄儿。"

沈云卿用微笑掩饰住心中的不悦，说道："小满想要找工作，自力更生，那是好事。嫂子，你放心，这事我来想办法。"

李淑贤闻言，大喜过望："哎呀，有弟妹你这句话，我就放心了。"

齐继昌和李淑贤在齐继盛家吃了一顿肉馅饺子，不由得露出了餍足的笑容。

两人走了之后，齐继盛边帮沈云卿收拾碗筷，边问道："我嫂子是不是让你帮小满找工作？"沈云卿看了他一眼，问道："你怎么知道？"齐继盛叹了口气道："前几天，我哥去我办公室找过我，被我拒绝了。"

沈云卿微笑道："为什么拒绝？"齐继盛道："这还用说吗，你不是最讨厌找关系这种违背原则的事吗？"

沈云卿笑了笑，说道："坚持原则是对的，可是如今，你哥哥三口都赋闲在家，你这个做弟弟的不管，会被人说你不近人情。"

沈云卿继续说道："如今，小满想要出来工作，自力更生，是好事，咱们该支持。这事，你莫管了，我来处理。保证不会违背原则，又不会坏了你们的手足情。"

齐继盛问道："杏儿，你对我真好。"沈云卿道："说这个干什么。我和你是夫妻，你的家事也是我的事，我也希望齐家人都能过得好。"

沈云卿找到如今瑞永商场的经理吴俊生，让他招齐世满进来，做了一名售货员。瑞永商场过去本是齐家的产业，招齐世满进来工作，也是合乎情理。售货员的工作在当时是十分令人艳羡的职业，齐世满参加工作后，不少人前去他家提亲。李淑贤因此得意地对齐继昌道："你看看，我说什么来着？我早就说了，老二啊，用四川话说，那就是个'粑耳朵'（指妻管严），他们家都是沈云卿做主。有什么事，还得直接去找你弟媳妇。"

齐继昌不屑地撇撇嘴："行，就你最聪明，你是诸葛孔明再世，行了吧？"然而，他随即又低声嘀咕了一句："事后诸葛亮。"

李淑贤听到这句话，立刻来了脾气："你说什么？你再说一遍！"

齐继昌也不甘示弱："当初还不是因为我去找老二，他不同意，你才想到去找他媳妇的。现在充什么狗头军师？"

"你……"李淑贤指着齐继昌的鼻子要骂，忽然瞥了齐继昌一眼，说道，"你也就跟我耍威风。当初你家老二多不成器，人人都说他烂泥扶不上墙，你再看看人家现在，多威风。他说一句话，整个清门都得震三震，如今咱们这个做哥哥、嫂子的，还得去求人家。"

齐继昌无奈地叹了口气："三十年河东三十年河西，这有什么办法？"

李淑贤冷笑一声，说道："有什么办法？你再看看你现在，混成什么样子？再过两年，就要上街要饭了。"

这话严重刺激了齐继昌："你说什么呢！你现在看我们家败了，后悔嫁给我了？"李淑贤又说了一句："后悔也来不及了。我是想说，在听老婆话这件事上，你要是能做到老二的一半，也不至于混成现在这个样子。"

齐继昌忽然冷笑道："你这话说得倒不是没有道理。老二能有今天，是因为人家娶了个好老婆。你要是能有人家沈云卿一半的本领，我不至于落到今天这个地步。"

"你是什么意思？你觉得她好，你去找她。你个老东西，一把年纪了，还贼心不死……""你骂谁？""我就骂你了，怎么了？"

夫妻两人争吵正酣，忽听"嘭"的一声，原来是齐世满推门而出。齐家老宅里如今住满了人，大多是过去在齐家服务的仆役与他们的家人，还有一些后来搬来的居民。齐继昌一家三口只占据了其中一个小院落，院子虽不大，他们三口人住着也算宽裕。然而自齐世满记事起，父母的争吵没有断过，他曾无数次想过，既然两人都如此嫌弃对方，为何还要在一个屋檐下生活？听说母亲要给他介绍结婚对象，他充满了期待。虽说他不可能因此搬出去住，但是会多一个人和他一同分担父母那无休止争吵的压力。

此时，齐世满摔门走出院外，他一言未发，只回头看了父母一眼。他脸上并无什么特别表情，但不知为何，李淑贤却感觉儿子的眼中射出了一股怨恨，那眼神令她不寒而栗。

齐继盛得知齐世满被录用，自然也是喜出望外。他回到家中，一进门，沈云卿照样迎上前去，接过他的军帽，替他挂到一旁的挂衣钩上。齐继盛忽然从背后抱住她，在她耳畔道："杏儿，我好……喜欢你。"纵然多年来夫妻琴瑟和谐，沈云卿骤然听到这等直白的话，也不免脸一红，嗔道："老夫老妻了，说这个干什么。"

齐继盛却道："是啊，你我虽共同生活了二十多年，可是我一看到你，却总如同年少时那般，心动不已。杏儿，我还是那句话，娶了你，是我这辈子最大的幸运。"

第五部分

塞北残阳

伍拾伍·山雨欲来

　　1966 年 3 月的一个休息日。莫雅晴正在卧房哄着小女儿程素真入睡，大女儿程素敏正在书房写作业，程新天则在客厅陪儿子程书林做游戏。门外，忽然响起了一阵敲门声，程新天打开门，一看是沈云卿。沈云卿没有客套，开门见山地说道："骆书记中风了，现在正在抢救，老齐和怀冰已经过去了。车在外面，你俩跟我一起去吧。"

　　幸亏抢救及时，骆百川恢复了意识，只是身体已大不如从前，说话的语速慢了许多。骆百川之前是省委副书记、常务副省长，公务极为繁忙，如今生了病，只能暂时卸下部分工作，专心养病。陈怀冰知道，骆百川是忙惯了的人，突然闲下来，十分不习惯。为给骆百川解闷，他时常和沈云卿等人轮流前去探望。

　　这天，沈云卿前去骆百川家，两人闲谈了一会，谈及最近的形势，骆百川说道："说真的，如今小英不在了，她若在，我最担心的便是她。你们这些人里，她性子是最直的，也是最偏的。"

骆百川忽然提起白小英，令沈云卿一颤。而更令她感到惊讶的是，骆百川谈及白小英的死，似乎还有几分庆幸的意味，似乎她若在世，恐怕结局会更糟一般。

正如骆百川所料，这一场席卷而来的风暴很快波及了沈云卿。

沈云卿被调到市委工作，虽每天与陈怀冰相见，却不复当初在根据地一同工作时的欢声笑语。为了避免嫌疑，两人尽量避免独处，即使在楼道中碰见，也不过是点头问候。事实上，不仅沈、陈二人如此，市委的工作人员几乎都是如此。

齐继盛的日子也不好过。

齐继盛一进家门就抱怨："早就跟那个家划清界限了，还让我写情况说明！老子打美国佬的时候，他们还在娘怀里吃奶呢。"

"消消气。"沈云卿沏了杯热茶递给他，轻抚着他的后背说道。待齐继盛情绪稍缓，沈云卿又开口道："俗话说得好，英雄邀功狗也嫌。咱们都老了，现在是年轻人的时代，你得……跟上时代，千万莫要意气用事。"

齐继盛看了沈云卿一眼："你能忍得了……"

沈云卿将头转了过去："我没什么忍不了的。"

齐继盛看着她，忽然关切地问道："你在单位没受欺负吧?""没有。"沈云卿面无表情地道。

"那就好。"他又补了一句，"要是有人欺负你，跟我说，我一枪毙了他。"这恰恰是沈云卿最担心的，她皱了皱眉，淡淡地说道："现在是和平年代,别老动不动就提枪。"随后转身去了厨房。不过，事情发展仍出乎她的预料，为了保护齐继盛，她最后不得不选择了离婚。

齐继盛被找谈话，对方暗示他申请提前病退，让出领导的位置。这倒也正合齐继盛之意。沈云卿和他离婚后，他便如失了魂灵一般，终日浑浑噩噩，对万事万物都丧失了兴趣。他以自己在朝鲜战场上旧伤复发的名义申请了病退，得到批准后，便将自己关在家中，再不迈出房门一步。

　　有一天，陈怀冰前去看望齐继盛。

　　"什么重要的事？"齐继盛抬起头来看着陈怀冰。他猜想，陈怀冰口中的要事是与沈云卿有关。他既渴望得知沈云卿的近况，却又害怕听到她再婚的消息。

　　"你知道刘启明吗？"听到陈怀冰的问话，齐继盛略显失望，却隐隐有些庆幸，看来陈怀冰口中的要事与沈云卿无关。他低下头，面无表情地道："不知道。"

　　"他是咱们市里的劳模呀。"

　　"哦。"齐继盛这才回想起来，他似乎在新闻里见过这个名字。

　　"他妹妹名叫刘瑞英，今年三十岁，在纺织厂工作，嗯……她和她哥哥一样，工作起来不惜力，所以……一直没顾上考虑个人问题。刘瑞英这个姑娘非常善良，手脚也勤快……还有，她说她这辈子最崇拜的就是解放军，她想嫁个战斗英雄。"

　　齐继盛终于明白陈怀冰的来意了。他抬起头，盯着陈怀冰，说道："陈怀冰，如果我没记错的话，如今白小英不在了，你是沈云卿这辈子最好的朋友和战友，我和她刚离婚不到两个月，你就跑来给她前夫介绍对象？"

　　陈怀冰尴尬地笑道："你这话说的，我和你不是朋友吗？咱俩之间就没有战友情吗？再说，刘瑞英这么好的条件，你要是和她结了婚……"

"滚！"齐继盛声音不大，陈怀冰听后一愣。齐继盛又道："你没听见吗？我让你从我家滚出去。"

陈怀冰顿时拉下脸，怒道："我可告诉你，我这都是为了你好，你别狗咬吕洞宾。像刘瑞英这么好的姑娘，错过了就没有了。你想打一辈子光棍，没人拦着你。可你别怪我没提醒你，沈云卿下个月就要结婚了。"

齐继盛倏地抬起头，盯着陈怀冰。陈怀冰知道自己的话起了作用，赶紧说道："明天下午两点，人民公园。"陈怀冰临走时又补了一句："把你的头发理一下，给人家姑娘留个好印象。"

事实上，离婚后不久，沈云卿也见过一次齐继盛，只不过是在一个极为特殊的场合。那便是在吴俊生的葬礼上。

齐继盛不顾影响前来悼念，令吴俊生妻子感念不已。

沈云卿知道齐继盛必然会去，为了回避，特地稍晚些的时候前去吴俊生家，却不料正好与齐继昌夫妇撞见。

即使沈云卿和齐继盛离了婚，吴俊生妻子也依旧将沈云卿当作东家看待，她一见沈云卿前来，连忙道："二少奶奶，不，沈主任，您也来啦。"

沈云卿对着吴俊生的遗像恭敬地鞠了三个躬。

伍拾陆 · 新人旧人

这一段日子以来，唯一能让沈云卿略感欣慰的是，对她怀恨在心一直在上蹿下跳的吴泰、吴倩二人得到了应有的惩罚。原来，吴泰伙同其妹吴倩贪污公款，侵吞公共财物，吴泰和吴倩被关进了监狱。不久，市委公布了第一批下放干校的名单，沈云卿名列其首。

齐继盛起初对陈怀冰给自己安排的相亲是心存抗拒的，然而刘瑞英活泼开朗，即使齐继盛在会面时沉默不语，刘瑞英也能找出话题活跃气氛。当时，没有人愿意听齐继盛讲他过去战场上的那些旧事，刘瑞英却主动提出要齐继盛讲。

事实上，对于过去的事情，齐继盛现在并不愿讲了。他过往的回忆每一帧都印刻着沈云卿的模样，然而刘瑞英反复要求，他也不好不讲，只挑些朝鲜战场上的事讲。两人就这样逐渐熟悉了。第一次见面后，刘瑞英和他约定了下次见面的时间和地点，让他接着给自己讲述过去的事。齐继盛不好拒绝，便答应了下来。

　　刘瑞英比齐继盛小十几岁，齐继盛过去从未与第二个女性有过恋爱关系，如今不觉时不时挂念起刘瑞英。

　　一天，两人会面后，天空乌云密布，刘瑞英提出要齐继盛送自己回家。齐继盛将刘瑞英送回家时，倾盆大雨。刘瑞英父母便趁机留齐继盛在家吃午饭，齐继盛虽觉有些尴尬，但无奈天要留人，只得留下吃饭。

　　席间，刘瑞英母亲询问了齐继盛的一些基本情况。谈话间，刘瑞英母亲忽然问道："你们打算这个月领证，还是下个月？"齐继盛闻言一愣，刘瑞英也不好意思地低下头。此时刘瑞英父亲接着说道："你这老婆子着什么急？你不懂规矩，他们这是军婚，要打报告，手续麻烦得很，怎么说也得下个月，你说是不是？"他说完话后，看着齐继盛。齐继盛正不知该如何接话，刘瑞英母亲又将话接了过去："倒也是，那可得赶紧打报告。"

　　刘瑞英见齐继盛仍未开口，便说道："爸、妈，你们俩别说了，人家压根就不愿意娶我，你们逼人家做什么？"刘瑞英说完，将筷子撂在桌上，转头进了里屋，将房门"砰"地关上。

　　刘瑞英父母赶忙给齐继盛夹菜，并说道："这丫头脾气真是大，回头我们好好说说她。"齐继盛此时终于开口道："你们放心，我明天就向组织打报告。"刘瑞英父母露出了满意的笑容。

　　由于齐继盛是二婚，两人不打算大操大办，决定在领结婚证后的第一个休息日在家中请几位至亲好友。刘瑞英当天才搬进齐继盛家，她忙着搬家，齐继盛一人前去邀请亲朋好友。

　　齐继盛敲开程新天的家门，只有莫香寒和两个孩子程书林和程素真在家。齐继盛人逢喜事精神爽，笑着往莫香寒手中塞了块喜糖，说道："莫姨，今天周末，他们俩都没在家？"

"哦，"莫香寒的态度非常冷淡，"是小齐啊，进来坐。"莫香寒将齐继盛迎进门来，正准备给他倒水，齐继盛忙道："莫姨，您别忙了，我就是来邀请小天和小雅今晚到我家做客，您也一起来，带上孩子。"

"哦，你结婚啦？"莫香寒依旧是那副模样。

"嗯。"

莫香寒还是为他倒了杯水，而后坐在他对面，一言不发。

齐继盛只得再次问道："他们俩……带着小敏出去了？"

"没有。"莫香寒道，"他们俩……去火车站了。"

"火车站？咱们家里有亲戚来了？"

莫香寒盯着齐继盛，说道："你……不知道？"

"不知道啊。"齐继盛一脸茫然。

莫香寒道："他们俩……去送小沈了。小沈被下放了，据说是要去大西北，她这一走，不知道什么时候能回来。"

齐继盛身子一震："下放？"

"对，小沈脾气倔，跟我年轻时倒有些像。"莫香寒说着，忽然微微一笑。

莫香寒说着，又笑了起来："现如今小沈和小陈都单着，要我说，他们俩不如……"莫香寒忽见齐继盛面色十分难看，赶忙止住了话头："我老了，说话难免糊涂，你别介意。"

齐继盛与沈云卿离婚后，又从部队病退，几乎过着两耳不闻窗外事的生活，特别是对沈云卿的消息，似乎有意回避。此刻听到莫香寒的话，犹如当头一棒，一时间恍惚，不知自己身在何处。

见齐继盛一直没说话，莫香寒说道："等他们回来后，我便转告他们。我年纪大了，就不去了，在这儿恭喜你了。"

齐继盛又愣了半天，终于道："沈……不是要和那个谁结婚吗？"

"结婚？这是小沈和你说的？"莫香寒的脸上忽然露出一副女性特有的笑容，"你知道的，女人的嘴，最会骗人。"

在清门火车站，冯淑慧拉着沈云卿的手，说道："沈姐，你一定得回来，俺们还盼着你回来主持工作，把咱市的妇联工作重新做起来呢。"

沈云卿道："小冯，你要好好保重。你虽是烈士家属，但做事更要认真。"

莫雅晴将头转向一旁，偷偷将眼泪拭去。沈云卿笑道："小雅，你都是三个孩子的妈妈了，怎么还哭鼻子？"沈云卿叹了口气，说道："小雅、小天，我知道你们最近的日子都不好过，但是从长远看，我相信，像你们俩的名字一样，总能有雨过天晴的那一天。"

陈怀冰上前说道："你们先回吧，我有话单独跟云卿说。"陈怀冰见众人走远后，便说道："你托付给我的事，我都办妥了。如今结婚证也领了。"

沈云卿点点头，说道："那好，这事多亏了你。"陈怀冰却叹了口气道："只是我总觉得对不起老齐，刘瑞英因为被原来的对象悔了婚，她爸妈急着把她嫁出去。她只是想找个人嫁了，并不在乎嫁的是谁，这对老齐多少有些不公平。"

沈云卿道："你这话说得就不对了，越是被感情伤过的姑娘，越懂得珍惜感情。更何况刘瑞英不仅出身好，人也年轻，也许，将来……还能生个孩子。"

陈怀冰刚要开口说话，沈云卿又道："我前几天见到希宁了，她说她已经很久没有见到你了。她去找你，你也不见她。你还把家门钥匙换了，新的钥匙也没给她。怀冰，这是怎么回事？"

陈怀冰故作无所谓地笑道："那门锁坏了，才换了新的。"宋时先已经故去，宋希宁未能见到父亲最后一面。

陈怀冰看向沈云卿："我为什么不见她，你难道不明白吗？"

陈怀冰笑道："江面上风雨飘摇，孤舟已漏，破木板上只能载一个人，若是两人都紧抓着这木板不放，怕是都要淹死。总得跳下去一个，另一个才能存活。"

沈云卿忽然道："举报吴泰，你的恩，我记下了。只是太冒险，你为我，其实不值得。"陈怀冰道："别以为我不知道你在想什么。我从你眼里看到了你想解脱。我知道，你放下一切，想到没人认识你的地方去找小英，对不对？"

沈云卿被他说破心事，更不知道如何作答。陈怀冰叹了口气道："你现在这个样子去见小英，小英泉下有知，也会骂你的。别忘了，你刚才对小雅说的话，应从长远看。你是老党员了，我也送你一句话，无论在任何时候，都不要自己做决定。说不定，我很快便会去找你了。"

伍拾柒 · 霞光漫天

齐继盛从莫雅晴家中出来时，莫香寒的这句话在他脑中不断环绕，令他感到头痛。

陈怀冰见齐继盛站在自己家门口，先是愣了一下，而后笑道："你是来请我吃喜酒的吧？"

"为什么？"齐继盛问道。

陈怀冰没理会他这句没头没脑的质问，只是将他迎进家门。

"你为什么要和她一起骗我？"

"我骗你什么了？"

"莫姨都告诉我了。"

"莫姨她……年纪大了，难免糊涂。"

齐继盛盯着陈怀冰，又重复了一遍刚才的问题："为什么要和她一起骗我？"陈怀冰没作答，只是给他递了杯水。

齐继盛又道："你们两人志同道合。如今小英不在了，你急着让我再婚，是不是想和她……"

齐继盛这样说，陈怀冰便不得不解释。陈怀冰忽然扬眉一笑，解释道："沈云卿只知道，小英临走前，把小捷托付给她。可她不知道，小英临走前，也把她托付给我了。所以老齐，我没有办法，她让我帮她，我必须帮。"

齐继盛忽然心疼起自己对面这个人来，自己虽与沈云卿劳燕分飞，多少还有个念想，终究强过与至爱阴阳两隔的陈怀冰。

齐继盛在自己的喜宴上喝得烂醉，以至于翌日清早醒来时，忘却了自己身处何地。此时他听到了刘瑞英的声音："你醒啦？早饭在厨房，我先去单位上班了。"齐继盛这才反应过来，自己已与刘瑞英结婚了。

齐继盛回想起昨天陈怀冰对自己说的："瑞英是个好姑娘，也是个好妻子，你和她结婚，一定会幸福的。"覆水难收，齐继盛努力接受这一现实。

沈云卿望着车窗外的景象渐渐远去，默默地对自己工作和生活了几十年的地方作别。

"沈云卿。"沈云卿忽然听到有人叫她，扬头一看，是一名与自己年龄相仿的女性。沈云卿认得她，她叫楚芳霞，是市工会主席，也在这第一批下放名单中。楚芳霞之前是在省里任职，与她在工作中接触不多，算不上熟悉。楚芳霞留着短发，眼角微微上扬，眉边有一颗泪痣。

楚芳霞在沈云卿对面坐了下来。楚芳霞是极爱言谈的，但是在这样的情形下，寒暄倒成了一件不礼貌的事。

沈云卿见楚芳霞一副欲言又止的样子，便主动开口说道："听你口音，你是四川人？""嗯。"楚芳霞点了点头，总算打开了话匣子，"我爹是当地的一个地主。"不用再往下说，沈云卿已能想象楚芳霞的情况。

"我爹还算开明，我从小就在外地上学。读大学的时候，与同学一起参加学生运动，认识了一个……男同学，我就跟他去了延安。"

沈云卿没想到她这么早就参加革命，怪不得之前在省里。"后来，日本鬼子来了，他是江洲人，回老家建了根据地。我还在延安，我们俩身处两地，连通信都困难。他答应要娶我，组织上给他介绍对象，他都没同意。"楚芳霞说到这里，忽然笑了一下，那笑容里似乎含着一丝苦涩，而后用一句极为简短的话结束了自己的爱情故事："我们结了婚，后来，我就跟他一起来这边工作了。"

沈云卿料想楚芳霞的丈夫是省里的一位领导，便问道："你爱人在省里做什么工作?"不料楚芳霞摇摇头道："已经是前夫了。他是省委办公厅主任。"

沈云卿忽然想起省委办公厅主任的姓名，不由得一挑眉道："许焱?""对，你认识他。也对，咱们省里的干部，谁不认识他呢。"

沈云卿没有想到，竟在这里碰到了许焱的前妻，一时间旧事涌上心头。楚芳霞似乎看出了她的心事，问道："我知道，你是清门妇联的，你爱人是做啥工作的?"

"我……"沈云卿只说了一个字。楚芳霞一拍大腿，接着说道："我晓得了，你也离婚了，对不对?"沈云卿无奈地点了点头。楚芳霞又说道："我早就说过，男人没一个好东西。他又结婚了，对不?"沈云卿又点了点头，问道："老许也再婚了?""可不是嘛，一刻也没耽误。"楚芳霞道。

沈云卿问道："你和老许有小孩吗?""原本怀过一个，打仗的时候流掉了。大夫说我没法生了。"楚芳霞说到这里，哼了一声："这次我一提离婚，他毫不犹豫地同意了。"

楚芳霞又问了沈云卿是否有子女，沈云卿如实答了。两人一时间没了话，都望向窗外。

晚上，刘瑞英从工厂下班回家，一进门便直奔厨房。厂里原本是给了刘瑞英婚假的，但刘瑞英是劳模的妹妹，自然也以劳模的标准要求自己，便主动放弃了婚假。

刘瑞英做好饭后将饭菜端上桌，齐继盛尝了一口，做的饭也算得上可口。他见刘瑞英正望着自己，赶紧点头道："嗯，好吃。"之后又补充了一句："想不到，你厨艺这么好。"

刘瑞英放下心来，得意地说道："那是自然，之前……"刘瑞英忽然觉得失言，赶紧住口。

齐继盛问道："之前什么？""没什么。"刘瑞英道，"我是说……之前我爸妈也说我做饭好吃。"

饭罢，齐继盛因刘瑞英白天要上班，晚上回家又要做饭，便主动收拾碗筷，并去厨房洗碗筷。刚洗净了一个，手一滑，碗便掉到地上碎了。刘瑞英听到声响，赶紧跑进厨房，笑着道："还是我来吧。"

齐继盛这才意识到，结婚多年，自己几乎从未做过家务。这么多年，他从未想过沈云卿忙不忙、累不累，只是心安理得地享受着她对自己的好。齐继盛再婚后本不打算再惦记沈云卿，却终究控制不住自己的思绪。沈云卿如今身在遥远的塞北，她现在正在做什么？她也许在从事繁重的劳动。

齐继盛低声说了句："我去擦桌子。"便慌忙走出了厨房，以免刘瑞英看到自己即将涌出的泪水。

值得高兴的是，沈云卿和楚芳霞同被编在一连一班。之所以说值得高兴，是因为经过短暂的相处，沈云卿喜欢上了楚芳霞。沈云卿虽觉得她快言快语，有时不免替她担忧，却依然喜爱她的直性子。

秋收时节，她们要下地刨高粱茬子。当地一位农民嫌沈云卿干活慢，抱怨了几句，说沈云卿故意偷懒。楚芳霞立刻回道："她手臂被打折过，干起活来不方便。我多替她刨些，你放心，我们绝不会落下一根茬子。"

为了不被人说闲话，沈云卿不停地扛起又湿又重的高粱秸，往返数趟，最终落下了腰肌劳损的疾病。

第二批下放的干部来到干校，沈云卿班上分来了一位新同志，也姓沈，叫沈月明，是《清门日报》的女记者。因为两人都姓沈，班里的同学都戏称她与沈云卿是姐妹。楚芳霞也说："云卿，月明，名字也很搭，真像姐妹。"

沈月明三十岁出头，育有一儿一女。她长得要比沈云卿秀气许多，因常年从事文字工作，身上自有一股文气。沈月明双唇很薄，唇形却极好看，她嘴角天生微微上扬，不笑时也似在笑。

沈月明处处谨小慎微，与楚芳霞的满不在乎形成鲜明对比。

与沈月明一同下放的还有陈怀冰。只不过陈怀冰被分在三连，与沈云卿相隔一个小土坡。到休息日，陈怀冰前来找沈云卿。两人许久未见，不免寒暄一番。陈怀冰道："小天说，他给你写了许多封信，你却只回了一封，内容也很简短，他们很担心你。"

沈云卿笑道："我能有什么事？他们担心我，你该放心。你知道，我不会违背你对我嘱托的那句话。"

陈怀冰闻言，笑道："那就好。他们两口子也被下放了，不过是在郊区劳动，离家近，照顾孩子也方便。"

此时，陈怀冰从怀里掏出一个小布包，递给沈云卿，沈云卿诧异道："这是什么？"

"茶叶。"陈怀冰有些不好意思地笑道，"这里头有两包，你留下一包，另一包……清大刚在这边建了干校，就在河对岸，辛苦你帮我带给宋希宁吧。"

宋希宁生在茶商之家，自幼嗜茶如命，且十分挑剔。沈云卿打开布包，用鼻闻了一下，是上乘的好茶。

沈云卿又笑道："两包都给她吧，我并非十分爱喝茶。"陈怀冰越发不好意思，说道："你……给她时，便说是小天他们给你寄的，千万莫要提我。"

沈云卿再次笑道："这样的好茶，他们从何得来？我又不爱喝茶，他们何必给我寄这个？你这借口也太拙劣了。"她见陈怀冰面色越发窘迫，笑道："好了，你莫管了，这茶叶，我帮你送到便是。"

伍拾捌

春花秋月

如今沈云卿心中也闯进了一个人，他的名字叫黄胜利。黄胜利是清门干校工宣队的成员之一，四十岁，清门化工厂的工人，他虽是工人，却长得清瘦。他面色算不上白皙，五官却极为分明，深目高鼻。

因过年，连里要杀几头猪。大家都有些畏惧，连长李成发最终指派沈月明杀猪。沈云卿知道，沈月明胆小，便主动请缨。

谁知，猪不见了！沈云卿大骇。连里人都知道，只有她每天晚上来猪圈逛。

沈云卿站在猪圈前愣了许久。她咬了咬牙，决定主动向连部报告这件事。

沈云卿去连部的路上，碰见了黄胜利。"这么晚了你去哪儿？"黄胜利问她。

沈云卿如实答了。黄胜利皱了皱眉，说道："你现在去找连长，连长肯定会追究你的责任。猪是连队的重要物资，说不定你还要为此坐牢。"

沈云卿听了，不由得打了个寒战，这正是她所担心的。黄胜利又道："猪这东西不比其他牲口，应该跑不远。顺着猪的脚印，应该能找到。"

沈云卿为难道："可……找到了，我也赶不回来它呀。"黄胜利道："你等我一会儿，我去拿根绳子，和你一起去找。找到之后一个人看着它，一个人回来叫人。"

黄胜利说完便转身去取绳子，沈云卿再次愣住。

如黄胜利所说，他们在离干校不远的一处树林里找到了那头猪。两人一起把猪牢牢捆住。而后沈云卿留在原地看着那猪，黄胜利则回到连部去叫人。

沈云卿与黄胜利经此一事，再见面时，两人熟悉了许多。沈云卿杀完猪后，黄胜利主动对她说："你那天真厉害，好多男同志都不敢杀猪，你下手倒是利落。"

沈云卿被他夸得有些不好意思："我……其实动手的时候，也是闭着眼的。"

"听说你以前练过武？怪不得，捆猪的时候力气那么大。哎，对了，年夜饭的红烧肉也是你做的？"

"嗯。"

"想不到你手艺这么好。"

"没有。我就会做些家常便饭。"

两人闲聊了一阵，黄胜利随口问道："哎，对了，你爱人是做什么的？"

"我……离婚了。"

“哦，对不起。”

“没事。”两人就此沉默了。

“真可惜。”黄胜利忽然开口道。

“什么?”

“我是说，我替你爱人，不，前夫可惜。你看着挺贤惠的，人
又勤快，我要是你……不是，我是说，嗨，我在瞎说些什么啊。”
黄胜利说着，搔了搔头皮，找了个借口离开了。

沈云卿从来没被异性这么夸奖过，一时间竟也不知如何是好。

沈云卿回到宿舍时听众人正在笑沈月明胆小。沈云卿杀猪时，
沈月明连眼睛都没敢睁开。沈月明辩解道:“我从小就怕见血，一
见血就晕。”沈月明顿了一顿，又道:“不过说来也奇怪，有一回
我家孩子摔了，浑身是血，我当时竟然没晕，还给他处理伤口。”
众人又笑了。

沈月明一见沈云卿走进来，赶紧迎上前去道谢。

“你谢我做什么?”

沈月明道:“连长让我杀猪，若不是你，我……”

沈云卿笑道:“何必如此客气，他们都说我们是姐妹，我便认
你这个妹妹。你若也认我这个姐姐，这等小事就不必放在心上。”

沈月明听后不再说什么，而是将沈云卿偷偷拉到一旁，将一
条丝巾递给沈云卿。

沈云卿问道“你这是做什么?”

沈月明低着头道:“姐姐救了我，我也没什么值钱的东西送你，
唯有这条丝巾送给你，这还是我结婚时爱人送我的。”

沈云卿道:“既是你爱人送的，我更不能要了。”她看着沈月
明笑道:“这条丝巾，你还是留着吧。不然，你爱人该不高兴了。”

她见沈月明笑了，又问道："你和你爱人感情很好吧？"

沈月明点头道："他心细，人又老实。"

不久，楚芳霞从镇上邮局回来，将一封信递给沈月明。

有人打趣道："你爱人给你写的信吧？"沈月明将信封扬了扬说道："不是，是我表妹寄来的。"她虽这么说，语气中略带些失望。

因是表妹寄来的信，沈月明便在屋中拆开看。谁知，她看了一会儿，脸色忽然变得煞白，身体也不住打战。楚芳霞察觉出有情况，问道："小沈，你怎么了？"

沈月明不说话，楚芳霞也顾不得那么多，一把将信夺过来，扫了几眼，便忍不住骂了起来："男人果然没一个好东西！"

沈云卿问道："到底怎么回事？"

"她表妹的信上说……"楚芳霞看了一眼沈月明，见她目光呆滞。楚芳霞继续道："她表妹说，小沈走了以后，她爱人就和一个女的搞到了一起。"楚芳霞话音刚落，沈月明便低头呜咽起来。

"哭有啥子用？去问他，叫他说个清楚！"楚芳霞对沈月明道。"对呀。"沈云卿附和道，"这事还得问你爱人，你表妹了解的情况未必全面。"众人纷纷附和。

沈月明给爱人连着写了三封信，却都石沉大海。这段时间，沈月明整天如行尸走肉般，人已瘦了十来斤。楚芳霞见她这般失魂落魄，便劝她："要不，你请假回城去找他吧，当面问清楚。"

当时正值春耕，连队里正忙，不可能批准沈月明的请假。

又过了两个月，沈月明终于鼓起勇气，找连长请假。连长李成发只说研究下，未给沈月明明确答复。

沈月明由此坐立难安，沈云卿见状，便偷偷地找到黄胜利，希望从他口中探问李成发的态度。

沈云卿不好直言来意，便问道："这段时间不怎么忙了，你还不回家去看看你爱人？"

"我爱人？"黄胜利笑道，"我哪有爱人。"

"哦？"

黄胜利笑道："不怕你笑话，我今年已经四十岁了，还是光棍一条。"

沈云卿闻言，有些尴尬，说道："不……不应该吧，你……挺好的。"

"嗨，还不是因为有个孩子。"

"孩子？"

"嗯，我没结婚就有孩子，这事稀奇吧？"

沈云卿怕再说下去，便是黄胜利的私密之事，可黄胜利却打开了话匣子："孩子不是我的，是我哥的。我哥从小就受爸妈的宠爱。家里有什么好事，都是他的。从名字就能看出来，我哥叫黄富贵，而我叫狗剩。"

"狗剩？"

"对，我从一出生，一直到十六岁，都是叫这个名。后来，我十六岁打算出门做工，嫌这个名字太丢人，求我爹给我换个名字，刚巧那年抗战胜利，才改叫胜利。"

黄胜利接着说道："我哥名叫富贵，像个公子哥儿一样，他把一个女人搞大了肚子，却不想跟人家结婚。那女人闹到我家来，我爸妈劝他娶了人家，他偏不肯。就这么闹了几个月，那女人肚子越来越大，我爸妈没办法，让我假装娶了她。"

"你？"

"对。从小到大，只要是我哥的东西，他也绝不会给我，可偏偏最后把他的老婆孩子给了我。孩子生下来之后，他又和那女人混在一起。但他们经常吵架，有一次，他们吵完架，我哥出去喝酒，酒喝多了，回家的路上摔进了水沟里，淹死了。那时，他那孩子才一岁。"

"我哥死了，那女人也不想在我家待了，她把孩子留下了。因此，我没结婚，倒成了孩子的爹。后来，有人给我介绍对象，人家一听说进门后要当后妈，孩子还是这么来的，都不乐意。我就光棍一条，直到现在。"

伍拾玖 · 同病相怜

沈云卿听完黄胜利的经历，不知该说什么好。

黄胜利看到沈云卿的表情，似乎猜到了她的想法，他笑了笑，说道："你瞧我，怎么突然说起这个了。哎，对了，你来找我，是有什么事吗？"

沈云卿道："是……沈月明的事。她家里有事，想请探亲假，不知道连长能不能批她的假？"

"沈月明？那个记者？"

"嗯。"

"恐怕……悬。"

"为什么？"

黄胜利没有答话。沈云卿见黄胜利面露难色，便不再追问。自从这天黄胜利向沈云卿诉说了自己身世后，两人之间更熟悉了。

正如黄胜利所言，李成发迟迟没有批准沈月明的探亲假。楚芳霞看着沈月明日渐渐消瘦，更是愤懑不已："我早就说过，男人没一个好东西。只要沾上了他们，就没好事。"

有人在旁边说："你这话说得太偏激，不能因为你自己离了婚，便否定全天下的男人。"

楚芳霞撇了撇嘴，说道："倒也不是没有，我就听说过一个。只不过他能做的，一般男人做不来。"众人从未听过楚芳霞对男人如此高的评价，不由得来了兴致，纷纷追问道："怎么回事？讲来听听。"

"这也是听我前夫说的。那两个人都是他过去的战友，男的原本是个富家少爷，后来女的参加了八路军……"

有人在旁打趣道："若男女颠倒过来，不就是你跟你家老许的故事吗？"楚芳霞挥挥手，不耐烦道："扯我那些破事干什么？"

沈云卿听到一半，便起身离开了。她忽然发现，其实自己这些年来一直挂念着齐继盛，只是自己不肯承认而已。她很想知道他现在过得好不好，但她又不能写信问程新天，毕竟齐继盛已经再婚，她怕引起不必要的误会。

沈云卿的肩膀忽然被人从背后拍了一下，她转头一看，是楚芳霞。

"你怎么一个人出来了？"楚芳霞问道。

"我觉得有些闷，出来透口气。"

"我知道你为什么出来。"楚芳霞一脸神秘地说道。

沈云卿心中一惊，只听楚芳霞道："是因为那个姓黄的，对不对？"

沈云卿松了口气，说道："你在说什么啊？"

"我说男人没一个好东西，你不愿意听，是因为那个姓黄的。

你就别瞒我了，我都看见了。"

沈云卿更觉得尴尬："你看到什么了？"

"前几天，咱们在地里干活，都渴得不行。那个姓黄的偷偷把你叫到一边，把他的水杯递给你，有没有这回事？"

沈云卿没想到那一幕竟被楚芳霞看到，低着头不知该说什么好。楚芳霞并不打算放过她："他相中了你，是不是？你也喜欢他吧？"

沈云卿终于道："你别胡说了。人家……怎么能……再说，我比他大十岁呢。"

楚芳霞道："你长得年轻，更不应该放过这个机会。跟了他，你就能回城了，你真打算在这地方待一辈子？"

前不久，陈怀冰刚因工作原因得以返城，但沈云卿没那么幸运。沈云卿转念一想，自己早已了无牵挂，在哪里生活都一样。

沈云卿看着楚芳霞，反问道："你忘了你为何要和老许离婚了？"楚芳霞一愣，沈云卿淡淡地道："年少时的结发夫妻尚不愿拖累对方，更何况这半路夫妻呢？"

楚芳霞是第一个发现沈月明尸体的人。

陆拾 · 手植相思

　　齐继盛听说清门干校死了一位姓沈的女同志，第一反应不是悲痛欲绝，而是不知所措。这些年，齐继盛曾无数次设想过自己得知沈云卿死讯时的情形。为此，他曾在梦中痛哭过。他也曾想过，如果真有那么一天，自己会去干校找她。如今这一天"真的到来"，齐继盛却发觉自己什么也做不了。他早已不是她的家属，不会收到任何消息。

　　他想前去干校祭奠她，却没有正当的理由，部队不肯为他开介绍信，惊动了刘瑞英。刘瑞英疑心两人房事不谐，是因为齐继盛忘不掉前妻的缘故，如今得到了确证，为此大闹了一场，干脆回了娘家。

　　齐继盛忽然想到，就算遗体就地掩埋，遗物也会寄给家属。沈云卿在城中已没有亲人，若要寄回，应寄给陈怀冰。齐继盛犹豫数日，终于鼓起勇气前去找陈怀冰。

陈怀冰见齐继盛一副欲言又止的模样，不由得笑道："你来得正好，我打算去找你。"

齐继盛抬头，看着陈怀冰："你找我，是想告诉我那件事？"

"嗯，什么事？"

"你别瞒我了，我早已知道了。我今天来找你，就是为了那事。我是想求你……她的遗物寄回来之后，能不能给我留一件，什么都行。还有她带走的那张合影，能不能也还给我？就算让我……留个念想吧。"

陈怀冰再次笑道："你说啥呢？什么遗物？"

齐继盛将头转向别处："沈……沈云卿不是在干校……没了吗？"

陈怀冰道："哦，你说那事啊……"陈怀冰叹了口气道："干校里是死了一位姓沈的女同志，不过不是沈云卿，是日报的一个女记者。"

齐继盛立即转头，望向陈怀冰。陈怀冰道："你不要用这种眼神看着我，我真没骗你。你不信，我把讣告找出来给你看。"陈怀冰在文件夹中翻找了一会儿，将一张纸递给齐继盛。齐继盛看后一言不发地将其归还给陈怀冰。

陈怀冰将讣告放回文件夹，说道："原来是为这事。你放心，沈云卿答应过我，不管遇到任何情况，都会坚强地活着。"

陈怀冰又道："你就是为了这事，跟小刘闹别扭？她哥都找到我了。你一个大老爷们多考虑考虑人家女同志的感受。听我的，赶紧去她娘家，跟瑞英认个错，把她接回来，今后好好跟瑞英过日子。"

齐继盛在去刘瑞英娘家的路上绕道去了一趟沈家尚武堂旧宅。那座院落如今已变成数户人家共同居住的大杂院。院门没锁，齐继盛推门走进院中，那株杏树赫然映入他的眼帘。这院中的居民原本要将其砍掉，陈怀冰特地派人前来，恳请居民将其保留下来。这也是陈怀冰此生所做唯一一件"徇私"之事。

院中居民皆以诧异的眼神看着齐继盛，齐继盛也不以为意。杏树下落了几颗早已熟透的杏子，都已腐烂。齐继盛俯下身，拾起了两颗烂杏，从怀中掏出一条手帕，将其包了起来。

刘瑞英的父母一见齐继盛前来，如同救星一般。刘瑞英心中自然还存着不满，然而在父母的劝说下，半推半就地跟着齐继盛回了家。

齐继盛回到家后，将那两颗烂杏的杏核取出，种在了自家院中。他每天为它们浇水施肥，似乎找到了人生的意义。

沈云卿经常盯着那幅白小英的画像发呆，那是干女儿陈捷送给她的礼物。

沈云卿心想，也许是老天不允许她此生有姐妹。此时，肩上忽然被人拍了一下，沈云卿转头一看，是楚芳霞。

"你在看什么？这人是谁？"楚芳霞问道。

"她叫白小英，是我最好的朋友。"

"白小英……哦，我想起来了，是那个清大的校长，对不对？"

沈云卿点点头。

"她已经不在了？"

沈云卿又点了点头。

楚芳霞叹了口气："我晓得，你还在为小沈的事难过？"

沈云卿抬头看着她，说道："我这个人命硬，和我关系亲近的人，都被我克死。"

楚芳霞一挑眉道："你这封建迷信的话，莫叫旁人听到。"

沈云卿道："你也莫和我走得这么近了，免得殃及你。"

楚芳霞不屑地撇撇嘴道："我才不怕，我的命更硬。"沈云卿闻言心中一暖，甚是感动。楚芳霞又道："小沈都走了一个多月了，你也莫想这事了。我听说清大那个和你相熟的女老师要回城了，你不去送她？"

沈云卿点点头道："我明天去送她。""我和你一起去吧。"楚芳霞道，"权当散散心。"

宋希宁能够这么快回城，与沈云卿有关系。陈怀冰回城前，曾暗示沈云卿，会尽力想办法把她调回清门。沈云卿却道："我一个无牵无挂的老婆子，在哪里生活都一样，希宁母亲身体一直不好，又只有她这么一个女儿。你该帮帮她。"

沈云卿和楚芳霞为宋希宁送行，回连途中天色已晚。沈云卿父亲亡故得早，多年来宋时先一直待她如亲叔父。宋时先殁时，沈云卿心中郁结难解。如今宋希宁得以回城，沈云卿也算了却了一桩心事，此时竟与楚芳霞说笑起来。

两人行至半途，忽见一个熟悉的身影从一间农舍中走出来。那农舍主妇送那人出门，两人在篱笆墙内相互攀扯，甚是亲密。

当时天色已暗，看不清那两人的面孔，但楚芳霞和沈云卿知道，那间农舍是村大队长刘宝根的家。那农妇应是他的妻子佟桂枝。可那男人并非刘宝根，而是连长李成发！

陆拾壹·祸从天降

　　普通农妇难入李成发的眼，恰巧他因工作原因与佟桂枝打过几次交道，觉得佟桂枝似乎对自己有意，两人一来二去，便勾搭成奸。在当地，村大队长权威极大。李成发平时也不敢造次，这几天恰巧刘宝根前去县里学习，不在家中。佟桂枝将三个孩子送到了娘家，两人便得以暗度陈仓。

　　沈云卿和楚芳霞突然撞见这一幕，都被吓得脸色发白。楚芳霞扯了下沈云卿的衣袖，低声问道："咱们该怎么办？"沈云卿定了定心，压低了声音道："别出声，咱们赶紧走。"两人匆匆离开，但因为紧张，楚芳霞没留意脚下，被枯草一绊，摔倒在地。这一下弄出了声响，被李成发发现。

　　李成发也知道，这事决不能败露。他听到响动，一个激灵，问道："谁？"沈云卿与楚芳霞自然不敢答言，慌忙逃走。李成发追出院子，他试探着唤了声："楚芳霞、沈云卿？"沈、楚虽未回头，但突然听到李成发叫自己名字，脚下不由得停了一下。这一停便让李成发确认了身份。

回到宿舍后，楚芳霞面色发白地问沈云卿："咱们俩是不是大祸临头了？"沈云卿没有说话，面上表情已默认。

两天后，生产队的会计说，队上刚刚卖了猪的二百元钱不见了。而这位会计，便是佟桂枝。

按照佟桂枝的说法，因为大队长刘宝根不在，暂时不能决定钱的用途，自己便将这笔钱带回家中暂存，她还在每张钞票上都做了记号。李成发派人搜查了连里所有人的宿舍，很快在沈云卿和楚芳霞的枕下发现了这笔钱。她们两人枕下分别藏了一百元，佟桂枝做的记号赫然在其上。

沈云卿和楚芳霞便以盗窃集体财产的罪名被逮捕。楚芳霞破口大骂："我偷钱？你们晓得我一个月工资是多少元吗？谁稀罕你们这点钱？"

黄胜利在一旁盯着成为众矢之的的沈云卿，他想帮沈云卿说话，刚准备开口，忽然听到另一人说："咱们赶紧把她们两个送到连长那里去吧。"黄胜利不再言语。

沈云卿和楚芳霞被押至李成发面前，楚芳霞一见到他，怒气更甚："不就是因为前天晚上，我们撞见你们两个狗男女的丑事，你便来报复我们，姓李的，你不是个东西！"楚芳霞又大声道："你们都听着，这个姓李的前天晚上在刘宝根家跟佟桂枝偷情，被我和沈云卿撞见了，所以他故意报复我们。"

楚芳霞认为，她将此事说出，李成发会害怕，没想到李成发看了一眼身旁的佟桂枝，开口说道："这就对上了。前天傍晚，我去佟会计家商量秋收的事。佟会计说，我刚走没多久，你们俩就到了她家，说是走累了想要喝口水。她去院里给你们舀水，留你们两人单独在她屋里。你们应该就是那个时候偷的钱。"

楚芳霞听后瞠目结舌。按照李成发的说法，此事的人证唯有佟桂枝一人，这是他与佟桂枝串通设的局，佟桂枝自然也与他说法一致。她与沈云卿跳进黄河也洗不清。

李成发生怕夜长梦多，他趁着刘宝根尚未归来，便将沈楚二人移交给当地派出所，并建议从重处罚。

沈云卿和楚芳霞被关在一间阴暗潮湿的小隔间里，刚能容下她们两人，连站起来活动的空间都没有。

楚芳霞苦笑了一下："没想到还成了阶下囚。"沈云卿忽然道："芳霞，咱们这回……会死吗？就算不死，余下的日子，也会在监狱里度过。"楚芳霞一愣，随即道："那个姓李的畜生就是想置咱们于死地。"

楚芳霞看了她一眼，然后用力拍打铁栅栏，大喊："我要小便！快来人！我要小便！"楚芳霞喊了一阵，终于有位民警前来，打开了门锁，领着楚芳霞去茅房。

过了很久，楚芳霞才回来。沈云卿问楚芳霞："你怎么去这么久？"楚芳霞没有理她，将头靠在墙角，闭目养起神来。

又过了几天，梦中的沈云卿被一阵开锁声惊醒。这些天，沈云卿最怕听到这个声音，害怕是民警前来押自己去刑场。

民警问道："你们是楚芳霞、沈云卿吧？"沈云卿望了一眼楚芳霞，见她面无表情，也不应声，只得独自答道："对。"

"跟我走吧？"

"去……去哪儿？"沈云卿紧张地问道。

"你们被释放了，我送你们回干校。"

"什……什么？释放？"沈云卿难以置信。楚芳霞却在身后推了她一把："赶紧走。"

回到连里，沈云卿才知道，李成发已因盗窃和生活作风问题被逮捕，而大队长刘宝根在家中也闹翻了天。

沈云卿偷偷问楚芳霞："是谁替咱们洗清的冤屈？这事跟你有没有关系？"楚芳霞起初不肯说，沈云卿连问了三遍，楚芳霞才道："这里的公安局局长是老许的战友，我求那个小警察，他才同意我用他们的电话。"

沈云卿沉默了一会儿，才道："这么说，是你救了我一命。"楚芳霞道："我是为了救我自己。你就权当是老许救了你一命吧。"

转眼间，沈云卿被下放到干校已经整整四年。她早已适应了干校的生活，不作他想。

又是风清月寒、金谷飘香的时节，沈云卿坐着农用拖拉机，押运着两头猪前去供销社售卖。

把猪卖掉后，沈云卿独自一人坐在空空荡荡的后车斗中。拖拉机行驶在一段山路上，这段盘山路以崎岖著称，特别是下雨后，路上泥泞不堪。

沈云卿他们去时尚是晴空万里，归途中天空便飘起了细雨。司机不愿在雨中行驶，于是加快了速度，希望在雨下大之前赶回连里。不料，对面蹿出一群羊，司机刹车不及，猛打方向盘，轮胎因此一滑，车身一斜，沈云卿飞向了山崖下。

陆拾贰

· 生亦何欢

　　沈云卿醒来时已躺在县医院的病床上。她想坐起来，背后却是一阵剧痛，令她动弹不得。她发出的声响惊动了护士，一名年轻的护士走了进来，说道："你醒啦？你们干校的人刚走。"

　　沈云卿皱了皱眉，问道："护士同志，我的伤……严重吗？"护士张了张嘴，却没说话。沈云卿眉头锁得更紧了，她追问道："没事，我都这把年纪了，没什么接受不了，你就说实话吧。"

　　那护士终于道："你的脊椎断了，伤得很严重，你恐怕再也站不起来了，坐起来……恐怕也困难。"

　　沈云卿一直认为，人在遭遇绝望时会崩溃。实际上，沈云卿听完了护士对自己的"判决"，出于多年养成的礼貌习惯，她对护士道了一声谢："知道了，谢谢，辛苦你了。"

　　护士走后，沈云卿深吸了两口气，心中的巨石压得她近乎窒息。她对自己说，今后的岁月，无论有多长，自己都要在床上度过，无论进食，还是排泄。

沈云卿看着自己的左臂，顺着针管一路向上看，输液瓶中还剩半瓶液体。她看向门外，楼道中往来的医护人员有些匆忙，该是到了午饭时间。沈云卿微微一笑，合上了双眼……

沈云卿醒来时，看到楚芳霞正坐在自己身旁，她抬头看着上方的输液瓶，又换了一瓶新的液体。显然，楚芳霞在输液瓶液体流尽之前唤来了护士。

楚芳霞第一时间向连里请求前来照看沈云卿。因为沈云卿没有亲属，连里正不知该如何是好，连长便立刻同意了楚芳霞的请求。

楚芳霞早已了解了沈云卿的伤势，两人对视许久，都不知该如何谈起。最终，还是沈云卿道："芳霞，你能不能帮我一个忙？"

"你说。"

沈云卿没有说话，她再次看向输液瓶，而后对楚芳霞道："芳霞，你回干校去吧，让我一个人好好地睡一觉。"

"你想干啥？"楚芳霞看了一眼输液瓶，骂了一句，"我早就该想到，你刚才是故意的。"

沈云卿依旧笑道："你不觉得，这样最好吗？"

"你忘了咱们当初被姓李的畜生诬陷……"

沈云卿道："芳霞，我再也站不起来了！"

"十天，你给我十天的时间，答应我，十天之后再说。"

"芳霞，你想干啥？"

楚芳霞不再理她，却起身离开了。

从此，楚芳霞时常来照顾沈云卿，也时常神秘地离开。沈云卿并不相信楚芳霞的话，认为她不过是缓兵之计。沈云卿也正好利用这段时间冷静下来。她用自己唯一能自由活动的双手，给陈怀冰等人分别写了信，交代了想交代的事。

七天之后，沈云卿病房中突然出现了许多医生与护士，众人一阵忙碌。沈云卿不由得问道："你们这是要做什么？"

"转院。"楚芳霞答道，"我都打听清楚了，你的伤不是没法治，只是要动手术。我已经联系好了医院，送你去北京治病。"

沈云卿明白，这么大的动作，不是楚芳霞所能完成的。她问楚芳霞："你找……老许帮的忙？"楚芳霞叹了口气，算是默认。

沈云卿深吸了一口气："芳霞，我又欠了你一条命。"

沈云卿在北京完成了手术，虽也落下了腰椎间盘突出的毛病，但可以站立行走，生活基本不受影响。沈云卿也因为身体原因被调回了清门，结束了干校生活。

第六部分

春回大地

陆拾叁·梅开二度

　　沈云卿回到清门一个月后，齐继盛方才得知消息。齐继盛在家犹豫了三天，终于抑制不住想要再见沈云卿一面的强烈愿望，决定前去找她。

　　沈云卿因为身体原因，回到清门后一直在家休养。组织给她在市委大院中安排了一个单身宿舍，距离陈怀冰家不远。齐继盛已想好，见到沈云卿时，就谎称自己前来找陈怀冰，凑巧碰见她。

　　齐继盛在院中转了半小时，便见到了独自一人下楼买菜的沈云卿。

　　齐继盛曾幻想过无数次与沈云卿重逢时的情形，他想过，自己或痛苦，或感伤，或内疚，可没有想到，他见到沈云卿的那一刻，心中涌起的唯有同情。

　　沈云卿佝偻着背缓慢地走在院中，看得出，她尽力想挺直腰板。

　　沈云卿尚在恢复期，每走一步都很痛苦。

齐继盛没有上前与她说话，甚至多看她一刻的勇气都没有，他转身径直去了陈怀冰家。

齐继盛之前只知沈云卿是因身体原因才得以回城的，却不知其中内情。陈怀冰禁不住他一再追问，便告知了他来龙去脉。

齐继盛听完后一直望着陈怀冰，便问道："有酒吗？"

陈怀冰拿出了自己家中珍藏多年的老酒为齐继盛斟满，又亲自下厨为他炒了两盘菜。陈怀冰本想借此机会劝一劝齐继盛，然而齐继盛一盅接着一盅一饮而尽，不说一句话。陈怀冰赶紧按住了齐继盛的酒杯，说道："别喝了！你……也吃点菜嘛，尝尝我的手艺。"

齐继盛抬头望着陈怀冰，似是在问陈怀冰，也像是在问自己："你说，当初，我怎么就能让她走了？"

醉得不省人事的齐继盛被陈怀冰送回了家。他仍独自一人睡在二楼的卧室中，伴着多年来一直住在他心里的那尊看不出情感，也从不会开口说话的沈云卿"雕像"。

沈云卿回到清门后的第一件事，就是请求陈怀冰帮助楚芳霞调回清门。沈云卿此生从未求过人，更从未徇私。陈怀冰对此很讶异。沈云卿说自己欠楚芳霞两条命，陈怀冰叹了口气道："此事，我当尽力而为。"当时政策已逐渐放宽，没过多久，楚芳霞便因工作原因被调回清门，并恢复了工作。

楚芳霞回到清门后与沈云卿交往更密，风雨同舟的几年令两人建立起了类似战争年代的战友情，兼之两人都是单身女性，都住在市委大院里的单身宿舍中，相隔不过一个楼门，往来十分方便。

一天，楚芳霞买了点排骨，来到沈云卿家，说要给她补补身体。沈云卿将排骨放到锅中蒸上。楚芳霞陪着她来到厨房，闲谈了一阵，忽然道："哎，你知道我前几天碰见谁了？"

"谁呀？"沈云卿手里弄着菜，头也不抬地问道。

楚芳霞笑了笑，笑容含着几分神秘："黄胜利！"

沈云卿闻言一挑眉，转头看着楚芳霞："你怎么碰见他了？"

楚芳霞道："那天我去医院看生病的战友，在医院里碰见他。"

"他病了？"

"你还挺关心他的嘛。"楚芳霞笑得更猛。

沈云卿似乎有些恼："你要是不说就算了。"楚芳霞赶紧说道："他是陪他母亲看病。他这两年过得挺不好，他父亲去年刚去世，母亲如今又生了重病。"

"哦。"沈云卿应了一声。

三个月后，陈怀冰主动将沈云卿和莫雅晴等人叫到家中，向他们宣布了一件事：女儿陈捷即将结婚。

陈捷毕业后分配到了省机械工业研究院工作，结婚的对象是单位的同事。陈怀冰一脸喜色，接受着众人的恭喜。在沈云卿的印象中，陈怀冰已经很久没有这般高兴。她悄悄地将陈怀冰拉到一旁，说道："怀冰，我想和你说一件事。"

"什么事？"

"其实……我……也要结婚了。"

陈怀冰一惊："和谁？"

"他……叫黄胜利。"沈云卿说出黄胜利的姓名时，忽有些少女的羞涩，"他是清门化工厂的工人，我们是在……在干校认识的。不……不过，我们是不久前才决定结婚的。"

她决定和黄胜利结婚，的确是事出偶然。那天，她从楚芳霞口中问清了黄胜利母亲的病房后，便前去医院探望。当时，她偷偷将五百元钱塞到了黄胜利母亲的枕头下。

沈云卿刚走出医院大门，便被黄胜利追上。黄胜利气喘吁吁地将钱塞进了沈云卿手中："这钱……太多了，我妈说了，我们不能要。"

当时，黄胜利一个月的工资是三十八元，沈云卿一个月的工资是九十六元。然而，沈云卿被下放期间工资停发，这五百元是她刚收到的补发工资，也是她全部的积蓄。

沈云卿笑了笑，没有说话。

沈云卿又将钱放回了黄胜利手中，黄胜利一愣，沈云卿道："婶子治病需要不少钱，这钱你们若执意不要，便当我借你的。你还有孩子要养，用钱的地方多，我独自一人，花销不多，用不了这么多钱。"

黄胜利又是一愣，才道："那行，就算是我借你的，将来还你。"

从此，沈云卿时常前去医院探望黄胜利母亲，黄胜利母亲王玉梅也渐渐和她熟悉了。得知了沈云卿的经历后，王玉梅不由得感叹道："你是多好的人，可惜了。"她知道沈云卿腰上有伤，每次沈云卿一进门，便急忙拉沈云卿在自己床边坐下，说："快歇歇。"又召唤儿子黄胜利接过沈云卿带来的水果，让黄胜利给沈云卿削苹果吃。

沈云卿笑道："不用麻烦了，婶子。"王玉梅道："我这个老儿子，就是脑瓜子木，不像我那大儿，脑子活。"沈云卿见黄胜利闻言，脸色十分不好，赶紧说道："婶子，黄师傅人很好，也很实在。"

"是吗?"王玉梅问道，"你瞅着他不错?"沈云卿被王玉梅问得一愣，但见黄胜利也低下了头。沈云卿只得答道："婶子，我还有些事，先走了。"

谁想，黄胜利忽然找到沈云卿家，他说有急事找她，口中却吞吞吐吐："我妈……我妈送去抢救了，医生说……说她……"沈云卿见状，似乎明白了一切。她回到卧室，取了一百五十元钱递给黄胜利："你先拿着钱，不够的话，我再想办法凑。"

黄胜利却没接："不是……不是钱的事，是……是我妈说，她说她……想在闭眼前看见我……结婚。"

沈云卿一愣，不知该说什么好。黄胜利又道："你知道的，我这些年一直没处对象，我岁数越来越大，我这个条件没人愿意跟我处。我妈说，不看着我结婚，她死了都闭不上眼，可我……我上哪儿去找女人结婚呀。"

沈云卿愣了半天，终于说道："所以你是想让我……和你结婚？"黄胜利赶紧说道："不是的，我的意思是……假结婚。她身体不好，日子恐怕也……"

"那骗的不光是你母亲。"沈云卿道，"也欺骗了组织。这种事……我不能干。"黄胜利不知该如何是好，却听沈云卿又道："如果……你不嫌弃的话，不如我们真结婚吧。"

陆拾肆·金销玉碎

陈怀冰得知沈云卿的婚讯，虽不免惊讶，却也笑着恭喜她。正当此时，程新天忽然推门进来，脸上颇有惊恐之色："冰哥，医院那边说……"他刚说了这几个字，陈怀冰便止住了他，拉着他进了书房。

两人从书房出来后，沈云卿上前问道："出了什么事？"程新天欲言又止，陈怀冰却道："没什么，我表弟来市里治病了，我去医院看看他。"沈云卿道："你表弟情况严重吗？我能帮什么忙吗？""哦，不用了，我表弟没什么大事。"陈怀冰道。

沈云卿又道："既然是你表弟，我和你一同去看看他吧。"

"不用了。"陈怀冰拒绝得十分坚决，"你身体还没完全恢复，还需要多休息。三天后，你干闺女结婚，你可得来啊。"

一周后，陈捷成婚后回门，刚巧在院中碰见了沈云卿。两人寒暄了一阵后，沈云卿忽然问道："你表叔是不是在市里住院，他的病严重不？"

陈捷一头雾水："哪个表叔？我有好几个表叔，好多年都没有来往了，这段时间也没听说他们谁来市里呀。"

"那你家谁住院了？你爸最近总往医院跑。"

"医院？"陈捷愣了半天，忽然道，"哦，你是说精神病院吧？"

沈云卿惊道："精神病院？"

"对啊，哦，他们没告诉你？"

沈云卿感觉一桩极为恐怖的事正向她袭来："告诉我什么？"

"住院的人是我干爹。"

"你干爹？"沈云卿不敢置信。

"对啊，就是齐叔叔。他住进精神病院，有……三个月了吧。我爸跟程叔叔他们一直轮流照顾他。"

沈云卿借了一辆自行车，骑了七公里，到了城北的市精神病防治院。沈云卿掏出工作证，递给负责登记的护士，护士问道："你是患者的什么人？"

"我……我是他以前的……战友。"护士闻言，起身去里间询问。过了一会儿，护士回来，将工作证交还给沈云卿，摇了摇头道："这两天患者情绪不稳定，大夫说，最近除了之前照顾他的几名亲属，不允许其他人探视。"

沈云卿低声为自己争取道："求你了同志，我……不进去，就在病房外看一眼，行吗？"

正当此时，陈怀冰气喘吁吁地跑了过来。那护士一见到陈怀冰，站起身来道："陈书记。"陈怀冰对护士道："让她进去吧，我们都是一起的。"

护士看了沈云卿一眼，对他们说道："你们跟我进来吧。"

陈怀冰边走，边低声对沈云卿抱怨道："小捷这孩子，说话不注意分寸。"沈云卿没有接话，她既没埋怨陈怀冰对自己隐瞒此事，更不能埋怨陈捷将此事告知了自己，只得默然不语。

护士领着两人上了二楼，一进楼道，沈云卿就听到一阵嘶吼声。对那声音，她既熟悉又陌生，脚步不由得停了下来。陈怀冰见状，也停下脚步，问道："你……还要进去吗？"沈云卿不知该说什么，又继续举步前进。

护士开口对他们说道："你们先等会儿吧，等病人情绪稳定了，再进去。"透过那扇铁窗，沈云卿看到，两名男医生一人用力掰开他的嘴，另一人则将药灌进了他口中。

沈云卿不忍再看，将陈怀冰拉到一旁，问道："这究竟是……怎么回事？他怎么会突然……变成这样？"

陈怀冰摇了摇头道："我也不知道。要是能弄清楚这事，就能治好他了。大夫说了，找到病因，才能对症治疗。"

"三个月前……发生了什么吗？"沈云卿一问这话，便后悔了。她和陈怀冰都知道，三个月前正是她回到清门的日子。

陈怀冰故意将话题岔开道："三个月前，有一天他来我家，找我喝酒，那天他喝多了，不省人事，还是我把他送回家的。那是我最后一次见到正常的他。"

"喝酒……你们聊什么了？"沈云卿问道。陈怀冰没有回答，沈云卿却已知道了答案。沈云卿又问："我听小捷说，最近都是你和小天来照顾他，他爱人呢？"

"离……离婚了。不过也能理解，毕竟是半路夫妻，人又成这样了……"

两人正说话，护士打开了门锁，男医生依次从病房里走出。

陈怀冰指着其中一人，向沈云卿介绍道："这位是老齐的主治医生，郝大夫。"又向郝医生介绍道："这位是沈云卿，原来是市妇联主任，我们是战友。"

郝医生看着沈云卿："你姓沈？你认不认识一个叫沈杏儿的人？患者谁都不认得了，连陈书记也时常忘记，可他每天都说要见沈杏儿。"

如今，沈杏儿这个名字对她而言，已经十分陌生了。白小英死后，这世上仍如此唤她的人，唯有齐继盛。

陈怀冰赶紧接着说道："他现在情绪稳定些了吧？我们能进去了吗？"郝医生点点头，让护士再次打开门锁，陪两人走了进去。

齐继盛服过药后已昏睡，沈云卿盯着熟睡的他，浑然忘了自己身处何地。不知过了多久，陈怀冰轻轻地拍了一下她的肩膀，说道："好了，咱们该走了。"

沈云卿转身准备离开，但因为站立太久，沈云卿背上传来一阵疼痛，令她一个趔趄，几乎摔倒。陈怀冰虽及时扶住了她，但发出的声太大，把齐继盛吵醒。

齐继盛身子一颤，猛地惊醒。郝医生见状有些害怕，陈怀冰却走到齐继盛面前，柔声道："老齐，你醒啦？我是怀冰，我过来看你了。"幸运的是，齐继盛这次没有发病，只是茫然地看着陈怀冰。

陈怀冰看了一眼沈云卿，忽然说道："沈……沈杏儿也过来看你了。"齐继盛一听到"沈杏儿"三个字，如同触电一般，猛地从床上坐起："她在哪儿？"

沈云卿闻言，上前几步，齐继盛的目光却并未在她脸上停留片刻，而是左顾右盼道："她终于回来了！她在哪儿？"

陈怀冰道："她不是站在你面前吗？"齐继盛这才留意到沈云卿，

他盯着沈云卿看了几秒，随即埋怨起陈怀冰来："你别逗了，杏儿哪有这么老。"

陈怀冰还要说什么，却被沈云卿制止。她走出病房，对陈怀冰说出了自己的想法。陈怀冰当即否定："不行！绝对不行！你马上要结婚了。"

沈云卿道："黄师傅……他人很好，很通情达理。我向他解释清楚，他会同意的。"

"你身体不好，不能太过劳累。"

"我会量力而为的。"

"可他的病不比其他病，医院也不会让人长期陪护的。"

"你和医生说下，我照顾他，更有利于他康复。"

"你怎么还不明白？！"陈怀冰的语气有些激动，"他这个病，不是你照顾他一两个月就能好的。你不能……把你的后半辈子都搭进去。"

"可是，如果我不这么做，我的后半生都不安心，我更没法安心结婚。"沈云卿声音很轻，语气却异常坚定。

陈怀冰最终还是妥协了，他在病房里向齐继盛介绍沈云卿："老齐，这是我表妹，也姓陈，你就管她叫陈姐吧。这段时间，让她来照顾你。"

对于沈云卿的决定，黄胜利自然是不愿意，更何况还得推迟婚期。黄胜利不满地说道："我都已经告诉我妈了，说咱们下周就结婚。我怎么跟她交代。"

沈云卿道："和婶子解释一下吧，她通情达理，一定能理解。"黄胜利盯着沈云卿看了半天，说道："这事，你是不是已经决定了？"沈云卿点点头。黄胜利叹了口气："那好吧。"沈云卿问道："用我去和婶子解释一下吗？"黄胜利迟疑了片刻，说道："不用了，我自己和她说吧。"

齐继盛起初对沈云卿颇为抗拒，他斜睨着沈云卿，问道："你是他们派来照顾我的？"沈云卿点点头。齐继盛一脸敌意，又问道："你是他们派来捆我，往我嘴里灌药的吧？"沈云卿微笑着摇摇头："不是，我只是……负责给你送饭，照顾你起居。"沈云卿每天早晨起床后在家中烧好饭菜，放在保温桶中，骑车往返于医院和家中。

齐继盛夸赞起她的厨艺来:"你做菜真好吃,虽说没我家杏儿做得好吃,不过也挺好的。"沈云卿坐在一旁,默然不语。齐继盛又问:"你是怀冰的表妹?"沈云卿点点头。"那你认不认识我们家杏儿?"沈云卿迟疑片刻,摇了摇头。

齐继盛继续说道:"那太可惜了。你不知道,我们家杏儿是这个世界上最好的人,你要是见了她,一定会喜欢她。"

"沈杏儿……"沈云卿试探着问道,"是你什么人?"

"她是我爱人呀。"

"可我……听他们说,你爱人……不姓沈。"

"胡说!"齐继盛忽然激动起来,愤怒地拍着床栏杆,"他们全都是胡说!"沈云卿吓得赶紧上前安抚道:"你莫着急,也许……也许是我记错了。"

齐继盛的情绪这才稍稍缓和下来,他略带委屈地对沈云卿道:"他们总说我记错了,我怎么可能记错?"他又问沈云卿:"你是怀冰的表妹,对不对?"沈云卿再次点点头。齐继盛道:"你表嫂白小英是杏儿最好的朋友,你若不信,可以去问你表嫂。"

齐继盛突然提起白小英,令沈云卿心中又是一疼,她将头转向一边,努力抑制住自己的泪水。

"那你爱人……沈杏儿,去哪儿了?"

"我不知道,应该是去执行任务了吧。"齐继盛随即又用手做了个噤声的动作:"你可别告诉别人,她执行的任务都是保密的。"

沈云卿这才明白,齐继盛并非完全失忆,而是他的记忆停留在了抗战时期。沈云卿稍喜,弄清了这一点,才能对症治疗。

一天,齐继盛忽然对沈云卿道:"陈姐,你能不能帮我一个忙?"沈云卿点点头。"现在是六月了吧?"沈云卿又点点头。

"你能不能去街上帮我买些杏子回来？我家杏儿最爱吃杏，等她回来吃。"

"可她……不知何时才能回来……"

齐继盛急道："所以要提前买好，不然等她回来，我都没有东西送给她。"

"可她要很久才会回来，也许……永远回不来了……"

沈云卿话未说完，臂膀就被齐继盛捉住："你说什么，她不回来了？她是不是遇害了？你告诉我，告诉我啊！"

齐继盛力气极大，沈云卿被他扯得腰疼，痛苦地扯了扯嘴角："没有，我只是说有这种可能，她应该……还活着。"

"真的？你没骗我？"齐继盛将信将疑地盯着她。

"没有。"沈云卿见齐继盛情绪又开始激动，赶紧说道，"你莫着急，我现在就出门帮你买杏子。"

沈云卿将杏买回来后，齐继盛拈起一颗杏放入口中，又拿了一颗，递给沈云卿："你也尝尝。"

"我……不吃了。"

"嫌酸？"

"嗯。"

"好多人都嫌酸，唯独我不嫌。小时候，杏儿曾经跟我说过，她的命就和她的名字一样，外头是酸的，里头是苦的。可我觉得，她是酸里透着甜。对了，你知道我们是怎么认识的吗？我们俩原来……"

沈云卿猛地站了起来，面无表情地说道："我去一下厕所。"她走出了病房，独自站在楼道中。她害怕听齐继盛讲起旧事，自己会因此控制不住情绪。

沈云卿在楼道中站了许久，直到背上开始隐隐作痛，才回到病房。齐继盛见状问道："你怎么了？"

"之前在地里干活时扭伤了腰，不要紧。"

到了服药时间，护士送来了药，沈云卿道："他最近情绪已经平稳很多了，药量能不能减一些？这个药……吃多了，对大脑和内脏都不好。"护士说，这事她不能做主，须得到主治医生同意。在沈云卿的反复恳求下，加之沈云卿来后，齐继盛的情绪的确缓和了许多，郝医生最终同意减少齐继盛的药量。

可惜好景不长，没过几天，齐继盛再次情绪崩溃。起因是那几颗杏子，齐继盛将沈云卿买回的杏子放在窗台，杏子在常温下腐烂了。

齐继盛双手抱头，崩溃地说道："怎么都烂了？杏儿一颗都没有吃呀。"沈云卿赶忙劝道："不要紧，我再去买些。"然而，齐继盛根本听不进她的话，不停地大喊大叫。外面的医生听到后，赶紧冲了进来。

齐继盛有些害怕，却依旧控制不住自己情绪。沈云卿赶紧拦住了医生："等一下，我……我能劝好他。"

郝医生道："不行，病人现在情绪很激动，还会动手打人，你先出去一下，否则会伤到你。"他没想到沈云卿不仅没有离开，反而上前一步，拼命拦住郝医生："请您相信我，我能劝好他的。给我五分钟，如果他还是这样，你们再进来。"

郝医生见状，说道："好吧，那就五分钟，你注意安全。"

医生们离开后，齐继盛仍在喊叫，他不断用头撞墙，又抓起床头柜上的水杯，用力朝对面墙上砸去。

沈云卿站在一旁，盯着齐继盛，看了三秒，随后侧身一避，躲过了水杯的袭击。她上前一只手握住了齐继盛的手，防止他再砸其他物品，用另一只手臂紧紧将他搂入怀中，用自己的身躯挡在墙壁前，防止他继续撞墙。

"盛儿，莫急，是我，那杏子我已尝过了，很甜。我这次……出去执行任务时间有些久，你等急了吧？不过……不过，我这次回来，不会再走了，我会……一直陪着你。"沈云卿说话时努力克制着情绪，避免自己哽咽。

齐继盛起初还要挣扎，听到她唤自己"盛儿"时，眼神一愣，便停了下来。待沈云卿说完后，齐继盛仍不动地待在原地，双眼看着前方。

沈云卿见他不再动弹，慢慢地松开了他的手。她替他整理好被褥，轻抚了几下他的后背，柔声道："你累了吧？躺下休息一会儿吧。"沈云卿扶着他躺下，替他盖好被褥后，见他双眼圆睁，望着天花板。沈云卿伸手轻抚他的眼睑，轻声道："睡一会儿吧。"

> 云儿飘在海空，
> 鱼儿藏在水中，
> 早晨太阳里晒渔网，
> 迎面吹来大海风。
> 潮水升，浪花涌，
> 渔船儿漂漂各西东。
> ……"

在沈云卿唱的《渔光曲》的歌声中，齐继盛逐渐合上了双眼。

陆拾陆·鸡毛遍地

从那之后，齐继盛情绪渐趋平稳，郝医生因此对沈云卿更加信任，再次减了齐继盛的药量。得知齐继盛病情好转的消息，陈怀冰和程新天等人欣喜不已。只有一个人并不高兴，那便是黄胜利。这期间，黄胜利去家中找过一次沈云卿，问她打算何时和自己结婚。沈云卿只说待齐继盛病情好转之后。

由于劳累过度，沈云卿旧伤复发，一天不慎在病房中跌了一跤，竟痛得再也站不起来。齐继盛见状，连忙喊医护。外面的医生听到齐继盛的喊声，以为他再次发病，便赶快跑来。

齐继盛急道："不是我，是她！你们赶紧把她送市医院！"医护人员赶紧把倒地不起的沈云卿抬上了担架，送到了市医院。

沈云卿在市医院住了半个月，她刚能下地活动时，便请求出院。她出院后第一件事便是回家烧了一顿饭菜，装在保温桶里，带到精神病院。

齐继盛一见她进门，愣了半天，说道："你……你的腰伤好了？"沈云卿道："一点小伤，不要紧。你赶紧吃饭吧，待会儿就凉了。"

齐继盛盯着沈云卿，沈云卿不解地问道："你怎么了？"齐继盛忽然将头转向一旁，说道："你……还是回去好好养身体吧，别……别来照顾我了。"

"我没事。"沈云卿微微一笑，"再说，我答应过怀……我表哥要照顾你的。"齐继盛又沉默了一阵，终于道："你的身体……很不好。我……我已经好了，不用你照顾了。"

沈云卿知道，多数精神病人不会承认自己不正常。齐继盛见她不信，转过头看着她道："真的，我已经好了，我全都想起来了。你的腰伤，不是在地里干活时扭伤的，而是……而是在干校时出了车祸，摔伤了脊椎。你……也不是怀冰的表妹，你是杏儿，沈杏儿。"

沈云卿一惊，齐继盛又低下头，说道："其实那天……就是我发现杏子烂的那天，我就想起来了。可我一直没说，是不想离开你……"

沈云卿沉默了一会儿，用嘶哑的声音，低声说道："我去告诉郝医生。"

得知齐继盛康复的消息，陈怀冰和程新天第一时间赶到了医院。沈云卿见到他们，对陈怀冰道："那……我先回去了。"

陈怀冰点点头道："你快回去休养吧。"沈云卿离开时，陈怀冰叫住了她："我还等着喝你的喜酒呢。"沈云卿微微一笑，转身离去。

沈云卿自知，这段时间对黄胜利亏欠太多，沈云卿立刻买了水果，去看望黄胜利和其母王玉梅。不料，黄胜利却在门口拦住了她："我……跟我妈说，你这段时间去外地学习了，你见了她，别说漏嘴了。"

沈云卿知道，黄胜利用心良苦，便点了点头："你放心吧。"黄胜利却又道："还有，我跟我妈说，你走之前，咱们俩已经领证了。"沈云卿再次点点头。

沈云卿一进门，王玉梅对她的态度比以前更热情。沈云卿明白，王玉梅是将自己当成了儿媳妇。或者说，王玉梅的热情可以用另外一个词汇来诠释——不见外。王玉梅对沈云卿道："以后，看我的时候，别买这些东西了，胜利工资不高，你们得省着点花。哎，对了，小沈，你知道吗，我们家小伟新处了个对象。"

王玉梅口中的小伟，指的是黄胜利名义上的儿子，实际上是他的侄子黄伟。王玉梅掏出了一张用手帕包着的照片，照片上是一位梳着一双麻花辫的年轻女孩，面容清纯，穿着朴素。沈云卿看后说道："真不错。"

"是吧?"王玉梅得意地道，但她随后又叹了口气，"我们家这条件，你也知道，小伟这孩子真可怜，从小就没了爹妈，如今连娶媳妇的钱都凑不够……"王玉梅说着，竟抹起眼泪来。

沈云卿见状，赶紧说道："婶子……不……那个，妈，您别着急，我一个人开销少，我几个月也攒下些钱，我帮您凑凑?"

王玉梅见自己的话达到了目的，赶紧收住了眼泪："也不是妈想占你便宜，你跟胜利结了婚，如今小伟也算是你儿子了。当妈的替儿子结婚出点钱，还不是应该?"沈云卿闻言，尴尬地扯了扯嘴角。

黄胜利送沈云卿出门时，对她说道："我妈说的那些话，你别往心里去。"黄胜利的话，让沈云卿稍为舒服点。可没想到，沈云卿把钱交给王玉梅后，王玉梅又提出了新的要求。

"小沈，你的住房申请，组织批下来了吗?"沈云卿闻言一愣。原来为了解释自己没有搬去和沈云卿同住，黄胜利蒙骗母亲说，他与沈云卿成婚后，沈云卿不能再住单身宿舍，需向组织申请一套两居室。

黄胜利赶紧接口道:"还……还没有，现在住房紧张。"王玉梅皱着眉道:"来不及了，小伟马上要结婚了，咱们家实在住不下，将来有了孩子更麻烦。再说，总不能让他们小两口一直跟我这个老太婆住吧? 小沈，你那房子虽说小了点，但一间房子外加一个客厅，够他们小两口住了。小沈，这样吧，你们两口子搬过来跟我一起住，让他们小两口住到你那里。将来等你申请下大房子，再换。"

王玉梅的要求突破了沈云卿的底线，她皱了皱眉，说道:"这恐怕不行。市委的宿舍是分给市里的干部住的，不能外借。"

"这怎么能叫外借呢? 小伟也是你儿子呀。"王玉梅见沈云卿沉着脸，默不作声，估计没有商量的余地。她思忖片刻，又道:"到底是半路夫妻，靠不住。这样吧，我跟你们两口子住，把咱这老房子腾给小伟。这房子虽然是旧了点，好歹也是个窝。"

然而，她和黄胜利并没有真正登记结婚，若将他们母子接到自己的宿舍中住，街坊邻居必会议论纷纷。沈云卿道："这……行，只是我前阵子出去了，没顾上收拾，且容我一阵子，待我收拾好后再接你们过来。"沈云卿是想在这段时间与黄胜利登记结婚。

"那可不行。"王玉梅斩钉截铁地道，"我倒没什么，可小伟娶媳妇等不得。"黄胜利自然明白沈云卿的意思，也跟着劝道："妈，等她收拾好了，立马就接咱们过去。小伟不是也还没领证吗？"

黄胜利自幼畏惧母亲，此时居然敢反驳母亲的意见，还是当着沈云卿的面，这令王玉梅气愤不已。王玉梅怒道："这里哪有你说话的份！你才结婚几天，胳膊肘就向外拐了！"王玉梅这一气不要紧，顿觉心慌气短，头晕目眩，捂着胸口，喘不上气。黄胜利见状，向邻居借了辆自行车，将王玉梅送到了医院。

鉴于王玉梅情况并不是十分严重，她又没有工作，住院费用全部需要由个人负担，因此，医生建议她回家休养。

不料王玉梅说道："住院费算什么？我虽没有工作，但我儿媳妇有钱。"

沈云卿希望趁着王玉梅住院，和黄胜利尽快办理结婚手续，但王玉梅并没有给他们这个机会，她要求沈云卿和黄胜利每天轮流照料她。黄胜利曾提出让侄子替自己照顾她一天，却被王玉梅一顿痛骂："小伟工作有多忙呀，你不愿意管你老娘了，是吧？"王玉梅又哭又闹，黄胜利自然不敢再提此事。

王玉梅对沈云卿的态度也急转直下，不是嫌沈云卿烧菜太咸，便是嫌她熬汤太淡，要么就是夸黄伟妻子，指桑骂槐讽刺沈云卿年纪太大无法生育。

沈云卿听了这话，倒无所谓，却刺痛了黄胜利。王玉梅住院后，为了谎言不被戳穿，他搬到单位住，将老房子让给了侄子。

齐继盛出院当天，陈怀冰将他送回家中，安顿好一切后正准备离开，齐继盛却叫住了他："怀冰，你说……我……跟她……还有可能复婚吗？"

陈怀冰有些犹豫，齐继盛刚刚出院，不想刺激他，更不能隐瞒事实，让齐继盛心存幻想。陈怀冰沉默了一会儿，方才道："其实……在得知你生病之前，云卿就要结婚了，因为照顾你，才推迟的婚期。"陈怀冰将头转向窗外，不忍看齐继盛失望的表情："老齐，这事你得理解，她总得有自己的生活。人得向前看，不能总向后看。"

齐继盛意识到，自己此生最珍爱的东西终究是丢了，彻底地丢了。他愣了半天，才问道："她……爱人是做什么的？"

"是化工厂的工人，他们是在干校认识的，云卿在那边的时候，黄师傅很照顾她。"

齐继盛涩着嗓子说道："对她好就行。"

陈怀冰道："我知道你心里不痛快，可你要真是为她好，应尊重她自己的选择，让她安安稳稳过日子吧。"

齐继盛明白，陈怀冰是在劝自己不要去打扰沈云卿的生活。齐继盛觉得，两人三十余年的感情，当初不明不白地离了婚，就算如今不能复婚，也要当面说个清楚，为两人三十余年的感情画一个圆满的句号。

齐继盛为自己找好了借口，便前去市委大院找沈云卿。然而，齐继盛敲了几下门，无人应答。住在沈云卿对门的邻居听到敲门声后，开了门，问："你找沈云卿？她去医院了。她现在几乎每天都在医院。"

"她病了？"齐继盛关切地问道。

"没有，说是去照顾她家住院的亲戚去了。"邻居说完，笑了笑，显然并不相信沈云卿对此事的说辞。事实上，沈云卿没有过门，整日去给未来婆婆端屎端尿，此事早已传遍了市委大院，成了众人饭后的谈资。

齐继盛刚走进住院处，便听见骂人声："让你回去做饭，你去了这么久，想饿死我？"

一个声音轻声回道："我腰不好，走路慢了些。"

那个年长的声音又道："成天说腰不好，除了我们家胜利，谁还要你？做这么多饭，不浪费吗？"

"这些都是用我自己的工资……"

"你的工资不也是我们家的钱？你别扶我，我用不着你扶……"那年长的声音话音未落，又听到一声闷哼。

355

齐继盛赶到近前时，看见沈云卿被王玉梅推倒在地。齐继盛上前扶起沈云卿，却被她轻轻推开："不用，我自己能行。"

王玉梅打量着齐继盛，问道："你是哪位呀？"

"我是她……战友。"

"战友呀……"王玉梅笑道。

"这位大婶，沈……沈云卿同志之前受过很重的伤，希望你能够体谅她，而不是……虐待她。"齐继盛鼓起勇气对王玉梅道。

谁料，沈云卿忽然在一旁冷冷地说道："我的家事，不用你管。"王玉梅闻言，得意且嘲讽地冲齐继盛一笑。

这时黄胜利来到了医院，见齐继盛表情愤怒，赶紧上前挡在母亲身前，转头问道："妈，怎么了？"

王玉梅还未回答，齐继盛却问道："你就是黄胜利？"

"对，怎么了？"

"能不能借一步说话？"沈云卿刚要阻拦，黄胜利却冲她摆了摆手。齐继盛将黄胜利引至一旁，略带愤怒地说道："你要是想和她好好过日子，就应该好好待她。"黄胜利耸了耸肩道："你也看着了，我妈就是那样，我有什么办法？"

齐继盛怒道："你连自己老婆都保护不了，还是个男人吗？"黄胜利却并不生气，盯着齐继盛问道："你是她前夫吧？"齐继盛默认了。黄胜利讥刺地一笑："她有难了，你就跟她离婚，你又算是什么男人？"

齐继盛回家后，越想越生气，便去了莫雅晴家。他本想把沈云卿的近况告知莫雅晴，让她劝一劝沈云卿，莫要委屈自己。谁想，莫雅晴听后大怒，一拍桌子，怒道："太过分了！姓黄的跟他妈居然敢欺负云姐！"

程新天被妻子的反应吓了一跳，赶紧劝道："你别冲动。那毕竟是云姐的家事，咱们外人不好插手。"莫雅晴瞪了他一眼："婆婆能随便欺负儿媳吗？盛哥，你放心。我绝对不会再让云姐受委屈。"

这天，沈云卿的结婚申请终于批下来了，黄胜利也成功说动侄子，替自己照顾母亲。他与沈云卿前去登记结婚。出门前，他见沈云卿依旧穿着一件浅灰色的衬衫，不由得皱了皱眉道："今天是咱们大喜的日子，你该买件新衣服。"沈云卿道："我若买了新衣服，婶子又该说我不节俭了。"

"那你也该……穿件艳一点的。"

"我一把年纪了，穿太艳的，不合适。"黄胜利叹了口气，正准备和沈云卿一道出门，迎面撞上了程新天。

"云姐，出事了，骆书记他……"原来，骆百川突发脑出血，正在医院抢救。然而待沈云卿等人赶到医院时，骆百川已抢救无效，溘然长逝。

沈云卿在骆百川身前痛哭失声。她上一次落泪，还是在白小英去世时。

沈云卿自幼丧父，对于她而言，骆百川如父亲一般，教导她、帮助她、照顾她，骆百川多年来对她的影响，甚至大过她的父亲。

骆百川的追悼会结束后，众人送骆百川爱人万陆华回到家中。万陆华让他们稍等一会儿，她回到房中，取出了一个铁盒，里面都是骆百川的一些旧物，有他曾经戴过的军帽、扎过的腰带、别过的臂章等。万陆华道："老骆走了，这些东西你们拿回去，留个念想吧。"沈云卿分到了一枚八路军时期的臂章。

万陆华将沈云卿叫到一旁，拉着她的手道："小沈，老骆这几年时常念叨，他说他为党工作了一辈子，这辈子没有做过任何对不起党和人民的事。可唯独对你，他觉得是有些亏欠的。"

沈云卿道："万大姐，政委不仅没有亏欠我，相反，政委这辈子对我的恩情，我下辈子都还不完。"万陆华叹了口气道："总之，苦了你。小沈，以后的日子，你可要照顾好自己，别再让自己受委屈了。"万陆华说着，瞥了一眼不远处的齐继盛。

陆拾捌 · 姐妹情深

那天，她与黄胜利计划去登记结婚，却因骆百川之事而作罢。当黄胜利再提起此事时，沈云卿却道："骆书记刚走，我实在没有心情结婚。我想先缓一缓。"

沈云卿说罢，低下头不再言语。黄胜利见此事没有回转的余地，不由得怒道："我看你说的这个就是借口，你压根就不想跟我结婚！你还忘不了你前夫吧？"

沈云卿抬头，反驳道："你在胡说什么？"

"我胡说？我告诉你，也就你把他当个香饽饽，刘启明早跟我说了，他妹妹嫁过去，守了四年活寡。你要是跟他复婚，照样也是守活寡！"

齐继盛前妻刘瑞英的哥哥刘启明和黄胜利都在清门化工厂工作，沈云卿之前也曾听人提起过，刘瑞英和齐继盛离婚后，很快又再婚了。现在刘瑞英与丈夫感情很好。

359

黄胜利刚走没多久，一阵敲门声响起，沈云卿开门一看，是莫雅晴。沈云卿将莫雅晴迎进门来，莫雅晴问道："云姐，你和黄师傅是什么时候办的喜事？怎么也没通知我们！"

沈云卿道："我们……还没结婚呢。那天我们本来是想出门登记结婚的，可小天过来说骆老大……骆老大没了，我心里不好受，结婚的事，想先放一放。"

莫雅晴闻言，心中一动，又道："我听说你天天去医院照顾他母亲，还以为你们早结婚了呢。"

沈云卿尴尬地道："胜利骗他母亲的。"

莫雅晴继续问道："他和他母亲对你怎么样？"

沈云卿看了她一眼，淡淡地答道："挺好的。"

莫雅晴终于忍不住了，说道："云姐，你就别骗我了。我早听医院的人说了，那老太太天天骂你。他们母子由你照顾，花着你的工资，还要虐待你，你这是图什么呀？"

莫雅晴的话让沈云卿再也沉不住气了，她生气地道："我自家的事，用不着你管。"

莫雅晴诚恳地道："我是为了你好，是在帮你呀！"

沈云卿沉着脸道："你究竟是帮我，还是来替某些人当说客的？我告诉你小雅，我已经这么大年纪了，有能力为自己的选择负责。"

两人不欢而散。

三日后，莫雅晴提着一篮水果来到王玉梅的病房，自称是来找王玉梅调查情况。

王玉梅闻言，热情接待了莫雅晴："我们家是真有困难，我们家小伟如今结了婚，马上就要生孩子，房子不够住。我听说，小沈这个级别的干部，分房都是分四居室的。之前她没结婚，所以住的是单身宿舍，现在她结了婚，是不是也能给她分一套四居室？"王玉梅说到这里，双眼闪着亮光。

莫雅晴故意点了点头道："您说得有道理。婶子，我不瞒您说，沈云卿同志这个人……"王玉梅听出她话中有话，赶紧问道："怎么了，同志？"

莫雅晴一脸难色："总之，市领导都不喜欢她，给她解决住房问题，的确困难。"失望之色刚刚爬上王玉梅的脸颊，莫雅晴话音一转："我听说，您儿子黄师傅人很好，革命意志强，根红苗正。婶子，黄师傅这么好的条件，还比沈云卿小十岁，怎么就看上她了呢？"

王玉梅闻言，一拍大腿道："谁说不是呢？想嫁给我们家胜利的人，排队的人能绕清门好几圈。要不是为了小伟，我才不同意娶她。"

莫雅晴不解道："这和您孙子有什么关系？"王玉梅道："我们家小伟结婚需要钱，我们家老头子走得早，我又没上过班，胜利那点工资，哪够？因此，我就让胜利骗她，说我想在闭眼前看着他结婚。这样，小伟结婚的钱跟婚房，不是都有了？"

王玉梅说到这里，也自觉失言，赶紧说道："同志，您得理解我这老太婆，我这也是没办法的办法。我们家是真有困难，这房子的事，您还得帮着想想办法。"

莫雅晴见自己的目的已达到，嘴角微扬，故作无奈地说道："婶子，不是我不想帮你。我们有明文规定，要想分房子，必须是已婚。我们调查过，沈云卿同志和黄胜利同志，根本没有登记结婚。"

"什么？"王玉梅大惊失色。莫雅晴道："这种事，我怎么能骗您呢。您要是不信，让您儿子把结婚证拿来看看。"

莫雅晴话音未落，一个人忽然冲进了病房，此人正是黄胜利。王玉梅用颤抖的声音问道："你们俩……真的还没结婚？"黄胜利低着头，沉默了一会儿，最终点了点头。

王玉梅似乎又燃起了希望，她试探着问道："那……有没有圆房?"黄胜利抬头道:"妈,您说什么呢?""啪",王玉梅再也按捺不住,扬手给了儿子一记耳光。

莫雅晴冲她嘲讽地笑道:"怎么,如意算盘落空了?你以为,领了结婚证,人就卖给你们家了?我绝不会允许任何人欺负云姐。"

莫雅晴正说着,病房的门再次被打开了,进来的人是沈云卿。莫雅晴看到她,再次得意地对王玉梅笑道:"忘了告诉你,刚才你说的每一句话,云姐都在外面听见了。"

原来,这正是莫雅晴的计谋。她前来找王玉梅的同时,让程新天去找沈云卿,谎称有位战友住院,让沈云卿同他一道去医院探望。来到医院后,程新天故意道:"听说你未来的婆婆也在这儿住院,我陪你去看看她吧。"沈云卿点头同意,程新天便陪着她来到病房门口。沈云卿听到莫雅晴在里面说话,本想进去,却被程新天拉住:"等会儿,听听她们说什么。"

听到一半时,黄胜利也来到病房,他听到里面传出的对话,脸上青一阵白一阵,站在门口,进也不是,退也不是。

沈云卿对莫雅晴道:"莫雅晴,你闹够了没有?"莫雅晴正色道:"沈云卿,我告诉你,我这辈子没有姐妹,我一直把你当成我的亲姐姐。这件事,就算你恨我一辈子,我也绝对不会让你受委屈。"

莫雅晴撂下这句话,便携着程新天扬长而去。

沈云卿转头看着黄胜利母子,心中觉得尴尬,便道:"我先回去了。"

那天之后,黄胜利再没回沈云卿家,好像凭空消失了一般。

过了一个月,沈云卿终觉此事不能这样拖着,便前去医院。谁想,王玉梅的主治医生告诉她,她走后没过多久,王玉梅病情急剧恶化,不久便离世了。

陆拾玖·破镜重圆

　　三个月后的一天，黄胜利竟主动来到沈云卿家。沈云卿见到他，很惊讶，沉默了一会儿，方才问道："你母亲的后事办妥了?"黄胜利点了点头。

　　沈云卿又道："那天的事……实在是对不起，我没想到……"黄胜利打断了她的话："你用不着说对不起，终究是我妈的不对。她身体一直不好，如今也算是解脱。"沈云卿想，其实王玉梅的死，对于黄胜利来说，更是一种解脱。

　　黄胜利又道："我今天来找你，想跟你说，既然我妈已经不在了，咱们俩的事……就算了吧。"这早在沈云卿的意料之中，因此低头不语。

　　黄胜利又沉默了一会儿，终于道："其实我今天来找你，是想和你坦白一件事。"沈云卿抬起了头。

　　"我知道，你当初答应和我结婚，其实更多的是为了报恩，对吧? 当初那头猪走丢了，你觉得是我帮你找回来的，我救了你。

363

事实上……那天，是我没有把猪圈门闩好。我帮你找猪，其实是为了帮自己。所以，你没必要念我的好。至于后来……我的确是觉得你好。可是，我明白，无论你答应跟我结婚是为了报恩，还是真心想和我过日子，自始至终，你想的那个人，都不是我。"

黄胜利也不等她答话，转身准备离去，临走时又转过头来，对她说："复婚吧，其实你们俩，从来也没离过婚。"

1975年冬的一天，沈云卿独自一人坐在街边的石头上，一辆红旗牌轿车朝她驶来，于她不远处停下。从车上下来一个人，手中拿着一件灰色呢大衣。他走到沈云卿身边，把衣服披在她肩上。

来人正是陈怀冰。陈怀冰说道："这么冷的天，你怎么一个人坐在这儿？别着了凉。"沈云卿冲他笑道："医生说，我偶尔散散步，也有助于身体恢复。今天走得似乎多了些，有些累，便坐在这儿歇歇。"

陈怀冰道："我有事找你。如今妇联正在逐步恢复工作，组织上的意思是，希望你能继续主持妇联工作。"

沈云卿感激地看着陈怀冰，他早已得知了黄胜利退出一事，他更希望沈云卿可以将精力更多地投入工作中，忘却生活中的不快。

沈云卿道："妇联系统有不少年轻有为的女同志。我已经老了，还是让年轻人冲在一线比较合适。"

陈怀冰道："妇联工作刚刚重启，需要你这个老主任来主持大局。培养年轻人，也需要你亲自传授经验啊。再说，这是组织的决定，你就不要推辞了。"

沈云卿恢复妇联主任的职务后，全身心地投入工作中。时间一久，身体有些吃不消。

沈云卿利用一个难得的休息日来到莫雅晴家中。沈云卿对莫雅晴道："我今天来,有件事想求你。"莫雅晴道："你我之间,还谈什么'求'呢?"

原来莫香寒年事已高,行动多有不便,莫雅晴便请来张姐帮忙照顾母亲。沈云卿道："我想问问你家张姐有没有时间。我身体不好,最近工作又忙,家里的活,实在顾不过来。不过,我一个人生活,家务并不多,每天只需要帮我做顿晚饭,再打扫一下家里的卫生。"

莫雅晴为难道："张姐……恐怕忙不过来,她不仅要照顾我妈,她家里还有事。我问问她,还有什么相熟的姐妹。"张姐听到了她们二人的谈话,走过来道："沈主任,我家有个远房表妹,人也很勤快。"

沈云卿笑道："那太好了。"张姐给沈云卿介绍她的表妹于姐。于姐很勤快,干活也利索,沈云卿也十分喜欢她。沈云卿早给她配了一把家门的钥匙,这样一来,于姐便可在沈云卿下班前把饭做好。

于姐在沈云卿家中干了半年有余,一天,沈云卿下班后,于姐面露难色地对她说道："沈主任,我想和你说件事。我……我儿媳妇下个月要生了,我得回去伺候月子。"沈云卿闻言去卧室中取了一个信封,递给于姐,说道："恭喜你,这二百元,当作你孙子或孙女出生的贺礼。"

于姐为之感动,说道："沈主任,你这边的事,我去问问我表姐,看看她能不能再帮着找个人。"

然而,张姐一时间也难找到合适的人选。沈云卿为人善良,待人又亲切大方,于姐不忍心抛下她不管,便与沈云卿商议,她每天下午先到沈云卿家把饭做好,再回家给儿媳做饭。

于姐的话正合沈云卿之意。沈云卿道："那最好了。只是辛苦你,需要两头跑。"

于姐儿媳分娩后,如于姐之前所说,沈云卿每天下班回到家中,如往常一般,可以吃到于姐做的饭,只是见不到于姐的身影。

虽然见不到于姐,沈云卿却觉得于姐做的饭味道也和过去有所不同。沈云卿猜想,她可能是急着回家照顾儿媳,做起饭来难免仓促,也没有放在心上。

过了一个月,有一天沈云卿下班略早了些,她想着能在家中见到于姐,关心下她儿媳的情况。沈云卿刚回到家中,从厨房中传来一阵油锅的"刺啦"声。她不愿前去催促于姐,便坐在餐桌旁等她。

不久,炒菜之声渐息,厨房中的人端着菜盘走向餐厅。两人刚一照面,俱是一惊。那菜盘从手上滑落,落在地上碎了,菜汤也洒了一地。

炒菜之人竟是齐继盛。齐继盛赶紧说道:"我……我来收拾。"沈云卿轻声道:"不用了。"齐继盛将她的反应视为对自己顶替于姐的不满,赶紧解释道:"是我在小雅家听说了于姐的事,她确实忙不过来,你……身体不好,需要人照顾。我只是想来照顾你……替于姐照顾你这一段时间……"

沈云卿没有理会他的话,而是将他的手拉到面前,轻声问:"烫着了没有?"齐继盛一时间没有反应过来,说道:"我……"齐继盛还没说话,却被两片炽热的双唇堵住。齐继盛再也按捺不住,双手紧紧搂住了沈云卿。

齐继盛随即看向沈云卿,问道:"你看,咱们什么时候去登记复婚?"沈云卿凑到齐继盛耳边说道:"全凭夫君做主。"

窗外,霞光漫天。

柒拾

亭亭如盖

沈云卿搬到齐继盛家时，一阵风吹过，从地上卷起几片落叶。虽说树叶已泛黄，沈云卿还是一眼就认出，那是两棵杏树。她转头问齐继盛："这树是何时栽的？"齐继盛有些不好意思："那年，我听说清门干校有位姓沈的女同志自杀了，以为是你，就去你家老宅院中的那棵杏树下，捡了两枚杏子回来，栽在这儿，种两棵树也算是个念想。"

沈云卿见那两棵杏树长得极好，她忽然想起幼时私塾先生曾教过她的一段话："庭有枇杷树，吾妻死之年所手植也，今已亭亭如盖矣。"

复婚之事，沈云卿本不想张扬。沈云卿只请了陈怀冰等人来到家中，一起庆祝。

粉碎"四人帮"后，经受过考验的老干部都被重新启用，陈怀冰则升任副省长。

齐继昌此时也得以回到清门，但生活十分困窘，沈云卿与齐继盛每月定期支援齐继昌生活费，直至齐继昌去世。

　　齐继昌回到清门后，起初只能与儿子、儿媳挤在不足十平方米的老房中，后来在政协的帮助下，将两间老宅归还给他，齐继昌才得以安度晚年。

　　妇联工作步入正轨后，沈云卿工作越发繁忙。齐继盛在家中买菜做饭，照顾沈云卿生活。沈云卿问他："忘了问你，你何时学会做饭了？"齐继盛道："当初于姐教了我一个月，后来我时常也跟小雅家的张姐请教。"齐继盛又道："前半辈子一直都是你在照顾我，后半辈子，我来照顾你。"

　　沈云卿一直不知道，该如何将自己复婚一事告诉楚芳霞。她犹豫许久，还是请楚芳霞来到家中。齐继盛热情地将楚芳霞迎进家门："你们聊，我去给你们做饭。"说罢，系上围裙去了厨房。

　　然而，楚芳霞对此似乎并不领情，她低头看了一眼沈云卿的脚，说道："你买了双新鞋？"沈云卿点点头。楚芳霞又道："穿了新鞋，咋又走上老路？"

　　沈云卿知道她话中有话，只是微微一笑，没有答话，转身去厨房端饭。齐继盛对楚芳霞道："我常听杏儿说起你。那些年，如果不是你一直照顾她，杏儿可能早就……"齐继盛说着，心疼地看了一眼沈云卿。

　　楚芳霞道："在那种地方，我们不互相帮，还指望谁来帮我们？"齐继盛听楚芳霞话中带刺，尴尬地为自己解围道："灶上还做着汤，我去看看。"

　　齐继盛离开后，楚芳霞忍不住说道："不是我说你，夫妻本是同林鸟，大难临头各自飞。有了难，他撇下你不管了，如今日子安稳了，他又回来找你，你还答应复婚。你这么不计前嫌吗？"

沈云卿笑道："芳霞，你还记得，你在干校时给我们大家伙儿讲过的那个故事吗？"

"什么故事？"

"你说，你听老许讲过他认识的一对夫妻的故事。男的原本是个富家少爷，后来女的参加了八路军……为了娶这个女的，他没有要家里的一分钱。"

楚芳霞一愣："我讲的这个故事，你还记得这么清楚？"沈云卿道："不光记得清楚，我还可以帮你把这个故事讲完整……"沈云卿把她和齐继盛的事讲给楚芳霞，特别是她被迫选择离婚。

楚芳霞先是一愣，随即嗔道："原来你是这故事的女主人公，你为什么不早说！"

沈云卿讲到一半时齐继盛已回到餐厅。她看了一眼齐继盛，继续道："其实我回到清门的时候，也想着自己一个人过。黄胜利的事，你们都觉得我会受刺激，其实我觉得是一种解脱。我起初也没有想再结婚，我都这把年纪了，何必再找个人呢？"沈云卿说着，又看了一眼齐继盛："但是，我欠他的，我得还，这后半辈子还不清，就下辈子继续还。"

沈云卿没想到，她向楚芳霞坦白自己复婚的原因后，为她自己带来了一桩为难事。不久，沈云卿家中来了一位贵客，是许焱。许焱拎了些贺礼，说道："咱们老战友多年没见，如今你们二人破镜重圆，我也该来贺喜。"

沈云卿笑着道："老许，你来找我，是为了芳霞吧？"许焱笑着道："沈云卿，还是那么猴精！"

许焱坐在齐继盛对面，说道："老齐，我是真羡慕你。这半路夫妻，终究是比不过结发夫妻。"

沈云卿诧异地看着许焱："你也离婚了？"原来，许焱当初与楚芳霞离婚不久后再婚，但两人性格不合，婚后争吵不断，于去年离婚。许焱再婚后，妻子一直没有怀孕，许焱便将弟弟的儿子许玉华养在身边。

许焱被沈云卿看得有些不好意思："是，其实我当初刚再婚，就后悔了。当初，我宁可违背组织的意思，也要和芳霞结婚，老了，我反而糊涂了。"

沈云卿知道，许焱能这么自我检讨，明确表达他对楚芳霞的歉意，实属不易。沈云卿问道："那你来找我，是想让我帮你当个媒婆，说服芳霞复婚吗？"

许焱不好意思地笑了。沈云卿叹了口气道："抗战那会儿，你救过我两次命。后来我下放到干校，你又救过我两次。老许，你是我的救命恩人，你的忙，我不能不帮。可我和芳霞……是共患难过来的，我……不能勉强她。"

许焱赶紧说道："我就是让你帮我问问她的意思。"

"你为何不自己去问？"

"芳霞的脾气，你是知道的，我们俩这么多年没见，我突然上门去和她提这事，她还不得拿扫帚把我给赶出来？当然，要是被她打一顿，能复婚，也值了，可我就怕……"

沈云卿知道，许焱终究还是磨不开面子，怕被楚芳霞拒绝。沈云卿叹了口气道："好吧，我替你去问问她。"

沈云卿来到楚芳霞家，说明来意后，楚芳霞挥手道："你回去告诉他，不可能。"

沈云卿道："其实，当初我和老齐结婚以前，组织曾经给我安排过一个结婚对象，那个结婚对象就是老许。老许当初为了你，连组织的命令都违反了，足见他对你的一片真心。"

楚芳霞听后一愣，而后笑道："沈云卿，这事情瞒了我那么久。"她随即又道："此一时彼一时，他那时对我是真心，但落了难，把我撇下，也是真的。"

"咱们都是半截身子入土的人了，以后的日子也不多了，能往前看，还是往前看吧。"

沈云卿见楚芳霞心意已决，不好再劝。后来，许焱退休后搬到楚芳霞附近居住，两人虽时常见面，却至死没有复婚。

柒拾壹 · 春回大地

1978 年，春回大地，万物复苏。沈云卿正式向组织提交了退休申请。对此，她是这样向陈怀冰解释的："我年纪大了，身体也不好，以后的日子，恐怕也不多了。在这不多的日子里，我想多陪陪老齐。"

沈云卿退休后，安心在家照料齐继盛，除了每天叮嘱他按时吃药外，还定期陪他去医院做检查。一天，沈云卿陪齐继盛前去医院检查身体，刚走出医院门口，见他们的司机小石被一名男子扯住，两人在争吵。

小石一见沈云卿二人出来，赶紧上前道："首长，沈主任，你们给评评理，我下车买了一包烟。这人非说我把他撞倒了，让我带他去医院看病，要不就赔他钱。可明明是他自己撞上来的。"

那男子刚要说话，抬头撞上沈云卿的目光，两人都是一愣："沈云卿？没想到在这儿碰见你了。"那男子正是刑满出狱的吴泰。

沈云卿看着他，说道："你若生活困难，可以向政府申请救助，不应该用这种方式赚钱。"

吴泰冷笑道："你怎么能懂我们老百姓的苦？"

沈云卿不理会他的嘲讽，问道："你妹妹呢？"

"你说小倩啊？死了。"

"死了？"沈云卿一惊。

"对，她比我早放出来几个月。她回家那天，看见她老公正跟一个女的在床上……她当时急了，跟他们打了起来，被她男人一推，后脑勺撞到桌角上，不久就死了。"

沈云卿从钱包里掏出二十块钱，递给吴泰："以后别再骗人了，再让我看见，我会报警的。"

吴泰接过钱，冷笑一声，望着齐继盛，对沈云卿道："他是你前夫吧，复婚了？"沈云卿不再理他，扶着齐继盛离开了。

上车后，齐继盛问沈云卿："那人是谁呀？""吴泰。"沈云卿答道。齐继盛闻言，激动地起身："这个混蛋，我……"沈云卿赶紧按住了他："小心你的心脏病和高血压。"齐继盛狠狠地问道："你不恨他吗？"

"恨……谈不上，但永远也不会原谅他。"沈云卿闭上双眼道。

1982年除夕，程新天邀请陈怀冰和齐继盛夫妇，到自己家吃年夜饭，其实另有用意。程新天长女程素敏成年后入伍，当了文艺兵，并且在部队中遇到了自己心仪的对象周立民。当天，是程素敏第一次将周立民带回家中见自己的父母。程新天叫陈怀冰等人来，想让他们帮自己看看这个未来的女婿。

吃完饭，程新天叫程素敏送周立民回部队。程新天询问众人意见，沈云卿笑道："你自己的女婿，终究还是要你自己拿主意。

再说，小敏的眼光，你还不相信？"

程新天转向陈怀冰："冰哥，你觉得呢？"陈怀冰道："你这个准女婿，诚实、谦虚，懂礼貌、讲原则，又有能力。"

程新天道："小敏也说他工作能力不错，就是家里条件差了点。"陈怀冰道："这可就是你的不对了，英雄不问出身。再说，论家庭条件，你当初还在山上跟狗熊为伍呢。"众人都笑了起来。

沈云卿看了一眼墙上的挂钟，随后从包里掏出一个药瓶，递给齐继盛，说道："该吃降压药了。"齐继盛忍不住向陈怀冰"抱怨"道："我现在是被管得死死的，哪个药没按时吃，就得挨训。"陈怀冰笑道："别显摆了，你是饱汉子不知饿汉子饥。"

沈云卿看了陈怀冰一眼，说道："怀冰，有句话我一直想问你。你和希宁……到底是怎么回事？"

陈怀冰顿时变得有些哀伤："当初，我不想跟她结婚，怕连累她，我尚且不能自保，又怎么保得了她呢？后来，我曾经向她提过一次，倒是她不想结婚了。"

沈云卿皱了皱眉，问道："为什么？"陈怀冰没有直接回答，而是反问道："你们没看报纸？"沈云卿点点头道："我看了。希宁带领的科研团队，取得了重大科研进展，还获得了省级科技奖项。"

宋希宁不愿意成为陈怀冰的妻子，是因为在经历了诸多人生变故后，她意识到，成为陈怀冰的伴侣，需要达到极高的标准，并非外在条件，而是内心的坚强、勇敢。她不能，也不愿意取代白小英在陈怀冰心中的地位。1978年，高校恢复正常的教学科研秩序，宋希宁便将全部的精力投入教学科研工作中，以弥补她之前荒废的时光。

陈怀冰道："这样也好，说真的，真要找个人取代小英，我这心里……"

宋希宁终身未婚，陈怀冰年老后，宋希宁一直陪在他身边，直至生命尽头，两人便以这种方式携手走完了一生。

1983 年秋的一天，齐继盛接了一个电话后脸色变得惨白，他对沈云卿道："万大姐家里出事了。她的孙子骆小山被抓了。"万陆华与骆百川育有两子一女，骆小山是骆百川次子的儿子。骆小山相貌似万陆华，长得十分英俊，加之又是骆百川的孙子，受到了女生的喜欢。正因为如此，骆小山的私生活极不检点，直至最后走上犯罪的道路。

得知消息后，骆百川的老下属们聚在万陆华家。

万陆华低下头说道："小山变成这样，是我们没有教育好他，是我们的责任。该怎么判，就怎么判，我们服从法院的判决。"万陆华说到最后，难掩内心的悲伤，语带哽咽。沈云卿上前搂住了万陆华，万陆华靠在她的肩上，忍不住落下泪。

骆小山最终被判处死刑。骆小山被枪毙后，齐继盛在家中时常抚摸着一顶八路军的军帽，那是骆百川去世时万陆华送给他的。沈云卿知道他心里难受，便道："我相信政委如果在世，也会接受这样的结果。"

柒拾贰·寻亲之路

　　程素敏与周立民结婚后，于 1985 年诞下一女。莫雅晴请沈云卿为外孙女取名，沈云卿笑道："你自己的外孙女，怎么能轮到我取名。"最终，她拗不过莫雅晴盛情，便道："我为她取个小名吧。我记得，我第一次见你时，你说你叫青青，后来我才知道，那是因为口音的缘故，将晴晴说成了青青。你这外孙女眼睛长得又大又亮，和你小时候长得一样，小名叫她青青吧。"于是，程素敏的女儿便取名为周青。

　　1987 年，齐继昌因肺癌医治无效去世。临终之际，他特地将儿子、儿媳支走，留下齐继盛和沈云卿。齐继昌对弟弟道："我这一辈子，享过福也受过罪，虽说没能像你光耀咱们齐家的门楣，但我也给齐家留了后，尽到了我做儿子的责任。我这辈子唯有一桩遗憾，我死了都闭不上眼。"

　　齐继盛自然猜出了他所指何事，齐继昌说道："我找了阿美她们母子半辈子，都没有找到。如今，我活着的时候见不到他们了。老二，我走以后，你们两口子无论如何也得帮我找到他们，帮我照顾好他们。"

齐继盛虽知齐继昌的心愿极难达成，却不忍让哥哥失望，便道："你放心吧，我跟杏儿一定想办法把陆嫂子和小侄子找到。"沈云卿也道："我们肯定能找到他们的。"

齐继昌点了点头，长出了一口气，安心地闭上了双眼。

齐继昌离世后，沈云卿和齐继盛商讨如何寻找陆其美母子。沈云卿道："通过各种渠道，咱们找了他们几十年，都没有他们的任何消息，这说明：第一，陆其美肯定改了名；第二，我们曾经公开寻过人，却没有回音，说明陆其美并不想现身，故意躲着咱们。"

齐继盛皱了皱眉，说道："如果陆其美故意躲着咱们，这事就不好办了。"沈云卿道："不管怎么说，哥哥的遗愿必须得完成。我倒是有个办法，虽说不一定能奏效，但可以试一试。"

"什么办法？"

"找一个陆其美不知道和咱们有关联的人，在报上登个启事，就说在街上拾到了一张老照片，上面写着陆其美和齐继昌的名字，请失主认领。陆其美如今年事已高，不会看报纸，但她的子女正当壮年，看到了会前来询问。"

齐继盛道："这个办法好！只不过……找谁来登这个启事呢？这个人又得是咱们信得过的，还不能让人知道和咱们有关系。"

沈云卿道："不如以小敏爱人小周的名义来登。小敏结婚没几年，很少有人知道小周和咱们的关系，而且小周这个人做事很沉稳。"

陆石站在军区家属院门口，手里攥着一份报纸。他盯着一个穿军装的男人走进了家属院，怀里还抱着一个两三岁的小女孩。那个男人正是报上寻人启事的署名人周立民。陆石虽说没有和周立民说过几句话，但是他对周立民再熟悉不过。他与周立民曾在同一个团里服役，不同的是，陆石复员回家，而周立民提了干。

陆石低头看了一眼报上的启事，又眯起眼看着周立民远去的方向，有些犹豫。此时，他的肩头忽然被人重重拍了一下："石头，是你小子！"陆石回头一看，原来是他的战友张国威。"小喇叭！"他叫了一声。

张国威原来在炊事班服役，后来又负责后勤工作，常与人聊天，便在部队里得了个"小喇叭"的外号。

"小喇叭，你怎么在这儿？我记得你也复员了。"陆石问道。

"我是复员了，可是咱人离队，心不能离队。这两年，国家鼓励干个体，我就在咱们军区大院对面开了家饭馆，看见没，这就是我的店。"张国威用右手指向马路对面一间小店，上面写着四个大字："国威饭店"。

"饭馆就饭馆，还叫饭店，这么一家小店，当你是招待国际友人呢。"陆石不屑道。

"你别小看我这店，生意好得很。当然，多亏咱们部队上的战友照顾，咱们军区大院里的人都管我这儿叫什么？叫'第二食堂'。对了，你小子都复员那么多年了，怎么突然跑到这儿来了？"

"我……"陆石敷衍道，"路过。"

"既然来了，还不去照顾下我的生意？"张国威指了指自己对面的饭馆。陆石眼珠一转，说道："好啊，你请客。"

"哎，你怎么还是那么爱占便宜？"张国威知道陆石家庭条件不好，为人十分吝啬，后悔邀请他。

陆石却道："怎么，咱们的战友情还不够一顿饭钱？""好。"张国威认输道，"我请，权当给店里添人气了。"

张国威给陆石上了几道小菜，又开了两瓶啤酒。陆石皱了皱眉，问道："没有白酒吗？"张国威道："白酒贵，你自己付账？"陆石摆摆手道："算了。"

张国威笑道："你小子日子过得怎么还是这么紧张？你们家老太太怎么样了？"

"还那样，身体一直不好。"

"你最近怎么样，还在厂子里干吗？"

"嗯，不过，我觉得我们厂子也快黄了。"

张国威笑道："说真的，别抱着你那铁饭碗不放了，这两年政策这么好，自己出来单干吧。"

张国威又道："对了，你小子现在还是光棍一条吗？"

"没有。"陆石说道，"早结婚了，连孩子都有了。"

"男孩，还是女孩？"

"是个小子。"

"你小子行啊，有点本事。"

陆石没搭理张国威，他想起此行的目的，故意引导张国威道："对了，我刚才在门口看见周立民了。我看他抱着个小女孩，那是他闺女？"

张国威果然被引入彀中："我跟你说，老周如今交了好运。"陆石眉毛一挑："怎么说？"张国威打开了话匣子："老周前几年结了婚，他媳妇可了不得。他岳父是商务局的程局长，岳母是咱们市政协的领导。"

"呦，"陆石讽刺地一笑，"这么说，他是攀上了高枝？"

"也不能这么说。"张国威道，"老周咱们都了解，论能力，确实是一流的。干起工作，也不惜力，他刚被提了少校。"

陆石皱着眉道："我记得老周的父母都是农民，对吧？""对。"张国威笑着道，"根正苗红。"

"你听没听说，他家里有什么远房亲戚，原先是咱们清门市的，还是个大户人家，姓齐。"

"没听说呀。"张国威皱着眉，努力思索，"你说的姓齐的，不会是以前的首富齐家吧？"

陆石模棱两可地"嗯"了一声。"据我所知，"张国威说道，"咱们部队上跟这个齐家有关系的，只有一个人。"

"谁？"

"就是咱们军分区的老司令齐司令呀，他原先是齐家的二少爷。"

张国威的话对陆石来说，并非新闻。齐继盛退休的时候，周立民还没有入伍，两人不可能有关系。陆石沉默时，张国威的一句话，让他豁然开朗。

"我突然想起来了，老周的岳父、岳母都不是一般人，与咱们省里的陈书记，还有刚才说的齐司令，都是老战友。我听小道消息说，老周的闺女叫周青，还是齐司令的爱人给取的。"

陆石闻言，浑身一激灵。

柒拾叁 · 薪火传承

1991 年中秋节，众人在沈云卿家中团聚。周青出生后一直跟着莫雅晴夫妇生活，因此莫雅晴也将她带来了。

周青已经六岁，长得秀美，她见到沈云卿，嫩声嫩气地道："沈奶奶，你原来是不是妇联主任?"

"是呀，怎么啦?"沈云卿笑眯眯地道。

"妇联就是替女孩子和阿姨说话的，对不对?"

"对呀。"

"你说，到底是男孩子好一些，还是女孩子好一些?"周青一双明亮的大眼看着沈云卿。莫雅晴闻言，赶紧制止道："你这孩子，别在你沈奶奶面前没大没小、胡说八道。"

沈云卿笑道："我觉得，青青这么小的孩子能问出这样的问题，很了不起。"周青噘着嘴道："我听到我奶奶和婶子说，我妈生了女孩，不好。她让我婶子一定要生个男孩。"

莫雅晴闻言，更觉得不好意思，沈云卿接着问她："小敏的婆婆真这么说?"周青答道:"真的,我还听到过奶奶和爸爸说,让他再生一个,可爸爸不肯。他们当时都以为我睡着了,其实我没睡着。我后来问过我姥姥,是不是女孩子真的不好。姥姥跟我说,现在是新中国,男女平等,男孩女孩都是一样的,女孩子也能顶半边天。"

沈云卿笑道:"你姥姥说得对,只要肯努力,女孩子也可以有大作为。""我一定会努力的!我今年上小学了,以后每次考试我都要考全班第一。"周青抿着小嘴,极为坚定地说道,模样非常可爱。

沈云卿望着周青出了神,忽然道:"青青,沈奶奶想和你商量一件事。"

"什么事?"

"我想……认你作干孙女,可以吗?"

周青闻言一愣,转头看着自己的姥姥莫雅晴,莫雅晴赶紧道:"沈奶奶问你呢,你自己决定。"

周青点点头道:"我愿意。我从小就听姥姥姥爷讲你们一起干革命的故事,我可崇拜沈奶奶了,我愿意当沈奶奶的孙女。"

程新天笑着道:"瞧,我们家青青就是嘴甜。"

沈云卿转向莫雅晴:"你的意思呢?""我能有什么意见?"莫雅晴笑道,"我高兴还来不及。"

饭后,沈云卿让陈怀冰到厨房,帮自己一起切月饼。沈云卿说道:"我听说,小敏的爱人小周在部队发展得很好。那个孩子很不错,你……可以多留意他。"

陈怀冰自然明白她话中的意思,说道:"你是最讲原则的,怎么突然和我说起这个了?"

"因为青青,青青很像……"

"像谁?"

"小英。"

陈怀冰闻言一愣,陷入了沉思。

柒拾肆 · 叶落归根

　　2013 年的一天，周青刚在合同上签了自己的名字。坐在她对面的，是建材企业望海集团清门地区的总代表李强。望海集团是周青的跃融集团主要供应商之一。合同签署完成后，李强站起身来，与周青握手，说道："感谢周总一如既往的支持。不知，周总晚上是否有时间一起吃个饭，我有一点……私人的事，求周总帮忙。"

　　周青便道："哦，什么事？""是这样的，我们董事长下个月要来考察业务，他来之前专门给我布置了一个任务，让我帮他在清门找一个人，准确地说是找一位老太太。他只告诉我这位老人家的姓名和年龄。我找了一个多月，也没找到。"李强苦恼地道。

　　周青问道："你老板为什么要在清门找人？"

　　李强为难地道："您也知道，董事长发话了，我们哪敢多问。"李强又恳求道："我是实在没办法了，才来求您。您是本地人，能

383

不能帮帮我？"

周青道："这事……我只能尽力而为。你把那位老人家的姓名和年龄告诉我，我想想办法。"

李强道："那位老人家是 1919 年出生，如果现在还活着，应该是 94 岁。对了，我们董事长说了，如果老人家不在了，让我找到她的子女。"

"她叫什么名字？"

"叫……沈杏儿。"

周青闻言先是一惊，随后问道："你老板……究竟为什么要找她？"

"我是真不知道。"

周青道："这位老人家现在还健在，我可以帮你联系她。"

"真的？"李强大喜。

"只不过她如今年事已高，轻易不见外人。如果我不了解清楚你的董事长找她的目的，我不能带他去见她。"

李强思忖片刻，问道："周总，你真能联系到这位沈老太太吗？"
周青点点头道："不瞒你说，我六岁的时候，沈奶奶便认了我作干孙女。"

李强喜道："没想到这么巧。踏破铁鞋无觅处，得来全不费工夫。你看这样行不行，我先把这个情况向我们董事长汇报一下。等他来后，让他亲自和您解释原因。然后，您再决定，要不要带他去见沈老太太。"

周青向沈云卿解释望海集团董事长的身份时，沈云卿难以置信："他真的是我封师兄的儿子？"周青点点头，说道："我确认过了。"

周青陪同望海集团的董事长封敏雄之子封念兴，以及他的儿子封宏良，一起来到沈云卿家。一进门，封念兴便对儿子道："爸爸年纪大了，跪不下去，你替爸爸给你姑奶奶磕几个头吧。"

封宏良跪下，便磕头，沈云卿颤巍巍地上前扶住了他："别这样。坐吧，孩子。"

沈云卿转头对封念兴道："我上回见你的时候，你还是个四五岁的娃娃，如今，你都成了老头子啦。"

沈云卿问道："你母亲可好？"

"前几年去世了。父亲走得早，母亲一个人把我带大。她这辈子，过得极不容易。"封念兴说着，摘下了鼻梁上的老花镜，拭了一把泪。

沈云卿见状，又转向封宏良说道："这是你儿子？真好。'猎鹰'的子孙，果然都是天上的雄鹰。这两天让青青陪你们在清门好好转转，看看你父亲用生命守护的这片土地，如今发展得多好。"她忽然对周青说道："对了，带你封伯伯父子去无名英雄纪念园看看。"她又转向封念兴："那里有你父亲的雕像。这些年，我想他的时候，会去那坐会儿。我是真没想到，我在有生之年，还能见到封师兄的后人……"沈云卿说着，两行眼泪从她苍老的面颊上滑过。

柒拾伍 · 不渝之爱

　　送走封念兴父子后，周青悄悄地问沈云卿："我觉得，封爷爷心中最爱的人肯定是您。他给儿子取的名字，念兴的谐音不就是念杏吗？"

　　沈云卿嗔道："你这丫头，莫要乱说。"周青说道："我问您一个问题，您一定要诚实地回答我。"

　　"什么问题？"

　　"如果当初，您没遇到齐爷爷，会不会和封爷爷结婚？"

　　"不会。"

　　"为什么？"

　　"封师兄当初离家参加革命，心中早已抛下了儿女之情。更何况，当初我爹早把我许了人，我要是没参加革命，也会遵从父母之命，嫁给那姓韩的了。"

　　被周青故意支开的齐继盛回到客厅，问道："你们俩聊什么呢？聊得这么开心？"周青将刚才沈云卿的话复述了一遍，齐继盛笑道："我们俩这辈子在一块经历了这么多风雨，没有人能把我们分开。"

周青忽然叹了口气道："哎，我是真羡慕你们俩。也不知道我这辈子能不能有一个人跟我一起携手并肩、相互扶持，直到生命的尽头。"

沈云卿盯着周青，问道："你心里，应该已经有这样的一个人选了吧？"周青被她说穿心事，有些不好意思："我跟他……都失去联系好多年了，我现在都不知道他在哪里，没准他已经结婚了。"

沈云卿道："命运也曾经把我和你齐爷爷分开过，但是，你要相信，有缘人终究会走到一起的。你们之前经历的风风雨雨，都是把你们两个人牢牢拴在一起的牵绊。"

周青万万没有想到，此事竟被沈云卿说中，没过多久，她便与那个命中注定的人重逢了。

齐继盛突然从梦中惊醒，他一转头，发觉枕边没有沈云卿，把他惊出了一身冷汗。他高声叫了几声"杏儿"，却没有应声。

齐继盛更是惶急，他步履蹒跚地走出卧房，却见沈云卿正坐在电视机前的沙发上。齐继盛急忙走过去，坐在她身边，问道："你怎么突然起来了？"

沈云卿道："刚才来了个电话，你没听见，我就出来接，是小雅打来的。她说，一会儿电视里要播放对青青的采访。青青从创业以来，这是第一次上电视，我得好好看看。"

沈云卿见齐继盛额头冒汗，赶紧伸手替他拭去，关切地问道："你这是怎么了？是不是心脏不舒服？"

"没有。"齐继盛说道，"刚才睡午觉的时候做了个噩梦。"

"梦见什么了？"

"梦见……你又不要我了。"齐继盛委屈地说道。

沈云卿见状，温柔地一笑，伸手将齐继盛揽入怀中。此时，电视中音乐频道正在播放怀旧老歌《我只在乎你》：

如果没有遇见你，
我将会是在哪里。
日子过得怎么样，
人生是否要珍惜。
也许认识某一人，
过着平凡的日子。
不知道会不会，
也有爱情甜如蜜。
任时光匆匆流去，
我只在乎你，
心甘情愿感染你的气息。
人生几何，
能够得到知己，
失去生命的力量也不可惜。
……

沈云卿转头，看向齐继盛，他早已靠在她肩上，再次安然入眠。

尾声 · 身世之谜

　　2021年7月1日，周青作为杰出毕业生代表，在她的母校清门大学70周年校庆上做了演讲。校庆本应在去年举行，却因故推迟。

　　校庆结束，周青离开校园前，又走到了那尊由她捐赠的雕像面前。那尊高五米的石雕像，矗立在校园正门。雕像上的人，是清门大学的第一任校长白小英。周青之所以会给母校捐赠这尊雕像，还有一段故事。

　　当初，周青在清大就读时，有一次沈云卿来学校看她。周青陪着她在校史馆参观时，周青看到沈云卿盯着墙上白小英的介绍看了许久。她听过外祖母莫雅晴讲过沈云卿与白小英的关系，特别是在她自己拥有了那般真挚不渝的姐妹情后，越能够体会到沈云卿对白小英的感情，也能理解她多年来失去挚友的痛苦。周青当时暗暗发誓，将来自己若赚了钱，一定要捐赠一尊白小英的雕像，以慰藉沈云卿。

后来，周青自己创业，便把自己企业第一年的收益捐赠给学校，用于制作这尊雕像。雕像揭幕仪式那天，周青特地邀请了沈云卿，却没有告诉她所为何事。

红布揭开的一刹那，周青看到沈云卿的身体不停地颤抖。她突然后悔起来，觉得自己不该给沈云卿这样一个"惊喜"，怕她因太激动而影响身体。

此刻，周青站在白小英的雕像前，再次读着那段她早已烂熟于心的文字："白小英（1919—1963），1935年参加革命，领导、组织学生运动，1937年加入中国共产党。抗战时期曾担任平民女校校长、清门地区妇女工作委员会书记，是清门地区妇女运动的杰出领导。新中国成立后，负责组建清门大学，并担任清门大学第一任校长、书记。与丈夫陈怀冰是一对革命伴侣。"

离开学校后，周青让司机把车开到清门西郊的革命公墓。周青买了一束鲜花，放在了沈云卿和齐继盛合葬的墓前。

沈云卿于一年前离世，临终前，她早已将自己的后事安排妥当。她叫来干女儿陈捷，将自己一生最珍爱之物，即白小英赠给她的玉葫芦吊坠，送给了陈捷，并说道："我本想带走这玉葫芦的，还是留给你吧。这是你姥姥留给你妈妈的，如今我把它还给你，活着的人要好好生活下去。"沈云卿离世后不到半年，齐继盛便也随她而去。

周青站在墓前喃喃地道："沈奶奶、齐爷爷，我来看你们了。我姥姥和姥爷身体都挺好的，就是特别想你们。他们总喜欢讲你们过去一起革命的故事，只不过听众从我变成了我女儿兰兰。"

周青正在说着，她的手机忽然响了，手机铃声在安静的陵园显得格外清晰。电话是她的丈夫陆白打来的。正如沈云卿当年所说，周青与陆白在历经了无数风雨后，终于得以携手相伴。

周青接通了电话，电话那头陆白的话惊了她一跳。

周青站在医院太平间门前的楼道里，目送自己的公公陆石被推进太平间。如今，岁月早已消弭了她对陆石的怨恨，但在周青眼中，陆石不是个好父亲，更不是个好丈夫。人生无常，陆石醉酒后驾车上了高速，撞上了路边的护栏。

陆白蹲在地上，将头埋进了自己的臂弯。周青俯下身去，轻轻地揉了揉他的肩背。她知道，自己现在说什么安慰的话都是多余，只说了一句："你好好休息，爸的所有后事都由我来处理。"

处理后事时，周青尽量不去打扰陆白，但因为交警询问的缘故，周青还是将一张纸条递给了陆白："警察同志在车里发现了这张纸条。"那上面写着北郊一处陵园的地址。"你家有亲戚葬在这里吗？"

陆白思考了片刻，摇了摇头。"你知道爸有哪个朋友葬在那里吗？"陆白再次摇了摇头。周青只得如实回复了交警。

陆石的后事办妥后，周青陪陆白去陆石家收拾他的遗物。陆白忽然一拍额头道："我差点把最重要的事忘了。"他快步走到陆石的卧室，从他床下拉出了一个纸箱，纸箱上面贴着一张纸条："我死后将此箱交给儿媳周青。"这是陆石的笔迹。

周青看到那张纸条上的字，有些诧异。陆白说道："咱俩刚结婚没多久，我爸把我叫来，给我看了这个纸箱子。他当场让我发誓，要求在他死后第一时间把这个箱子交给你，但不能在他在世的时候把这件事告诉你。我当时觉得很奇怪，本来不想答应，但我看他当时那个样子，我就……答应了。所以……一直没告诉你。"陆白有些愧疚地说道。

周青说道："这是你爸留下的东西，他有权处理，可是他怎么会把这些东西留给我？"

陆白道:"打开看看吧,我都不知道里面究竟是什么。"

周青打开箱子,映入眼帘的是一张用木制相框装裱的黑白老照片,那张照片早已泛黄,上面是一位穿着旧式西装的男子,手上还挂着一根文明棍。男子身旁的女子则化着淡妆,身着一件筒子领织金缎旗袍。周青看着这张照片忽然道:"这个男的长得像我齐爷爷。这个女的却不是我沈奶奶。"

"那是我奶奶。"陆白忽然道。

"你说什么?"周青转过头,望着陆白。陆白继续道:"我不会认错的,她就是我奶奶,我见过她年轻时候的照片。"

周青被自己猜测吓到了:"你是说,你奶奶和我齐爷爷……"好在她随即发现照片旁边还有一行小字,只是被相框挡住了。周青拆开相框,一切谜团随之解开:"齐继昌与陆其美,摄于1946年。"

周青吃惊地看着陆白:"你奶奶是陆其美?"

"不是的。我奶奶叫陆玫。"

相片下面是一张泛黄的报纸,周青看了一眼报头,那是1987年的《清门日报》,报上刊登了一则寻人启事,而署名者是周立民。

"我爸?"

报纸下面是一个牛皮纸信封,信封上面写着"周立民收"。周青虽已猜到信的内容,但她抑制不住好奇。更何况,此事与她有切身关联。她对陆白道:"我看看,应该没问题吧?"陆白也想知道信上究竟写了什么,便点了点头。

信封并没有封上,看起来,陆石也希望周青能够看到信的内容。

"我曾经的战友,如今的亲家,老周。当初你在报上登的那个启事,我看到了。我知道你是帮谁登的启事,也知道你登那个启事是想找谁。没错,我就是你们要找的那个人,陆其美的儿子。

"当初我妈怀着我的时候离开了齐家,恢复了本名陆玫,并找了一个地方寄住，生下了我。

"我妈一直没再嫁人，她一个人带着我，我俩的日子过得很紧。后来我妈年纪大了，身体越来越不好，她可能觉得不能让我一辈子都不知道自己的身世，才把真相告诉我。那时我已经结婚生子。

"我妈告诉我身世的时候，让我发下毒誓，这辈子绝对不能去找齐家的人。我不甘心，我故意把儿子送去和你女儿读同一所学校，总想趁机告诉你真相。可我，最终还是没有勇气违反我妈的意思。谁能想到，咱俩居然成了儿女亲家。可能这就是命吧。

"你看到这封信的时候，我已经不在人世了，我也算没违反我对我妈发的誓。无论如何，希望你们全家能对陆白好点。我知道，你们肯定会这么做的。陆石。"

陆白看后已泪流满面。周青伸手替他拭去泪水，说道："虽说齐爷爷和沈奶奶没能在活着的时候得知你的身世，但有我照顾你，他们在天堂也就放心了。"

周青突然说道："那个地址！"

"什么地址？"

"交警在他车上发现的那张纸条，上面写的那个陵园地址，就是齐爷爷他哥哥安葬的地方。沈奶奶他们年纪大了，过去一直让我妈帮他们去祭扫。有一次，我跟爸提起过这件事，说过那个陵园的名字。他那天应该是……想去找他父亲……"

周青第一时间将这封信交到了外祖父母程新天和莫雅晴手中，两人得知真相后，也是感喟万分。

春风拂面，几片杏花花瓣落在了周青左肩上。她右手拈起一片花瓣，放在鼻尖吸嗅，花香盈鼻。周青一转头，恍惚间，杏花树下，年少的沈云卿正朝她微笑，微风托起了沈云卿学生装的裙摆。

（全书完）

感谢北京市档案学会副秘书长张斌先生为本书提供历史、军事等相关专业知识援助。